U0770872

王子华 —— 著

衛運河畔的回音

卫运河畔的回音　王子华文艺作品选

阎建琛题

山东文艺出版社

序：卫运河畔一大手笔

我和王子华同志交好良久。在诸多次艺术交流中，我都会得到意外欣喜。例如，24年前，我随"中国文联艺术家采风团"赴聊城做"孔繁森事迹宣传"前期采访，入驻当天便听了子华同志朗诵他讴歌孔繁森的新作，真切感人，令我惊叹、感动，随即呼出："大手笔呀！"时隔两年，在一次通话中，了解到他创作的小品《鞋钉》已入选央视春晚，但他这位作者的名字却没有被提到，他的态度却是"随他去！我们写作从未想过出名得利"。我气恼地说："找剧组反映，维护作者权益嘛！"后来，这个小品获得了那届"我最喜欢的中央电视台春节联欢晚会节目"评选小品类一等奖。王子华的作品、人品，更让我认定——"大手笔就是大手笔"。

近日得知王子华同志的作品集即将付梓，并邀我为本书作序。适逢学习习近平总书记对文艺工作的重要讲话精神，习总书记殷切希望我们"坚持与时代同步伐，以人民为中心、以精品奉献人民、用明德引领风尚"，这是繁荣发展文学艺术事业的重要遵循。王子华同志这部艺术实录以及他德艺双馨的模范一生，恰好可以作为这种精神的一个注脚。

王子华，实属一位扎根于黄土地的群众文化工作者。他声名远震，不仅在他的故乡山东省茌平县，及其工作多年的临清、聊城广为人知，在全省、全国都有广泛的影响。究其缘由，是他创作了大量为民代言的优秀文艺精品。60年之艰辛探索，他孜孜以求，荣誉等身："全国群文之星""全国农村文化艺术先进工作者""全国著名小品作家""全国文代会代表""山东省劳动模范""山东省临清时调传承人"……一顶顶桂冠，璀璨夺目，熠熠生辉。

20世纪60年代，他作词、谱曲的《看报》《打绳歌》获"上海之春音乐会"一等奖，并在全国传唱。其中，《打绳歌》被山东省歌舞剧院、山东人民广播电台作为保留节目演播多年。他一生创作发表了100多万字的文艺作品，由他编、导、演的小品多次荣获全国大奖。他被赞誉为"小品大王"，他创作的小品《老夫老妻》《生日》《这就是人民警察》《鞋钉》等，斩获了多项全国大奖。

除了小品，他还涉猎歌曲、诗歌、曲艺、小戏曲、历史剧、舞蹈、小说和文艺研究等多个领域，并取得了骄人的成绩。他的才学，他的成就，他的为人，他的精神，受到了所有同事、亲友、学生、领导干部以及普通百姓的极高赞誉。

这部《卫运河畔的回音》，是王子华同志生前几十年来所创作的（除小品以外）各种文艺作品的汇总集，包括几十首音乐作品、两首诗歌、两篇故事、四篇小小说、三场小戏剧、一部历史剧、三篇曲艺作品（山东快书、相声和鼓词），还有一篇学术论文。这些作品凝聚着王子华同志对生活、对时代变迁的思考，从中也可以看到他的生活工作轨迹。他一生扎根基层，在群众文化战线上一干就是几十年。几十年的风风雨雨，几十年的摸爬滚打，练就了他集创作、表演和编导于一身的本领。他时刻关注着人民群众的喜怒哀乐，从黄土地中汲取营养，自觉坚守艺术理想，不断提高学养、涵养、修养。他注重作品的社会效益，讲品位，重艺德，为历史存正气，为世人弘美德。几十年来，他始终以高尚的职业操守、文质兼美的优秀作品书写普通群众，为大众服务，为祖国讴歌，为时代代言。

文艺作品要以扎根本土、深植时代为基础，在观念和手段结合上、内容和形式融合上进行深度创新，提高作品的精神高度、文化内涵、艺术价值。而王子华所创作品皆以扎根本土丰厚生活、讴歌时代风尚、为民立德立功立言为指归，堪称卫运河畔文脉传承的一大手笔。

从 2017 年冬季开始，王子华先生以耄耋之躯，不顾高血压、心脏病等疾病的折磨，在有关人员的协助下，开始整理他的文艺作品。然而，在书稿即将整理成册之际，这位令人景仰的老艺术家突发心脏病，猝然离世，令人唏嘘。值得庆幸的是，本书中所有稿件都已经他本人审过。

本书的出版，实现了王子华先生的遗愿，更为群众文化艺术事业留下了一笔宝贵的财富。他，以及他的作品的价值，必将随着新时代的发展而越加凸显出来。子华走了，但他的精神没有远去，他依然耸立在我们眼前。他的文品、人品，他在卫运河畔的回音，回响在我们耳畔，荡气回肠，亘古不绝！

曲艺名家、中华曲艺学会顾问：李廷甲

2019 年 4 月 18 日于北京御景山小区

目　录

第一章

小小说

娶　亲

　　老黑要娶儿媳妇，这几天忙得他眼也眍了腔也尖了，一会儿喜一会儿愁。有喊公叫婆的了怎能不喜？可账眼子一万多又怎能不愁？愁是愁，但愁也没把老黑愁倒，他还直劝家里："愁吗儿！五间抱厦盖上了，缝纫机买了，手表、自行车送去了，录音机、电视机也摆达上了，还缺吗儿？紧着她要。就那一万多的账……屁！用几年就干过来，有儿媳妇了还愁孙子？一万块能买一家子人？"

　　还真把家里说宽心了。

　　真是怕吗来吗。门一响，"大彩旦"又扭了进来。

　　老黑家腿又筛了——每次都这样，只要见了媒人。

　　"又……要吗儿？"老黑家哆嗦着。

　　"老嫂子，这回不要吗儿。""大彩旦"说着用眼把老黑挑出屋。

　　老黑家闷得心直跳。

　　"彩旦"走了。

　　老黑回到屋，脸老长，直抽烟。

　　"咋啦?! 媒人说了吗儿？"

　　老黑没吱声。

　　"到底咋啦?! 你说话呀！你想把俺急死……"

老黑涌出两眶泪。

"那头又要吗儿了?"

"不要吗儿了……"

"不要吗儿?咋啦?"

"不要咱俩了……"

"吗儿?!"

"叫咱俩搬走,不搬,就散。"

老黑媳妇呆木了,半天,猛地骂起来:"她没爹没娘?!她是从石头缝里蹦出来的?!她不生儿育女了?!"她没骂过人,骂完她哭了,哭得好伤心……

"别哭了!没用!"

"你说咋着!"

"找闺女去!"

"叫人家养着?"

"兴这!"

晚上,俩人一宿没睡。老黑媳妇叹了一宿气,老黑抽了一宿烟。

第二天,拾掇好行李,老黑给祖宗牌位磕了个头,抹了几把泪,拉起媳妇走了……没回头。

儿子娶了媳妇。

儿子有了儿子。

小两口可疼孩子了,老盼着他长大……

蓉 儿

她叫蓉儿，眉清目秀，聪明伶俐，中学毕业后没再继续学业。她的条件不允许了。爹死了，娘有病。哥三十七了还没娶媳妇，整天喝闷酒，没钱了就借钱喝，不管家，没心思过日子。全部家务都压在蓉儿身上。她多想把家支撑起来，可实在太难了。

蓉儿今年二十五了，该嫁人了，可这个家实在使她拔不动腿，几个追求她的意中人被她一一回绝了。她不敢去爱，也不敢去追求，她说这样能减轻痛苦。她时常安慰自己："奶奶不是也活了一辈子吗？娘不是也还活着吗？"她要救活这个家，要全身心地照顾好哥哥和母亲。

经过七八天的权衡，蓉儿最后在介绍的几十个对象里选中了一个——郭傻子。他得过大脑炎，留下了后遗症。蓉儿选中他的唯一条件就是能换亲——能把傻子的妹妹换嫁给哥哥。

主意已定，两家人聚在一起摆酒设宴敲响定亲锣。两边亲家见过礼后便是高高兴兴地饮酒，快快乐乐地吃菜。蓉儿呆呆地坐在一旁，看着那一张张满足的脸，她的心麻木了，可能大家把她忘了。实际上，蓉儿是把自己给忘了。看到未来的丈夫吃肉时那张扩到极限的大嘴，她想哭又想笑。这是梦吧？她希望是梦。

再过三天蓉儿就要出嫁了，可她像没事儿似的，不梳洗也不打扮。她觉着自己像大海里的一叶小舟，漂泊不定。

突然，一个惊人的想法涌上脑头：婚前一定要把绝育手术做了……

跳　行

　　老刘耍了半辈子笔杆，把全部的心血都洒在文章上了，他发表了不少作品。他塑造出了各式各样的人物，个个栩栩如生，反过来讲，这些人物也在塑造着他。他常常被文章拉进别人从来也感受不到的那种幸福中去。他严肃地对待人生，虔诚地对待事业，从不原谅自己的过失。人们都说他是个好人。他也说是。

　　富足的精神享受伴随着他那拮据的生活，眼花缭乱的现实逼着他老往别人身上瞅。什么？同班同学"豆芽"成了十万元户？一起长大的"鬼不要"成了"聚英圆"饭店的老板，手上带着金镏子，两腿夹着摩托车满城转？他的心失重了，觉着自己走过来的路是傻子走过的路。傻！太傻了！不行！我要抓钱！我要抓大钱！对！只有经济富裕才是真正的富足，以前那种只满足精神领域的享受是自欺欺人，是阿Q式的精神胜利法。

　　老刘真的弃文经商办起了"北大洋"时髦服装店。他自任经理，还雇了几个伙计。

　　生意这东西并不是谁都能玩得了的，没几个月，老刘便折了本。老刘着实懊丧了几日，后来一想：一不做，二不休，我难道还不如"豆芽"？于是今天向这个"财头"取经，明天向那个大亨请教。真是不访不知道，一访皆奥妙。老刘如获至宝，马上付诸实践。将本地服装换成天津商标，将天津的换成上海的，将上海的换成香港的，将香港的换成进口的……门口安上大喇叭："世界新潮流，地道进口货。此时大拍卖，机会莫错过。"与此同时，是要尽一切手段打开了工商、税务两大把"铁锁"。

太灵了！刘经理几乎喜疯了。于是，大把大把票子进库，破屋改楼房，高档商品进家，床头装电话，伙计们一呼即应，酒菜一喊就到。

一晃三年过去了。刘经理富得流油！可他的精神世界似乎越来越混沌。

一日，酒过三巡，刘经理突然大哭起来，含含糊糊地说："我……的良心呢……我……的人格呢？"伙计们以为他喝醉了，说："刘经理！你喝多了，睡一觉醒醒酒就好了。""不！不！现在我才真的是清醒了……我……我穷啊……我穷得一无所有了……"伙计们都笑了："经理是让钱烧糊涂了吧？你这么有钱怎么还说穷呢？""是啊！正因为如此，我……我穷得只剩下这堆钱了……"伙计们面面相觑，个个悻悻而去。

（原载于《东昌文学》，1990 年第一期）

长相依

老两口都六十多岁了，成天吵，吵得儿女们都烦了。也不是因为什么大事儿，就是你说我秃，我说你瞎；你嫌我话难听，我说你没笑脸……净是些鸡毛蒜皮的小事。

这不！又吵上了：

"干吗?！干吗?"老头想找事。

"我还能干吗？无能无才的，年轻时差点儿让人给休了！"老伴顶上了。

"你拿眼白我干吗?"

"谁敢白你!"

"不白我，你这样做啥?"老头学老伴。

"我哪样？还不许人翻翻眼?"

"你斜眼翻干吗?"

"你不是找事嘛!"

"咋？就是找事!"

"行了行了，你们老这样吵，叫我们小的们怎么办!"俩孩子忍不住了。

"见你娘我心里就烦!"

"咋？把儿女拉扯大了拿我大头呀！哪里黄土不埋人！……我走!"老伴哭了，一气去了闺女家。

老头唱着梆子乐了："嘿嘿！咋恁好也！可叫俺自由了。"

第一天，老头喝了二两，找其他老头打了一天扑克，痛快极了。

第二天，又找老头拉了一天呱，恣得不得了。

第三天，觉着累了。

第四天，玩不起劲头儿了。

第五天，老觉着屋里少点吗。

第六、七、八、九天直睡大觉。

第十天一早把俩孩子叫到屋，说道：

"这几天身上老觉着不得劲儿。"

"咋啦？"

"不咋！"

"那到底为啥？"

"晚上渴了也没人给倒碗水。"

"我给你备下暖水瓶。"

"腰也有点痛……"

"晚上我来给捶捶！"

老头翻了翻白眼，不说话了。

晚上俩孩子来给老头捶腰，没几下老头就烦了："算了算了，这是抢油捶吗？怎么捶也捶不到你娘捶的那火候！"

第二天老头又把俩孩子叫到屋，说道：

"晚上我睡得清冷清冷的。"

"再加床被子？"

"加被子中屁用？脚冷！"

"放个暖水袋？"

"暖水袋能热多大片？！"

"放两个？"

"放一百个！"

俩孩子吓得溜出屋。

"狗日的回来！明天不把你娘接回来我就砸大彩电！"

第二天，老头把被窝晒得透透暄。

老伴回来了。

晚上，俩人脱了裤蹬着脚坐在被窝里。老伴撩开衣襟从兜里掏出两个苹果，一人一个，说道："妮儿叫我在路上吃的。"

老头抱过苹果吃着，不一会儿磨拉了大半个。"狗日的俩孩子给我装憋！脚冷他们要给我暖水袋，娘的！啥物件也抵不过挨着肉……嘿嘿……"

鸡叫头遍了，被窝里躺下了两颗相依的心………

第二章

故事

武训逸事

山东临清一带有句歇后语：武训的脑袋——莫轻弹（清谈）。意思是，武训为了集资修义学，忍受屈辱，让人们弹打自己的脑袋，以此来换些铜钱增补修义学的费用。可是如果谁弹了他的脑袋不给钱，他是不会善罢甘休的。

一天，武训盘坐街头，手里捧个破瓢，口中唱道："打打脑袋弹弹头，修个义学不犯愁！""打一下一个钱，我修义学不费难！"唱着唱着人们就围了上来。

有的人弹一下就扔个铜钱，很多人也理解武训的用意，不忍心侮辱他，扔下钱就离开了。

这时，来了个叫薛三的纨绔子弟，对着武训的头"啪！啪！啪"就是三下，然后哈哈大笑扬长而去，没给钱。这下武训可急了，追到薛三家，堵在大门口，手敲着破瓢就唱起来："薛三薛三你是狗，咬我一口你就走。薛三薛三真黑心，你家断子又绝孙。薛三白打我的头，你家又添新坟头。"这一唱不当紧，薛三领着几个打手冲出来要打武训。

这时围观的百姓不干了："你不要仗势欺人！""为什么打了人不给钱？""一个要饭的想修义学容易吗？""打了人不能白打！拿钱！拿钱！……"

武训敲着破瓢又唱起来："不给我钱我不走，骂你七七四十九。不给我钱我不干，骂得你天天咽不下饭！"

薛三见围观的人越来越多，又看看武训，心里又害怕又懊恼，从兜里掏出几个钱扔在地上，领着打手就回去了。

从此，临清就留下了这个歇后语："武训的脑袋——莫轻弹（清谈）。"

后来，凡是在武训义学教书的先生都不敢偷懒，原因是武训讨完饭总是来义学，看看先生是不是好好教，学生是不是好好学。

有一次，一个姓郭的先生中午歇晌睡过了点，武训来到学堂一看，一群学生正在院子里打闹玩耍，便问道："怎么不念书呀？"

孩子们说："先生没来！"

武训来到郭先生屋里，见郭先生正在睡觉，武训不声不响地跪在郭先生床前等待。过了许久，郭先生醒来，睁眼一看，脸瞬间红了，自知睡过了点。

武训嘿嘿笑笑说："先生！孩子等着教哩！孩子等着教哩……"

郭先生赶紧下床，搀起武训并恭恭敬敬地鞠了个躬，说："武老先生，以后我再也不贪睡了。"

从那以后，义学的先生都不敢再睡午觉了。

（王子华整理）

五样松

临清市东边不远的地方有个陈庄，庄上有个聪明伶俐又好看的姑娘，大家都叫她陈姑。由于她长得俊，心眼又好，几家财主都想娶她做媳妇，可陈姑怎么也不愿意。因为她爱的不是富贵，而是人品。她早已看上了本村一个叫刘奎的后生，而刘奎同样也爱上了陈姑。

刘奎家里很穷，父母又年老多病，常常是吃了上顿没下顿，可刘奎一心想读书，陈姑就用自己的积蓄周济他。这样一来，刘奎十分感激陈姑，读起书来，也更加上心了。

陈姑的爹娘早就去世了。她独自一人生活，本来就不宽裕，再加上不断周济刘奎，所以日子过得也十分艰难。刘奎见此情景，很过意不去，就不想再读书了。可陈姑十分反对，她说："奎哥，你放心吧，我可以多纺线、多织布，就是生活再难，也要让你把书念下来。"刘奎感动地流着泪水说："姑妹，你对我这么好，我一辈子也忘不了你的恩情。"

从此，陈姑拼命地干活，刘奎也就没黑没白地读书。时间过得很快，转眼间几年过去了，又赶上大考之年，陈姑很想让刘奎进京赶考。

可刘奎的爹娘却作起难来，家里这么穷，没有一点儿积蓄，进京赶考哪有盘缠呀？于是，他们把陈姑叫到家里来，说："孩子，你为了能让奎儿读书，已经吃了不少苦。这赶考虽然是件好事，可家中实在出不了路费，我们也不忍心再让你为难，俺看这事就算了吧！"

陈姑笑了笑说："二老放心，这些年咱什么苦难都熬过来了，好不容易熬到今天，说什么也得让他去。咱不求光宗耀祖，只求做个堂堂正正的文人吧。盘缠的事我早打算好了，把俺家那几间房子变卖了，以后……以后我就搬过来住。再说，奎哥一走，你们二老也得有个人照顾呀！"几句话，两位老人心里热乎乎的，刘奎也感动得落下泪来。

事情全按陈姑说的办了，刘奎赶考的事，总算随了人愿。刘奎起程那天，陈姑特意为他包了顿饺子，一家人坐在一起，高高兴兴地吃了顿团圆饭。陈姑又给刘奎打了个包裹，里面装了些衣物和吃的东西，又把自己的手镯摘下一只包在里头，含着眼泪对刘奎说："奎哥，你一个人上路，俺很不放心。路上一定要找个伴儿同行，渴了饿了要买热饭热汤吃，千万别吃冷的，你自己要处处当心。想家时，就拿出手镯来看看，考中考不中都要早点回来，别忘了小妹在家等着你。"刘奎十分感动，含着泪抓住陈姑的手，说："姑妹，我终生也报答不了你对我的深情厚意，你的话我一定会牢记在心，家中的二老就托付给你了，我一定早点回来。"刘奎说完便起身。陈姑送他到村头上，人走得都看不见了影儿，陈姑还站在村头上望着，望着。

陈姑服侍两位带病的老人，日子过得十分艰难。她白天织布，晚上纺线，不敢闲一会儿，这才勉强顾上了全家的吃穿。

一晃半年过去了，刘奎既没有回家，也没有信儿，可把陈姑急坏了。她挂念奎哥是不是在外头病了？还是在路上遇到坏人？也担心奎哥没有考中，想不开……她想啊想，白天吃不下饭，晚上睡不着觉，身子一天天地消瘦下来。

俩老人更是想儿心切。他们经不住长时间思念的折磨，不久就相继去世了。

生活本来就已十分艰难，可要一下给两位老人送殡可真不容易。陈姑想，刘奎不在，再难也得买两口棺材让老人入土，不然怎能对得起奎哥呀？拿什么买呀？她看了看这半间不值钱的破草房。最后她想，只有走卖身为奴这条路了。她托人与本村薛财主家做了说合，以俩老人的棺材钱作为身价，将自己卖给了薛家。临行前，她披麻戴孝，总算把俩老人安葬了。

陈姑白天给财主家干活，到了晚上就对着孤灯落泪。她心想：只要刘奎哥还在人世，总有一天他会回来的，我一定要等他！可是陈姑身体越来越瘦弱，她在梦中常常念叨："奎哥呀！快回来吧，如果再不回来，就恐怕见不到你的小妹了。"

这一天，外边忽然传来喜讯：刘奎中榜，做了大官，过几天就要回乡了！她高兴地扑倒在炕上，放声大哭起来，直到把满肚子的委屈和酸楚都哭了出来。她暗暗地想：我总算把奎哥盼来了！他回来了把我赎出去，我又能重见天日了。她又想：奎哥做了大官，俺也不求穿戴那凤冠霞帔，我得难为难为他，叫他给我做饭、扫地，伺候伺候我。我为他受了多少苦呀！想着想着，陈姑又落下泪来。

陈姑这几天像换了个人似的，脸蛋红扑扑的，眼里也有了光彩。

不一日，又有讯传来，刘奎的官轿已到临清，快要到家了！陈姑一听，心里急促地想：天哪！说来，来得那么急，俺可什么都没准备哩。嗨！准备个啥，就这身破衣裳才好，让他看看我在家受的是啥罪！可说是说，身上总得有点鲜亮气儿呀！她一口气跑到地里，采来了五样野花插在了头上，偷偷跑到那半间草屋里，捂着怦怦直跳的心口，只等着奎哥的到来。

听！来了！开路的锣声响得那样当紧！陈姑想：我是不是该去迎迎他？不！让他来见我，别让人家说咱见官眼开！她焦急地等啊等。哎？怎么锣声不响了，人也没有来？陈姑正在疑惑着，给财主做饭的王妈进来了。她一进门，就含着眼泪，一把抓住陈姑说："天哪，我苦命的孩子，你还坐着傻等哩，刘奎带着新夫人回去了！"

陈姑愕然问道："什么？新夫人？他回去了？！"她不敢相信自己的耳朵。

王妈说："真的，孩子，听说他娶了丞相的闺女。我见了，她头戴凤冠，身穿霞帔，坐在轿里，好不威风！人家是回家祭祖的，祭完了祖就回去了。"

陈姑听到这个消息，犹如五雷轰顶，愣住了！她喃喃地说道："不会的，不会的，我就去找他，他可能认为我也不在人世了！"她仍然抱着一线希望。

王妈流着眼泪说："孩子，你找他也没用了，你的事我都对刘奎讲了，他只说以后给你捎些钱来就是了。"

陈姑听后，悲痛欲绝地喊了一声"天哪！"就一头栽倒在地，昏了过去。后来，王妈把她叫醒，她从地上爬起来，便疯似的往外跑去。她一口气跑到爹娘的坟上，撕心裂肺地痛哭。她哭着哭着，忽然又狂笑起来，猛地站起，大叫一声，一头撞在一棵大树上。可怜的陈姑，就这样结束了自己年轻的生命。

不久，在陈姑死去的地方，长出一棵松树。这棵松树有五条枝干，却长出了五样不同的叶子。人们都说这是陈姑头上戴的那五样野花演变的。松树伸展着长长的枝臂，迎风摇曳，好像在对过路的人们诉说那悲惨的遭遇，也像是在对刘奎这种不义之人的控诉。

（临清文化馆刘文福讲述，王子华整理）

第三章

歌曲

好一个临清城

（清水河调）

王子华 王晓燕 词曲

1 = C 2/4

深情地 民歌风

021

(2̇ 1̇ 2̇ 3̇ 5̇ 3̇ 5̇ 6̇ | i̇ 7̇ 6̇ 6̇ 3̇ 5̇ | 2̇ 3̇ 1̇ 2̇ 3̇ 5̇ 3̇ 2̇ | i̇ 0) |

2̇ 2̇ 2̇ 3̇ 2̇ 1̇ 6̇ | 2̇ 0 | 2̇ 3̇ 2̇ i̇ 6̇ i̇ 5̇ 6̇ | i̇ 0 6̇ i̇ 2̇ |

好一个临 清 城， 自古 有 美 名。 清 清 的
好一个临 清 城， 处处 有 名 胜。 鳌 头 矶
好一个临 清 城， 人杰 地 也 灵。 古 有
好一个临 清 城， 盛世的"小 天 津。" 高 楼

3̇ 5̇ 3̇ 2̇ 3̇ | 2̇ 3̇ 2̇ i̇ 7̇ i̇ | 2̇ 3̇ 2̇ i̇ 7̇ | 6̇ 7̇ 6̇ 5̇ | 3̇ i̇ 0 2̇ |

运 河水 船儿 排成 龙 啊，到夜 晚 灯 火
凤 凰岭 钞关 五样 松 啊，清真 寺 倒 映 在
王 朝佐 今有 张自 忠 啊，文学 啊 泰 斗
一 座座 街道 宽又 明 啊，载歌 载 舞

7̇ 6̇ 5̇ | 6̇ i̇ 6̇ 5̇ 3̇ | 5̇ 3̇ 5̇ 6̇ 6̇ i̇ | 5̇ 6̇ 4̇ 3̇ 2̇ | 5̇ 5̇ 5̇ 2̇ |

照 满了 城 啊。唱曲 的(那个) 人 儿 哟声声 到天
河 水 中 呀。舍利 塔(那个) 凤 一 义吹铃儿 响叮
季 羡 林 呀。武训 他(那个) 办 义 学天 下 留美
人 欢 乐 呀。红红 呀(那个) 火 火 哟好一个 临清

3̇ 4̇ 3̇ 2̇ 1̇ | 6̇ 0 5̇ 6̇ 3̇ 2̇ | i̇ 0 6̇ 5̇ 6̇ 3̇ | 2̇ 1̇ 2̇ 3̇ 5̇ 5̇ 6̇ |

明 啊。哼 啊哎来来 哟 啦哼哎哟 唱曲 的(那个)
咚 啊。哼 啊哎来来 哟 啦哼哎哟 舍利 塔(那个)
名 啊。哼 啊哎来来 哟 啦哼哎哟 武训 他(那个)
城 啊。哼 啊哎来来 哟 啦哼哎哟 红红 呀(那个)

6̇i 76 53 | 2̇ i2̇ 35 32 | i - :‖ 2̇1 2̇3 556 |

人儿哟　声声到天明。　　红红呀那个

风一吹　铃儿响叮咚。

办义学　天下留美名。

火火好　一个临清城。

i 76 53 | 2̇ i2̇ 35 32 | i̇ - | i̇ 0 ‖

火火呀　好一个临清城。

我为临清唱赞歌

（男女二重唱）

王子华 王晓燕 词曲

1=F 2/4

023

弹起琴（哩喂嘚哩 咚）乐呵 呵 唱上

一支心中 最美的歌，

唱唱临清的 大繁 荣，唱唱临清的 大飞 跃。

（女）唱唱临清的 大变 化，唱唱临清的 好生 活哎 嗨。

（男）

唱起来呀 跳起来，唱起来呀 跳起 来，我为 腾

结束句

飞的临 清 唱赞 歌哎嗨唱赞 歌。Fine

024

```
1  0 5 | 1 1 1 0 ) 5  3 5 | 1 · 2  3 · 5 6 3 | 5 -  |
         唱 赞 歌，   唱   赞  歌，
         唱 赞 歌，   唱   赞  歌，

5  i | 6 i 6 5 | 6 6 2 5 - | 6 i i 6 i | 6 5 4 |
唱 唱 临 清 的  大  建  设。      临清的道路 宽又明，
临 清 的  改 革  红 红 火 火。      农业 年年 大丰收，
                              4 · 5 4 5 | 4 3 2 |

( i i 6 5 i | 6 5 4 ) 5 3 2 5 | 3 2 1 | ( 5 5 3 2 5
           巍巍高楼 一座座，
           工业年年 奏凯歌，
0    0  | 0  0  3 1 2 3 | 1 2 1 | 0   0  |

3 2 1 ) | 6 6 6 6 5 | 4 5 6 | 5 3 2 3 | 2 6 1 |
        运河的美景 看不够，京九铁路 穿城过，
        人民的生活 富起来，欢声笑语 汇成河，
0    0  | 4 · 5 4 5 | 4 5 4 | 3 1 2 3 | 2 6 1 |

5  i | i · 6 5 i | 6 5 4 | 5 3 2 5 | 3 2 1 |
哎 嗨 唱 起 来 呀 跳 起来 唱 起来 呀 跳 起来，
哎 嗨 唱 起 来 呀 跳 起来 唱 起来 呀 跳 起来，
3  5 | 5 3 2 5 | 3 1 2 | 5 3 2 5 | 3 2 1 |

(合) 3 3 2 | 5 5 4 | 4 6 3 | 3 2 1 | 5  1 :||
    我 为 腾 飞 的 临       清      唱 赞 歌。D.S.
```

打绳也是干革命

（女声表演唱）

王子华 词曲

1=♭B 2/4

稍快 热情地

025

（₆5 ₆5 | ₆5 ₆5 | 5 5 3 33 | 2 2 i 5 | 3 3 2 2 | i 5 i 5 |

i 5 i 5 ） ‖: i 3 2 | 2 3 6 | i i | 5 55 i i |

大 妹 子， 哎， 嫂 子 来， 哎， 咱 把 那 绳 车
大 妹 子， 哎， 嫂 子 来， 哎， 咱们来个 生 产
大 妹 子， 哎， 嫂 子 来， 哎， 咱 把 那 绳 车

6 3 2 | 5·3 5·3 | 6 3 2 | 5 i 5 i | i 6 5 |

拧 起 来， 哼 哼 拧 起 来， 绳车拧得 快 如 飞，
大 竞 赛， 好 来 好 来 大 竞 赛， 主席著作 学 得 好，
拧 起 来， 哼 哼 拧 起 来， 绳车拧得 快 如 飞，

5 i 3 32 | 1 21 1 ⌄5 | 33 2 32 | 1 21 1 | 1 0 |

（0 5 | 33 2 22 |

根根麻绳 车间坠，好 似那白浪 击江水。
姑嫂心齐 干劲高，咱 日日月月 超指标。
根根麻绳 车间坠，好 似那白浪 击江水。

1 5 1 5 | 1 5 1 5 ）

0 0 | 0 0 | 55 33 | 2 2 1 | 6·1 65 | 6 3 5 |

啊 麻儿白来 纤维 长，
啊 党的话儿 记得 牢，
啊 绳儿结实 绳儿 长，

026

6 6 6 6	i 3 2	5 i 3 3 2	1 2 1	6 3 2

千丝万缕 拧一起, 拧在一起 有力量, 快快拧
比学赶帮 掀高潮, 出绳多来 质量好, 快快拧
捆捆绳儿 运四方, 支援建设 有力量, 快快拧

2 6 i	6 3 2 2	2 6 i	5·3 5·3	5·3 5

莫放松, 加油干啊 出好绳, 哼啊哼啊 哼啊哼,
莫放松, 加油干啊 出好绳, 哼啊哼啊 哼啊哼,
莫放松, 加油干啊 出好绳, 哼啊哼啊 哼啊哼,

5 i 5 i i 5 i	i·3 2 i	2 6 i	6 6 6 6 6

绳儿 运到公社去, 支援农业 好收成, 绳儿运到那
咱们的工作方向明, 干劲足来 思想红, 为了祖国
麻儿 白来纤维长, 拧在一起 有力量, 全国人民

（领）哎 i — i —

i 3 2	5 i 3 3 2	1 2 1	5·3 5·3	5·3 5·3

工厂里, 生产指标 往上增, 哼啊哼啊 哼啊哼啊,
建设好, 打绳也是 干革命, 哼啊哼啊 哼啊哼啊,
团结紧, 建设祖国 保国防, 哼啊哼啊 哼啊哼啊,

5 5 3 3	2 2 i 5	3 3 2 2 2	i 2 i (5

坚决要听 党的话, 啥工作也是那 干革命。
为了祖国 建设好, 俺打绳也是那 干革命。
全国人民 团结紧, 建设那祖国 保国防。

| 3 3 2 2 2 | i 5 i 5 | i 5 i 5) :‖ 5 5 3 i ‖
|---|---|---|---|

哼 啊那 哼。

养猪姑娘

（女声小合唱）

李予 王子华 词
王子华 曲

1=♭B 2/4

中速稍快 欢快 跳跃地

（0 1 3 ‖: 5 5 5 5 | 6 6 5 3 | 2 3 2 1 6 1 |

3 5 5 5 | 3 5 5 5) | 0 5 3 5 | 6 1 5 | 5 1 6 1 |

有一个 姑 娘 名叫小
咱们的那 个 养猪姑
咱们的那 个 养猪姑

2· 3 2 | 0 3 5 3 | 2 3 1 | 1 2 3 7 6 | 6· 1 5 |

芳嗨哟, 她高中毕 业 就 下了乡嗨哟,
娘嗨哟, 一心想搞好 科 学饲养嗨哟,
娘嗨哟, 把猪儿当成 宝 贝一样嗨哟,

0 3 3 5 | 6 5 6 | 6 2 2 7 | 6· 5 3 | 0 5 3 5 |

老支书 对 她 把话儿 讲, 工作就
为了 养猪 大发 展, 因陋
有一个 母猪 要生 崽儿, 姑娘

2 3 1 | 1 6 1 3 | 5· 6 | 1 （0 3 3 5 |

分 配 把猪儿 养嗨哟。
就 简 建曲 房嗨哟。
半 夜 守圈 旁嗨哟。

```
2  3  7 | 7  6 6  5 3 | 5  6  1 0) | 3  5    6 |
                                      你 看   她
                                      你 看   她
                                      你 看   她

6 (5  3 5 | 6) 6 5  3 6 | 5 (1  6 5 | 3 5 6 1  5) |
那个 喜  洋  洋,
那个 办  法  强,
那个 精 神  爽,

1  1  6 1 | 3  5    6 | 1  1   6 5 | 3 6    5 |
白 布 围 裙  身 上   扎, 裤 腿  挽 到  膝 盖   上,
依 靠 群 众  搞 试   验, 饲 料  糖 化  少 用   粮,
圈 口 挂 上  挡 风   帘, 又 给  母 猪  熬 米   汤,

0 5 3 5 | 2·3 1 | 6 5 6  5 | 3 5 2 1 | 3 6 5 (5 |
放 下 扫  帚 挑 起 桶, 她 出 出 进 进  里 外 忙。)
柴 草 树  叶 变 成 宝, 这 猪 儿 吃 得  喷 喷 香。
刚 生 的 猪  崽儿 不 耐 冻, 她 个 个 抱 到  炕 头 上。

0 3 1 3 | 6 | 5 | 6 5 6 3 | 1 3 6 5 | 3 6   5 0 |

3 5  2 1 | 3 6 5) | 5 — | 5 — | 5 3 |
                    哎          依 嗬

0     0 | 0  0 | 3·5 6 1 | 3·5 6 1 | 3 1 |
                 依 嗬 哟 号  依 嗬 哟 号
```

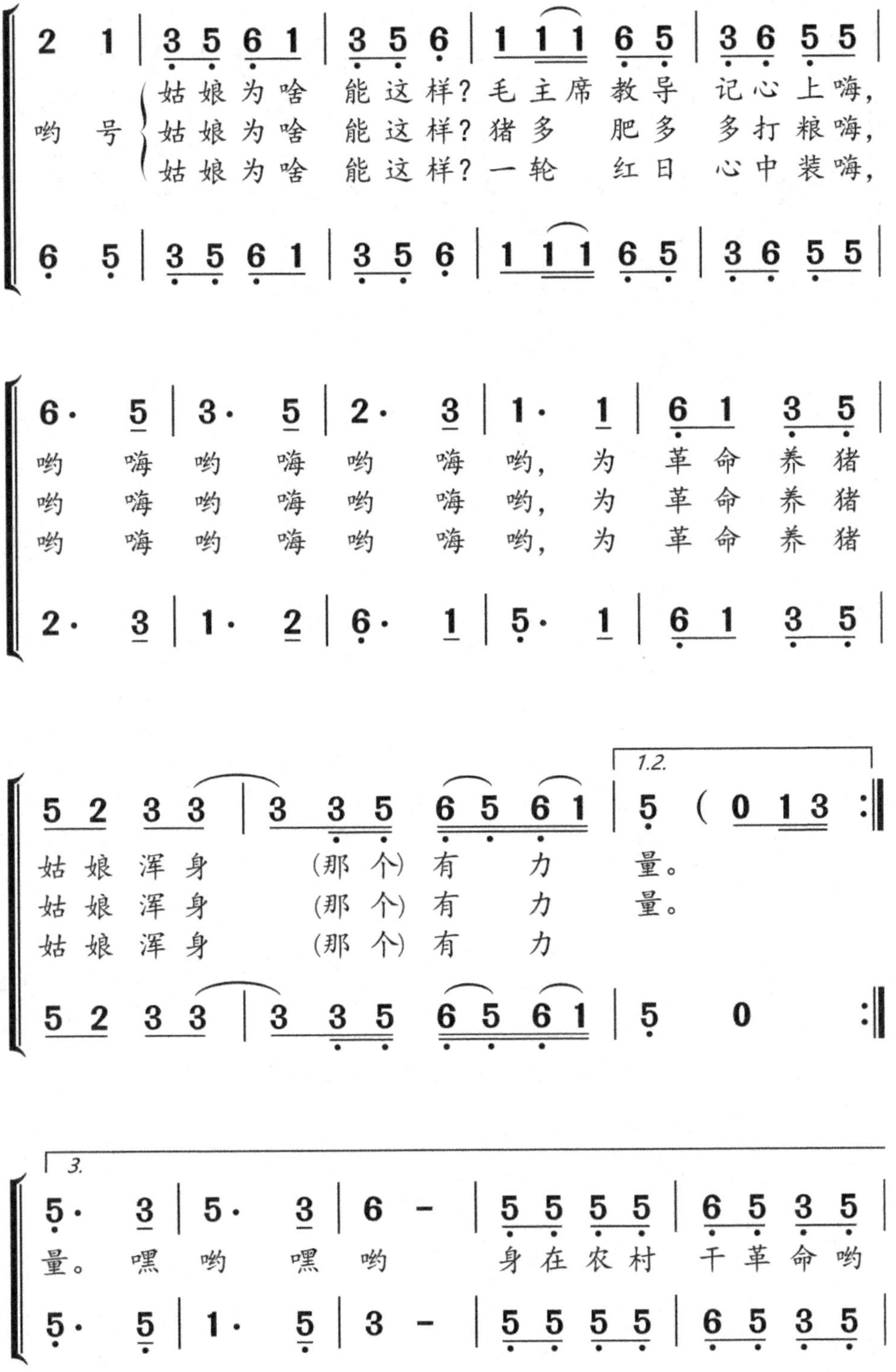
哟 号
姑娘为啥 能这样？毛主席教导 记心上嗨，
姑娘为啥 能这样？猪多 肥多 多打粮嗨，
姑娘为啥 能这样？一轮 红日 心中装嗨，
哟 嗨 哟 嗨 哟 嗨 哟，为 革命 养猪
哟 嗨 哟 嗨 哟 嗨 哟，为 革命 养猪
哟 嗨 哟 嗨 哟 嗨 哟，为 革命 养猪
1.2.
姑娘浑身 (那个)有 力 量。
姑娘浑身 (那个)有 力 量。
姑娘浑身 (那个)有 力
3.
量。嘿 哟 嘿 哟 身在农村 干革命哟

$$5 \quad - \quad | \quad 5 \quad - \quad | \quad 2 \quad 3 \quad 5 \quad | \quad 6 \quad 3 \quad 5 \quad \|$$

哎，　　　　　　　永　向　党　永　向　党。

$$\underline{5 \cdot \quad 3} \quad \underline{3 \quad 3} \quad | \quad \underline{2 \quad 1} \quad \underline{6 \cdot \quad 1} \quad | \quad 2 \quad 3 \quad 5 \quad | \quad 6 \quad 3 \quad 5 \quad \|$$

一　颗　红　心　永　向　党。

看 报

（表演唱）

王子华
贾 岱 词曲

1=C 2/4

风趣地

‖:（3 5 3 5 7 6 | 3 5 3 5 7 6 | 3 5 3 5 6 3 | 5 5）:‖ 031

6·3 5 | 5 - | 0 5 3 2 | 1 - | 0 2 7 6 | 5 6 i |
（齐）收 了 工，　　抽 空 闲，　　咱 几 个 老 头

6 5 4 3 | 2 - | 0 3 2 3 | 3 6 1 | 0 2 7 6 | 5 7 6 |
把 报 看，　　新 鲜 的 消 息 真 不 少，

0 6 5 6 | i 0 i 3 | 5 0 | 2 2 7 6 | 1 - |
咱 一 篇 一 篇 地 快 快 往 下 念，

2 2 7 6 | 5 - ‖:（3 5 3 5 7 6 | 3 5 3 5 7 6 | 3 5 3 5 6 3
快 快 往 下 念。

5 5）| 6 6 5 6 6 | 0 i 3 5 | 6·2 7 6 | 5 0 6 6 |
有 个 新 闻 真 是 好，　　　　（齐）（那 个）
你 们 来 看 这 一 篇，　　　　（齐）（那 个）
这 里 有 篇 好 新 闻，　　　　（齐）什 么

6 3 5 | 0 i 6 | 5 i | i 3 2 | 1·3 2 6 |
你 念 念。（甲）工 业 战 线 捷 报 传 啊 捷 报
哪 一 篇？（乙）解 放 军 的 战 斗 作 风 真 可
好 新 闻？（丙）农 业 发 展 真 呀 真 喜

卫运河畔的回音

032

$\underline{1} \quad \underline{3\ 3}\ \underline{2\ 6}\ |\ 1 \quad \underline{3\ 2}\ |\ 3\ 0\ 3\ |\ \underline{3\ 5}\ \underline{6\ 5}\ |$

传,（齐)(那个) 捷 报 传。(甲)工 人 们， 早 起 晚 睡,
赞,（齐)(那个) 真 可 赞。(乙)解 放 军， 立 场 坚 定,
人,（齐)(那个) 真 喜 人。(丙)社 员 们， 大 干 苦 干,

$\underline{3\ 5}\ \underline{6\ 5}\ |\ \underline{6\cdot}\ \underline{2}\ \underline{7\ 6}\ |\ \underline{5\ 6}\ \underline{3\ 5}\ 6\ |\ (\underline{5\ 6}\ \underline{3\ 5}\ 6)\ |\ \underline{6\cdot}\ \underline{3}\ 5\ |$

紧 张 劳 动，晴 天 雨 天 一 样 干， 工 人 们,
功 夫 过 硬，认 真 学 习 苦 锻 炼， 解 放 军,
争 取 高 产，人 人 都 在 争 先 进， 社 员 们,

$0\ \underline{5\ 6}\ \underline{3\ 5}\ |\ \underline{3\cdot}\ \underline{2}\ \underline{1\ 2}\ |\ \underline{3\ 2}\ 3\ 0\ 2\ |\ \underline{7\ 6}\ 5\ |\ 5\ -\ |$

(那个) 为 了 祖 国 繁 荣 富 强 把 力 量 献。
(那个) 保 卫 社 会 主 义 祖 国 锦 绣 河 山。
(那个) 向 着 祖 国 农 业 机 械 化 大 进 军。

$0\ \underline{6\ 6}\ \underline{5\ 5}\ |\ 0\ \underline{3\ 2\ 2}\ |\ 0\ \underline{6\ 6}\ \underline{5\ 5}\ |\ 0\ \underline{3\ 2\ 2}\ |\ 0\ \underline{3\ 3}\ \underline{2\ 3}\ |$

(齐)嘚儿 哟哟 哼 哎 嗨 嘚儿 哟哟 哼 哎 嗨 工 人 阶 级
(齐)嘚儿 哟哟 哼 哎 嗨 嘚儿 哟哟 哼 哎 嗨 解 放 军 的
(齐)嘚儿 哟哟 哼 哎 嗨 嘚儿 哟哟 哼 哎 嗨 实 现 农 业

$\underline{2\ 3} \quad \underline{2\ 3}\ |\ 0 \quad 0\ |\ \underline{3\ 5}\ \underline{3\ 5}\ |\ \underline{6\ 3}\ |\ 2\ \underline{3\ 2}\ |\ 1\ \underline{6}\ |$

革命 精神 好！ 好！ 为 了 祖 国 大 建 设
战斗 作风 好！ 好！ 为 了 祖 国 大 建 设
现代 化呀 好！ 好！ 为 了 祖 国 大 建 设

$5\ 0\ \underline{3\ 3}\ |\ \underline{2\ 3}\ \underline{7\ 6}\ 5\ |\ 6\ -\ |\ \underline{6\ 5\ 6}\ \underline{7\ 6}\ |\ 5\ -\ :\|$

嘿 哟哟 都把 力 量 献， 真 是 好 模 范。
嘿 哟哟 不怕 风 雪 寒， 站 在 最 前 线。
嘿 哟哟 永远 向 前 进， 永 远 向 前 进。

（接尾数板）（甲）看报好，多看报，（乙）国家大事都知道，
　　　　　　（丙）先进经验学得快，（丁）科学技术大提高。
　　　　　　（合）对！对！

$\overline{3\,5}\,\overline{3\,5}$　$\overline{6\,3}$ | $\overline{2\,\widehat{3\,2}}$　$\overline{1\,\dot6}$ | $\overline{5\,0}$　$\overline{3\,3}$ | $\overline{2\,3}$　$\overline{\widehat{7\,6}\,5}$ ‖

　看　报　好来 多看　报，　嘿　哟哟　啥事都 知

033

$\dot6$　- | $\overline{6\,6}\,\overline{5\,6}$　$\overline{7\,6}$ | 5　- ‖

　道，　　咱们 以后 多看　报（对！）

三八渠上铁姑娘

(女声小合唱)

王子华
程占吉 词曲

1=G 2/4

(5 5 | 5 5 | 6i65 3532 | 1235 2 7 | 6i65 35 6 |

5555 5 | 5555 5) | 5563 | 55 i | 6551 | 2 —
红旗呼啦 啦呀， 歌声响四 方，

3353 | 2166 | 553 232 | 1· 3 | 6635 |
全国人民 学大寨呀，斗呀 斗志 昂， 为 普及大寨

66 0 | 5627 | 656 | 0535 | 66 i | 5055 |
县呀， 人人献力 量嗨哟， 俺们是 三八 渠 上的

1.　　　　结束句
6532 | 1 0 2 | 3·5 76 | 5 5 | 5 0 | 6 3 | 5 (5) ‖
铁 姑 娘，嗨铁 姑 娘哟。娘， 铁 姑 娘。 Fine

‖:(6i65 3532 | 1235 2 7 | 6i65 35 6 | 5555 5)‖

356 | 1·2 | 3 6·i | 5 — | 53 i | 6 5 | 35 1 |
铁 姑 娘， 斗志 昂， 三八 渠上 摆战
歌 声高， 红旗 扬， 热浪 一浪 高一

356 | 5·6 | 1 23 | 1 — | 215 | 32 | 725 |

第三章 歌曲

035

2 - | 3·2 16 | 123 | 3·1 65 | 365 | (3 56 5) |
场，　狠批"妇女　无用论"，现在男女　都一样，
浪，　战斗　号子　遍地起，　推走泥土　千万方，

6 - | 3·2 16 | 123 | 15 32 | 7 65 | (3 56 5) |

53 1 | 1·27 | 635 (7 | 635) | 66 5 35 |
你看那　　嗨　铁姑　娘，　　　甩开那　铁脚
你看那　　嗨　铁姑　娘，　　　汗水　两鬓

31 5 | 5·27 | 635 (7 | 635) | 0　　0 |

66 0 | 0　　0 | 0　　0 | X X X X | X X X X |
板啦嘿　抖起那　铁肩　膀，　　车轮飕飕　转哪，嗨�
流啦嘿　脸上　放红　光，　　　干劲哪里　来呀，嗨哟

0 X | 2 7 7 6 3 | 5 (5 5) | 0 0 0 0 | 0 0 X X |

0　　0 | 0 (11) | 0 3 1 | 6·1 65 | 3 56 3 - |
扁担吱吱　响，　　建设　社会主义　大农　业，
胸中有朝　阳，　　为了　尽快普及　大寨　县，

5 3 2 6 | 1 (11) | 0 1 5 | 3·5 32 | 6 32 | 1 - |

0 5 3 2 | 1 7 6 | 5 - | 5 - | 6 1 6 3 | 5 (5) :‖
俺队的　姑　娘　　　个个是闯　将。
俺队的　姑　娘　　　个个是闯　将。

0 5 3 2 | 1 7 6 | 2 - | 2 - | 3 5 6 3 | 5 (5) :‖

社员爱唱大寨歌

（独　唱）

维　芳　词
王子华　曲

1=C 2/4

§
(1̇ 6 1̇ 2̇　3̇ 2̇ 3̇ 5 | 2̇　2̇ 3̇ 2̇　1̇ 6 1̇ | 6 1̇ 6 5　6 1̇ 2̇ | 5· 1̇ |

3̇ 5 3̇ 2̇　2̇ 3̇ 2̇ | 1̇ -)| 2̇ 2̇ 2̇ 3̇……2̇ 5　3̇ 5 3̇ 2̇　1̇6̇ 1̇ |

大雁哟　　　爱落
毛主席　　　谱写

3̇ 5 3̇ 2̇　2̇ 3̇ 2̇ | 1̇ - | 2̇ 2̇ 3̇　5 3̇ | 2̇ 3̇ 2̇ 1̇ |
向　阳　　坡，　鱼儿哟　　爱游
大　寨　　歌，　华主席　　领唱

6 1̇ 6 5　6 1̇ 2̇ | 5 - | 6 1̇ 5 6　1̇ | 6 2̇ 7 6 5 |
大　江　河，　喜鹊哟爱报
万　人　合，　歌唱哟大寨

6 6　3̇ 5 3̇ 2̇ | 1̇ - | 2̇ 2̇ 3̇　5 3̇ | 2̇ 3 1̇ 1̇ |
丰收　　　讯，社员哟　爱唱
学大　　　寨，大寨哟　赞歌

6 1̇ 6 5　6 1̇ 2̇ | 5· 3̇ | 1. 3̇ 5 3̇ 2̇　2̇ 3̇ 2̇ | 1̇ - |
大　寨　　歌，大　寨　　歌。
永　不　　落，

慢一倍 结束句 (i i i i 6 i 6 5 | 3 5 3 2 1 2 3 5 | 1)

3 5 3 2 i 6 3 2 | i - | i - | i 0 ‖
永　不　落。

‖: (i 6 i 2 3 2 3 5 | 2 3 2 i 6 i | 6 i 6 5 6 i 2 | 5 · i |

3 5 3 2 2 3 2 | 1 -) | 2 2 3 5 3 2 | i 6 i · |
　　　　　　　　　一　唱　大　　　寨
　　　　　　　　　二　唱　大　　　寨
　　　　　　　　　三　唱　大　　　寨

6 i 6 5 3 5 2 3 | 5 3 5 · | i · 2 3 5 3 | 2 3 2 i |
红　　如　　火，　点　燃　山　川　映　日　月
英　　雄　　多，　改　天　换　地　绣　山　河
好　　风　　格，　人　人　爱　社　爱　祖　国

6 i 6 5 3 5 2 | i 6 i · | i 6 i 0 i 2 | 3 2 3 0 5 |
映　日　月，　经　风（那个）斗　雨
绣　山　河，　红　花（那个）越　开
爱　祖　国，　开　山（那个）种　田

2 7 6 i 5 6 | ⌐5¬3 - | i 6 i 2 3 5 3 | 2 3 2 i |
旗　更　红，　道　路　越　走
越　鲜　艳，　年　年　岁　岁　连　着
为　革　命，　虎　头　山　连　着

6 i 6 5 | 6 i 2 | 5·i̲3 | 3 5 3 2 | 2 3 2 | i - :‖

越 结 金　　宽 硕 水　　阔，果 河，　　越 结 金　　宽 硕 水　　阔。果 河。

D.C.

干一辈子清洁工

（男声表演唱）

鲁生 天海 子华 词
子华 鲁生 曲

1 = G $\frac{2}{4}$

039

(5 3̲2̲ 1̲1̲ | 6̲1̲2̲3̲ 1̲1̲ | 0̲1̲ 6̲1̲ | 5̲·6̲ 1̲1̲ |

0̲1̲ 3̲2̲ | 1̲1̲ 6̲1̲2̲3̲ | 1 1) ‖: 3̲3̲ 6̲7̲6̲ | 5̲5̲3̲ 2 |

手 持哎	扫 帚 喂
大 个哎	扫 帚 喂
拿 着哎	舀 子 喂
四 个哎	老 头 喂

3 5 | 1̲ 3̲2̲1̲ | 6̲ 6̲ 6̲ 3̲ | 5̲3̲ 2̲1̲ | 6̲· ⁵7̲ |

笑 盈 盈哎，	俺 们 都 是	卫 生 队 的	清 洁
握 手 中哎，	扫 了 哟 号	大 街 扫	胡 茅
背 着 桶哎，	清 了 哟	尿 汤 挖	茅
笑 盈 盈哎，	别 看 他	人 老	心 可

6̲· 7̲6̲5̲ | 1̲1̲ 6̲1̲5̲6̲ | 1̲1̲ 0 | (1̲ 1̲) | 2̲2̲ 1̲2̲3̲5̲ |

工 来，	扫 帚 扛 肩	上 啊，	身 背 大 粪
同 来，	垃 圾 沤 成	肥 啊，	街 道 真 干
坑 来，	撒 上 六 六	粉 啊，	苍 蝇 消 灭
红 来，	全 心 为 人	民 啊，	全 心 为 革

(2̲ 2̲) | 2̲ 2̲ 0 | 3̲·5̲ 3̲5̲ | 6̲2̲7̲6̲5̲ | 3̲5̲3̲5̲ | 1̲3̲ 3̲2̲ |

桶 啊，	保 证 人 民	身 体 健 康	啊 这 工 作	多 光
净 啊，	肥 土 运 到	生 产 队 啦	支 援 农 业	把 产
净 啊，	处 处 清 洁	人 人 键 康	都 夸 咱 这	卫 生
命 啊，	不 怕 劳 累	不 怕 脏	干 一 辈 子	清 洁

王子华文艺作品选
卫运河畔的回音
040

四 季 歌

（女声表演唱）

刘文福 词
王子华 曲

1=F 2/4

山东民歌风 欢快地

$(\underline{6\,\dot{1}\,6\,5}\ \ \underline{6\,\dot{1}\,6\,5}\ |\ \underline{3\,2\,3\,5}\ \ \underline{6\,5\,6}\ |\ \underline{5}\ \underline{5\,3}\ \ \underline{2\,3\,5\,6}\ |$

$\underline{3\,2\,1\,2}\ |\ \underline{5}\ \underline{5\,3}\ \ \underline{2}\ \underline{3\,5}\ |\ \underline{3\,2\,1\,7}\ \ \underline{\dot{6}\ \dot{1}}\ |\ \underline{3\,6\,6\,6}\ \ \underline{\dot{6}\ \dot{1}}\ |$

$\underline{3\,6\,6\,6}\ \ \dot{6}\ )\ \|:\ \underline{6}\ \underline{6}\ \ \underline{3}\ \underline{5\,3\,5}\ |\ \underline{6}\ \underline{5}\ \ 6\ |$

春 季 里 的（那 个） 哼 哎 哟
夏 季 里 的（那 个） 哼 哎 哟
秋 季 里 的（那 个） 哼 哎 哟
冬 季 里 的（那 个） 哼 哎 哟
弹 起 琴 呀（那 个） 哼 哎 哟

$\underline{3}\ \underline{7}\ \ \underline{6}\ \underline{6\,5}\ |\ \underline{\dot{1}\ \cdot\ 2}\ \ 3\ |\ \underline{3\,3\,3}\ \ \underline{2\,3\,5}\ |\ \underline{\dot{2}}\ \underline{7}\ \ \underline{6\,5}\ |$

菜 花 香（那 个） 呀 儿 哟， 桃 李（那 个） 争 妍 柳 丝 长 啊
荷 花 香 （那 个） 呀 儿 哟， 渠 水（那 个） 哗 哗 浇 田 转 啊
桂 花 香（那 个） 呀 儿 哟， 科 学（那 个） 种 田 结 硕 果 呀
梅 花 香（那 个） 呀 儿 哟， 高 压（那 个） 电 线 架 起 来 呀
把 歌 唱（那 个） 呀 儿 哟， 唱 得（那 个） 年 年 大 丰 收 呀

$\underline{5}\ \underline{3}\ \ \underline{2}\ \underline{3\,2\,1}\ |\ \underline{\overline{7\ 6}}\ \underline{5}\ \ \underline{\dot{6}}\ |\ \underline{6\ \cdot\ 6}\ \ \underline{6}\ \dot{2}\ |$

大 闹 春 耕（那 个） 人 人 忙， 哟 儿 依 哟
禾 苗 青 青（那 个） 肥 又 壮， 哟 儿 依 哟
大 豆 圆 来（那 个） 谷 穗 长， 哟 儿 依 哟
家 家 户 户（那 个） 电 灯 亮， 哟 儿 依 哟
唱 得 公 社（那 个） 大 变 样， 哟 儿 依 哟

1.2.3.4.

$\dot{2}$　5　6｜5　3　2　3　2　1｜7　6　5　6‖

哟　嗨　哟　　大　闹　春　耕（那　个）人　肥　人　忙。
哟　嗨　哟　　禾　苗　青　青（那　个）人　又　穗　壮。
哟　嗨　哟　　大　豆　圆　来（那　个）谷　又　穗　长。
哟　嗨　哟　　家　家　户　户（那　个）电　灯　灯　亮。
哟　嗨　哟

5.

5　3　2　3　2　1｜7　6　5　6‖

唱　得　公　社（那　个）大　变　样。

数板：一段：想过去，人抬肩扛牛耕地，
　　　　　　看现在，拖拉机突突把歌唱。
　　　二段：想过去，抗旱全凭两只手，
　　　　　　看现在，银泉喷虹落大江。
　　　三段：想过去，因循守旧难迈步，
　　　　　　看现在，粮棉产量双过杠。
　　　四段：想过去，牛拉碾子驴拉磨，
　　　　　　看现在，电力磨面真快当。

我们是毛主席的女民兵

（女声表演唱）

王子华 词曲

1=E 2/4

进行速度

043

（ 5 5 | 5· 5 5 | 5 6 5 4 | 3 4 3 2 | 1· 2 3 2 | 5 0 |

5 5 5 5 5 | 5 5 5 5 ）‖: 5 5 6 | 5 5 3 2 | 1 7 6 1 |

我们是 毛主席的 女 民

5 - | 6 6 | 5· 3 | 2 3 6 1 | 2 - | 3 3 3 |

兵， 思 想 红， 骨头 硬， 跟 着

5 5 3 5 | 2 3 1 7 | 6 0 | 6 6 6 | 5· 3 | 2 3 5 |

毛主席 干 革 命， 革 命 征 途 立 新

刀 山 火 海 也 敢

高 举 红 旗 向 前

1 （ 6 7 | 1 0 ）| 3 3 3 3 | 5 6 | 1· 1 1 7 | 6 0 |

功。 毛主席的 教 导 永 远 记 心 上，

冲。 我们 一不 怕 苦 下 定 决 心，

冲。 为了 社会 主 义 站 好 岗，

6 6 6 6 | 2 2 | 3 2 1 6 | 2 - | 3 3 3 3 | 5 5 3 5 |

为人 民求 解 放 紧握 手中 枪， 基干 民兵 个个 都是

我们 二不 怕 死 不怕 牺 牲， 誓死 保卫 党 中 央

军民 联防 结 成 铁壁 铜 墙， 基干 民兵 备战 任务

044

$\widehat{2\ 3\ 1\ 7}\ |\ \dot6\ 0\ 0\ |\ \widehat{\dot6\ \dot6\ \dot6}\ \dot6\ |\ \dot5\cdot\ \underline{3}\ \widehat{2\ 3}\ 5\ |\ 1\ (\underline{1\ 1}\ |$

钢 铁 英 雄 汉， 毛 主 席 思 想 来 武 装。
保 卫 毛 主 席， 社 会 主 义 祖 国 万 年 长。
记 心 上， 时 刻 注 视 着 来犯的 豺 狼。

$1\ 0)\ |\ \dot1\ \dot1\ \dot1\ |\ \dot6\ \dot1\ |\ 7\ \widehat{\dot6\ \dot1}\ |\ 5\ -\ |\ \dot6\ \dot1\ |\ 5\ 6\ 4\ 3\ |$

毛 主 席 指 路 我 们 走， 千 难 万 险

$\widehat{2\ 3}\ \widehat{2\ 1}\ |\ 2\ -\ |\ 3\ 3\ 5\ 6\ |\ \dot1\ 7\ \widehat{\dot6\ \dot1}\ |\ 5\ 6\ 2\ 4\ |$

不 回 头， 誓 死 保 卫 社 会 主 义 祖 国 好 河

$3\ 3\ \widehat{2\ 3}\ |\ 6\ -\ |\ 5\cdot\ \underline{3}\ \widehat{2\ 3}\ 5\ |\ \dot1\ 0\ 6\ 7\ |\ \dot1\ 0\ |$

山，把 来 犯 敌 人 消 灭 光， 消 灭 光。

$(\dot1\ 0\ |\ \dot1\ 0\ |\ \dot1\ 5\ 5\ 5\ 5\ |\ 3\ 5\ 3\ 5\ |\ \dot1\ 5\ 5\ 5\ 5\ |$

$3\ 5\ 3\ 5)\ :\|\ 6\ -\ |\ 7\ -\ |\ \dot1\ -\ |\ \dot2\ -\ \|:\ 5\ 5\ 5\ 5\ :\|$

$\|:\ 6\ 6\ 6\ 6\ :\|:\ \dot1\ \dot1\ \dot1\ \dot1\ :\|:\ \dot2\ \dot2\ \dot2\ \dot2\ :\|:\ \dot3\ \dot3\ \dot3\ \dot3\ :\|$

$\|:\ \dot5\ \dot5\ \dot5\ \dot5\ :\|\ 6\ -\ |\ 5\ -\ |\ 4\ -\ |\ 3\ -\ |\ \dot1\ 0\ 7\ 0\ |$

$5\ 3\ 5\ 6\ |\ 6\ 5\ 6\ \dot1\ |\ \dot1\ 6\ \dot1\ 2\ |\ \dot2\ \dot1\ \dot2\ 3\ |\ 3\ \dot2\ 3\ 5\ |$

$\underline{5}\ \underline{3}\ \underline{5}\ 6\ \|:5\ 5\ 5\ 5:\|:6\ 6\ 6\ 6:\|:\dot{1}\ \dot{1}\ \dot{1}\ \dot{1}:\|$

$\|:\dot{2}\ \dot{2}\ \dot{2}\ \dot{2}:\|\ (\dot{1}\ 0\ |\ \dot{1}\ 0)\ \|$

咱们都是中国人

（独　唱）　　　　　　　　王子华 词曲

1=♭B 2/4

热情号召地

（i·i i i i｜i i i i｜i 16 5 35｜i 5｜i 16 5 35｜

i 0)｜6·3 66｜5 0｜3 7 6 5｜5 0｜5·3｜

我是中国人，　你是中国人，　他是

我是中国人，　你是中国人，　他是

2 i 2 6｜2·7 66｜i -｜3 -｜5·3｜

中国人,咱 都 是 中 国 人。　中　　　国　　 是

中国人,咱 都 是 中 国 人。　中　　　国　　 是

2 2 3 27｜6 -｜3 -｜2·7 6 6 i 76｜

我 们 的 祖 国，　 祖 国 是 我 们 的 母

我 们 的 祖 国，　 祖 国 是 我 们 的 母

5 -｜i i 5 6 35｜i 5 6 -｜2 2 6｜

亲。　一 人 有 难 咱们 大 家 帮，　国 家 有

亲。　一 人 有 难 咱们 大 家 帮，　国 家 有

2 2 3｜5 3 i｜2·6｜3·2 i 2｜3 0 6｜

难 咱们 大 家 分 担，　快 抛 开 我 的 怨，　快

难 咱们 大 家 分 担，　你 不 要 嫌 家 丑，　我

3·2 i 2｜i 0 6｜7·6 5 6｜2·7｜6·i 176｜

收 起 你 的 恨，　快 解 开 他 的 忧，　快 献 出 咱 的

不 要 嫌 国 贫，　为 振 兴 我 中 华，　大 家 有 责

$5 \quad - \quad | \dot{3} \quad - \quad | 5 \quad - \quad | \overset{\frown}{\dot{3} \cdot \dot{2} \quad \dot{1} \quad 6} | 2 \quad - \quad |$

心，　　祖　国　　要　富　强，

任，　　祖　国　　在　召　唤，

$6 \quad - \quad | \overset{\frown}{\dot{2} \cdot \quad \dot{7}} | \overset{\frown}{6 \cdot \quad \dot{1} \quad 7 6} | 5 \quad - \quad | 6 3 5 7 6 |$

民　族　　要　前　进，　　亲　爱　的　朋友

方　向　　党　指　引，　　亲　爱　的　朋友

$5 \quad - \quad | \dot{2} 6 6 \quad \overset{\frown}{\dot{2} 3 2} | \dot{1} \quad - \quad | \overset{\frown}{6 \cdot \quad \dot{1}} \quad 6 5 |$

们，　　亲　爱　的　同　志　们，　　只　要　我们

们，　　亲　爱　的　同　志　们，　　只　要　我们

$6 5 3 5 | \dot{2} \cdot \dot{3} \quad \dot{2} \dot{1} | \dot{2} \quad \dot{1} \quad 6 \quad \dot{1} | X \quad - \quad |$

努　力　工　作，只　要　我　们　勤　奋　耕　耘，　嗨

团　结　一　心，只　要　我　们　战　斗　前　进，　嗨

$X \quad 0 \quad | \overset{\frown}{\dot{2} \quad \dot{2} \quad \dot{1}} | \dot{2} \quad \overset{\frown}{3 \quad 5} \quad - \quad | 5 \quad \dot{3} |$

嗨！　　我　们　的　祖　　国　　就

嗨！　　我　们　的　祖　　国　　就

1.

$\dot{2} \quad \dot{2} \quad 0 \quad 3 | \overset{\frown}{\dot{2} \quad \dot{1}} \quad \overset{\frown}{\dot{1} \quad 6} | \dot{1} \quad - \quad | \dot{1} \quad - \quad :\|$

前　程　　似　　　锦。

2.

$\dot{2} \quad \dot{2} \quad 3 | \overset{\frown}{\dot{2} \quad \dot{1}} \quad \overset{\frown}{\dot{1} \quad 6} | 5 \quad - \quad | 5 \quad - \quad \|$

前　程　　似　　　锦。　　　　　*Fine*

小两口算账

（表演唱）

王子华 词曲

1=D 2/4

$(\dot{1}\ \dot{1}\ \dot{1}\ \dot{1}\ \dot{1}\ \dot{1}\ |\ 6\dot{1}6\dot{1}\ 6\ 5\ |\ 3535\ 656\ |\ 5\ \ 03\ |$

$2\ 23\ 21\ \underset{.}{6}\ |\ 1\ \ 1)\ |\ 5\ 53\ 56\ |\ 1\ \ \ \ X\ |\ 2\ 21\ 23\ |$

（男）她叫 赵巧 兰,（女）哎 他叫 黑铁

$5\ \ \ \ X\ |\ \dot{1}\ \dot{1}\ \dot{1}\ \dot{1}\ |\ 3\ \dot{1}\ 65\ |\ 3535\ 656\ |$

蛋,（男）哎（合）责任重的 小日子啦,过得那个甘

$\dot{1}\ \ XX\ |\ 2\ 23\ 21\ \underset{.}{6}\ |\ 1\ -\ |\ (2\ 23\ 21\ \underset{.}{6}\ |\ 1\ \ 0)\ |$

甜, 嗨嗨 心里 真 舒 坦。

$2\ 21\ 2\ 53\ |\ 1\ \ 0\ |\ 2\ 23\ 21\ \underset{.}{6}\ |\ 1\ \ 0\ |\ \underset{.}{1}\ \underset{.}{1}\ 111\ |$

（女）有时也闹意 见,（男）这个也不 稀 罕,（合）唱上一段

$3\ \dot{1}\ 65\ |\ 3535\ 656\ |\ \dot{1}\ 3\ 0\ |\ 2\ 21\ 2\ 53\ |$

小两口 顶嘴把账算哪, 同志们别笑

$1\ -\ \|:(\dot{1}\ \dot{1}\ \dot{1}\ \dot{1}\ \dot{1}\ \dot{1}\ |\ 6\dot{1}6\dot{1}\ 6\ 5\ |\ 3535\ 656$

俺。

$5\ \ 03\ |\ 2\ 23\ 21\ \underset{.}{6}\ |\ 1\ \ 1)\ |\ 5\ 53\ 56\ |\ 1\ \ \ \ X\ |$

（男）叫声 赵巧 兰,（女）哎
（女）叫声 黑铁 蛋,（男）哎
（女）你来 打算 盘,（男）哎
（女）叫声 黑铁 蛋,（男）哎

2 2̆1 2 3 | 5 6̆5 4 | 1̂ 1 1 | 3̂ 1̂ 6 5 |

（男）你就 没 长 眼　　啊，　我 下 地 回 来
（女）你别 口出狂言　（男）嗯?（女）你 要 是 不 服

（1̇ 1 1 1 1）

（女）再算 我 的 钱。　（男）嘿　　仨 瓜 俩 枣的小收入
（女）你就 没 长 眼　吗?　我 干 活回 来

3̆5 3̆5 6̆5 6 | 1̇ 3 X | 2 2̆1 2 5̆3 | 1 — |

怎 么 就没 看 见吗?　　　快把 洗脸 水 端。
气 快去 拿算 盘。（男）干吗?（女）咱们 把 账 算。（接白）
干 脆用 心　算 吧，　　　还用 着打 算 盘?（接白）
怎 么 就没 看 见吗?　　　快把 洗脸 水 端。

2.3
（2 2̆3 2̆1 6̇ | 1 1）| 2 2̆1 2̆6 | 1 0 |

　　　　　　　　　　1.（女）放在 你面 前。
　　　　　　　　　　4.（男）放在 你面 前。

2 2̆1 2 5̆3 | 1 0 | 2 2̆1 2̆6 | 1 0 |

（男）快给 我 拿 烟，（女）锡 纸的 大 牡 丹。
（女）我也 吸 支 烟，（男）我 给你 把 火 点。

X X X X | X 0 | 2 2̆1 2̆6 | 1 0 |

（男）快去 泡上 茶。（女）茶 在 这壶 里 边。
（女）快去 泡上 茶。（男）茶 在 这壶 里 边。

X X X X | X X 0 | 2 2̆1 2̆6 | 1 X |

（男）给我 倒一 碗哎（女）看 你 想上 天。（男）咋!
（女）给我 倒一 碗哎（男）你 别 为难 俺。（女）咋!

```
1 1 1 1 | 6 i 6 5 | 3 5 3 5 6 5 6 | i 3 0 |
我 挣 钱 来  养 活 你  就 该 这 么 办 么,
我 挣 钱 来  养 活 你  就 该 这 么 办 么,

2 2 1 2 5 3 | 1 - :‖ (i i i i i | 6 i 6 i 6 5 |
还 想  把 脸  翻?         (男白)俺改了不成吗?
还 想  把 脸  翻?

3 5 3 5 6 5 6 | 5 0 3 | 2 2 3 2 1 6 | 1 1 )|

5 5 3 5 6 | 1    X | 2 2 1 2 3 | 5    X |
(男)叫 声 赵巧兰,(女)哎 叫 声 黑铁蛋,(男)哎

1 1 1 1 | 3 i 6 5 | 3 5 3 5 6 5 6 | i 3 X X |
(合)从今以后 互敬互爱 家 务 抢 着 干哪,嗨嗨

2 2 3 2 1 6 | 1 - | 2· i | 6 5 6 |
幸 福 乐 无 边,  幸 福 乐 无

(i i i i i | 6 i 6 i 6 5 | 3 5 3 5 6 5 6 |
i - | i - | i - |
边。

5 0 3 | 2 2 3 2 1 6 | 1    1 )|
i - | i - | i - ‖
```

【2段白】 （男）说算咱就算，输了别瞪眼，你打着，我一人种地四亩半，一年打粮整三千，加上棉花长得好，收入一千五百元。

（女）好！打上一千五百元。

（男）农闲外出去挣钱，少说也得四百三。

（女）再加四百三，还有吗？

（男）没了，这些就不少。

（女）一共一千九百三，再算我的。

（男）好！算！

【3段白】 （女）平时把你敬一丈，越敬你越不像样，你算着。

（男）哎！

（女）播种我牵牛，收割我拿镰，打药我背桶，浇水我看田，你那一千五百元得有我一半！

（男）啥！我干重，你干轻，一天给你三分工，拨你五百就不少！

（女）好！五百就五百！

（男）哎！我剩一千四百三。

（女）母鸡五十只，小兔三十三，割草打料忙一年，最少收入八百元。

（男）加上八百元，一共一千三，没有我的多，你还不沾边。

（女）衣裳我来洗，吃水我去担，一天三顿饭，给你把碗端，一天三角不算多，你再拨我一百元！

（男）哎！你是妻子我是男，这些项目还能算？

（女）算账嘛还管这那，你雇个用人也得花钱。

（男）唉！

王子华文艺作品选 · 卫运河畔的回音

俺队办起图书室

（女声独唱）

王子华 词曲

1=F 2/4

```
( 2 2 2 3  5 3 5 | 6 i 6 5  5 3 2 | 2 3 5 6  7 2 6 0 |

5 0 3 2 3 5 ) ‖: 3 35  3 2 1 6 | 5 · 3 | 6 6 i  6 5 5 3 |
          运 河        水（呀）浪 涛
          运 河        水（呀）浪 涛

2 - | 2 · 3  5 | 6 6 i  5 3 | 2 3 5  7 6 i | 5 - |
涛，    红   旗 迎 风 摆，   战 歌 冲 云 霄，
涛，    红   旗 迎 风 摆，   战 歌 冲 云 霄，

1 1 6  5 3 5 6 | 1 · 2 | 3 35  3 2 2 7 | 6 - |
俺队 办   起     图书       室，
俺队 办   起     图书       室，

1 · 2  3 6 | 5 5 3  2 3 1 | 3 · 5  2 7 6 | 5 - |
贫 下 中 农 齐 欢 笑    齐  欢  笑。
贫 下 中 农 齐 欢 笑    齐  欢  笑。

( 2 2 2 3  5 3 5 | 6 i 6 5  5 3 2 | 2 3 5 6  7 2 6 0 |

5 0 3 2 3 5 ) :‖: 1 · 2  7 6 5 6 | 1 · 2 | 3 i  6 5 5 3 |
            图 书  室     办 得
            图 书  室     办 得
```

²¹2 - | 3 6 6̄1̄ | 5 5̄3̄ 2̄3̄1 | 6̇ 3̇5̇ 7̇ 6̇1 | 5 - |

好，　帮咱　学政治，　思想　大提　高，

好，　农村　文化阵　地占得　牢又　牢，

1·6̇ 1̇2̇ | 6̄1̄6̄5̄ 3̇ | (6̄1̄6̄5̄ 3̇) | 1 1 2 3 5 |

马列　著作　认真　读，　　　　　　　毛泽东思想

对资产　阶级　要认　清，　　　　　　革命　生产

7̇ 6̄5̄ 1 | 0 6̇ 1̇2̇ | 3·6̄ 5̇3̇ | ²¹2· 3̇ | 3·5̇ 6̇2̇ |

金光　照，　毛泽东思　　想　　　金

掀高　潮，　革命　生　　产　　　掀

7̇ 6̄5̄6̄1̄ | 5 - : ‖ 1·2̇ 3 5 | 6̇ 2̇ 1̇ 7̇ 6̄5̄6̄ | 5 - ‖

结束句

光　　照。　贫下中农 齐欢笑齐欢　笑。

高　　潮。

俺队长有副铁肩膀

(独 唱)

吴天海 词
王子华 曲

1 = G 2/4

(0 3 2 7 | 6 7 6 7 6 5 | 3 5 3 5 6 5 6 i | 5· 3 2 3 5 |

0 6 i 6 5 | 3 5 3 2 7 2 7 6 | 5· 5 5 5) | 0· 5 3 5 |

俺 队 长
俺 队 长
俺 队 长

6· i 5 | 6 3 2 6 | i (3 3 2 6 | i) 6 i 6 5 |

有 副 铁 肩 膀，　　　 革 命 的
有 副 铁 肩 膀，　　　 革 命 的
有 副 铁 肩 膀，　　　 革 命 的

3· 5 6 i | 6 4 3 2 | 1 — | 0 1 5 | 1 2 |

红 旗 肩 上 扛，　　 当 年 领 咱
红 旗 肩 上 扛，　　 如 今 领 咱
红 旗 肩 上 扛，　　 革 命 路 线

3 5 3 2 3 3 | (3 5 5 3 3) | 3· 5 6 2 | 7 6 i 5 |

去 支 前 啊，　　 肩 挑 重 担 走 太 行。
学 大 寨 啊，　　 不 输 当 年 在 战 场。
记 心 上 啊，　　 继 续 革 命 大 步 闯。

0 6 5 6 | i· 3 | 2 3 2 7 | 6 — | 0 6 5 3 |

冒 着 炮 火 运 弹 药，　　 翻 山 挑 来
挑 走 风 沙 盐 碱 窝，　　 挑 来
万 里 征 途 不 歇 肩，　　 挑 来

$$2 \cdot 3 \ 2 \ 7 \mid \overset{65}{\underset{\smile}{}} 6 \ - \mid \underbrace{1 \ 6}_{} \ \underbrace{1 \ 2}_{} \mid 3 \cdot 5 \ 6 \ \dot{2} \mid$$

1.2.

越 遍 红　岭 地 色　翻 山 越 岭 送
　　　　　　　　挑 来 遍 地 稻

$$7 \ \underbrace{6 \ 5 \ 6}_{} \mid 5 \ - \mid 5 \ - : \parallel 0 \ \underbrace{6}_{} \ \underbrace{1 \ 2}_{}$$

3.

军 谷　粮。香。　　　挑 来

$$\underbrace{3 \ 5 \ 6 \ \dot{1}}_{} \mid \underbrace{5 \ 6}_{} \ \underbrace{\dot{2} \ \dot{1}}_{} \mid 6 \ - \mid 6 \ - \parallel$$

红 色 江 山 万 年　长。

俺搞黄灌学韶山

(男女二重唱)

李予 子华 词
子华 树林 曲

1 = C 2/4
欢快地

(乐谱)

东方 太阳 升 嗨，红 光
东方 太阳 升 嗨，红 光

照满 天， 黄河 两岸 换 新
照满 天， 黄河 两岸 换 新

颜， 韶 山 灌 区
颜， 共 产 党 送 来

是榜 样， 俺搞
幸福 水， 浇 得

黄 灌 学 韶 山。
遍 地

```
结束句
          V
1 - | 1 - | 6  5 | 3· 5 2 2 |
                是  春
          V
1 - | 1 - | 6  3 | 3· 1 2 2 |
```

```
(3532 121 | 6165 365 | 3565 32 | 1  1)

1 - | 1 - | 1 - | 1 - |
天。                            Fine

1 - | 1 - | 1 - | 1 - |

‖: (3532 121 | 6165 365 | 0 1 6 5 |

3565 32 | 1 5 3 5 | 1 5 3 5 )
                                  (男)
                              6  6  5 6 |
                              挖 出 的
                              拦 河 建

2 7  6 5 | 6  6 1 | 3  5 | 6 5  6· |
新 河 道   笔 直  一 线 牵,
大 闸   又 修  扬 水 站,

(女)
3  5 6 | 2 7 6 5 | 6 6 1 4 3 | 2 1 2· |
再 不 见  歪 歪 扭 扭  九 曲  十 八 弯。
抽 水 机  嘭 嘭 嘭 嘭  嘭 嘭  叫 得 欢。
```

(男)　(女)　(男)　(女)

```
6 6 5 | 6 ∨i | 6 3 5 | 6 6 5 | 6 2 | 3̄7 6 5 |
```
河连着渠（它）支连干，沟渠　相通　河相连，
河里的水（它）抽上岸，顺着　水渠　跑得欢，

```
0 1 2 | 3 2 1 | 1.3 2 1 | 7 6 5 | 0 1 6 |
0 1 6 | 1 6 5 | 6.1 6 5 | 1 2 3 | 0 5 3 |
```
高灌低排　配成套，　　纵纵
乖乖黄水　灌良田。　　庄稼

```
5 1 3 | 3 5 3 2 | 1 | 3 1 3 1 | 2 2 1 |
5 6 | 3 5 3 2 | 1 | 3 1 3 1 | 2 2 1 |
```
横横　像棋　盘。大干渠呀　宽又宽，
长得　真舒　坦。不怕淹来　不怕旱，

```
3 1 3 1 | 6 6 5 | 0 1 6 | 3 2 1 |
3 1 3 1 | 6 6 5 | 0 5 3 6 | 5 1 |
```
小毛渠里　水潺潺，　旱涝盐碱
夺取丰收　不靠天，　韶山灌区

```
6 1 3 5 | 6 - | 0 1 6 5 | 1 | 3 5 3 2 1 :||
6 5 1 2 | 3 - | 0 5 3 5 | 1 | 3 5 3 2 1 :||
```
连根拔，　一起赶进渤海湾。D.C.
经验好，　大寨花开黄河岸。

大学毕业回山寨

（女声小合唱）

王 浩 词
王子华 曲

1=F $\frac{1}{4}$ $\frac{2}{4}$ $\frac{3}{4}$

(2̇ 3̇ 2̇ 1̇ 6 1̇ 6 5 | 3 5 3 2 1 6 1 3 | 2 0 3 1 2 1 5 | 6̇ 6̇6 3̇ 6̇)

5̇ 6̇ 1 2 3 | 5 - | 3 5 6̇ 1̇ 5 6 | 5 - | 6̇ 1̇ 5 6̇ 1̇ |
迎 朝 阳，   大 步   迈，   满 怀
迎 朝 阳，   大 步   迈，   满 怀

5 6 5 3 2 | 3 6̇ 1 2 3 5 | 2 - | 3 3 0 5 2 1 |
豪 情 回 山 寨。 我 为 革 命
豪 情 回 山 寨。 我 为 革 命

1 1 0 3 2 1 |

7 6 5 3 6̇ | 3 5 3 5 | 6 - | 3 5 6̇ 1̇ 5 3 |
上 大 学，上 大 学，   大 学 毕
上 大 学，上 大 学，   大 学 毕

7 6 5 3 6̇ | 1 2 1 2 | 3 - | 1 2 6̇ 1̇ 2 1 |

1.
2· 3 | 1 3 5 6̇ 7 | 6 - | 5 3 5 6̇ 2̇ 7 |
业 又 回 来。 （领）又 回
业 又 回 来。

结束句

6̇· 1 | 1 3 5 6̇ 7 | 6 - | 0 0

(6̇1̇65 3532 | 1̇613 2 03 | 1̇215 6 3 | 6 0)

6 - | 6 - | 6 - | 6 - | 0 0 ‖

来。　　　　　　　　　　　　　　　　　　　　　　　　*Fine*

2 - | 2 - | 2 - | 2 - | 0 0 ‖

(2̇3̇2̇1̇ 6̇1̇65 | 3532 1̇613 | 2 03 1̇215 |

6̇ 3 6̇ 6̇ | ¼ 6̇ | ¾ 3 6̇ 6̇ | 3 6̇ 6̇)

5 - 6̣ | 1 - 2 3 |

记　得　那　年

我　上　大　学

5 - 6̣ | 1 - 2 3 |

5 - 6̇1̇ | 5 - - | 6̇1̇ 65 | 3 - 6̣ | 1·2 3 5 |

山　花　开，　　贫下中农迎　我　进　　山

离　山　寨，　　贫下中农送　我　十　　里

5 - 6̇1̇ | 5 - - | 6̇1̇ 65 | 3 - 6̣ | 1·2 3 5 |

2 - - | 3 5 2 1 | 6̣·(3̣ 5̣ 6̣) | 3 2 3 5 |

寨，　　给我讲家史，　　　　　教我把山

外，　　知心话儿长，　　　　　句句记心

2 - - | 1 2 7̣ 5̣ | 6̣· 0　 0 | 1̣ 6̣ 1̣ 3̣ |

```
6  (3 5 6) | i - 2 | i - 65 | 3· 5  2 1 |
开，         手 把  手 呀  心   贴
怀，         公 社 的 山 呀 公  社 的

2   0   0 | 5 - 6 | 5 - 43 | 1· 3  65 |
```

```
                              渐慢
3 - - | 3 5 2 1 | 6 - - | 6 1  2 | 3 - - |
心，   把 我 育 成 才。    啊
水，   难 呀 难 离 开。    啊

1 - - | 1 2 65 | 3 - - | 3 5 6 | 1 - - |
```

```
       渐慢 ⌐1.
3 5 3 | 6 - - | i - 2 2 | i - 65 | 3· 5  2 1 |
啊              火  红 的 青  春   献   给
啊

6 1 3 | 2 - - | 5 - 66 | 5 - 32 | 1· 3  65 |
```

```
          ⌐2.
3 - - | 3 2 i | 6· i  565 | 3 - 2 | 1 2 3· 0 |
党。   老 支 书 拉  着     我  的 手，

1 - - |
```

```
原速
3 5 2 1 | 6 - 5 6 | 3 2 3 | 5 i· 2 | 5 3 6 - | 6 - - :‖
立 志 建 设 新  山 寨，立 志 建 设 新    山  寨。     D.S.
盼 我 毕 业 再  回 来，盼 我 毕 业 再    回  来。

1 3 65 | 3 - 5 6 | 1 61 | 2 5· 6 | 3 16 - | 6 - - :‖
```

科技致富奔小康

(女声独唱)

张晓梅 词
王子华 曲

$\widehat{6 \cdot \underline{\overset{\frown}{1} 6} 5}$ | $0 \underline{\overset{\frown}{1} 3} 5$ | $2 -$ | $\underline{3 3} \underline{2 1} \underline{2}$ | $3 \ (\underline{3 3})$ |

生 活 旺 呀 旺， 感 谢 新 政 策，

生 活 爽 呀 爽， 感 谢 大 时 代，

$6 6 \dot{2} 7$ | $6 -$ | $\underline{6 6} \underline{5 6} \underline{\overset{\frown}{1}}$ | $\dot{2} \cdot \underline{3}$ | $\underline{\dot{2} 7} 6 3$ |

指 引 新 方 向， 脱 贫 又 致 富， 喜 呀 喜 洋

领 航 大 方 向， 脱 贫 又 致 富， 喜 呀 喜 洋

$5 -$ | $0 \underline{6 5} \underline{3}$ | $3 5$ | $\underline{6 \dot{2} 7}$ | $\underline{6 6} \underline{5 3}$ | $2 \cdot \underline{3} \underline{5 6}$ |

洋， 齐 心 协 力 迈 大 步 来， 绿 水 青 山

洋， 万 众 一 心 创 大 业 来， 江 山 如 画

$\underline{3 2} \underline{2 7}$ | $\dot{6} \cdot \dot{6}$ | $\underline{5 6} \dot{2} 7$ | $6 - \ :\|$ | $(\underline{6 \overset{\frown}{1} 6} 5 \ \underline{3 5} \underline{3 2}$ |

迎 朝 阳 来 迎 朝 阳。

披 霞 光 来 披 霞 光。

$\underline{1 \overset{\frown}{6} 1} 2 \ \underline{3 5}$ | $\underline{2} \underline{3 5} \underline{3 2} \underline{1 7}$ | $\dot{6} \ 0 \ \dot{3} \dot{6})$ | $0 \underline{3} \underline{3 2}$ |

春 天 的

$\underline{1 6} 1 2$ | $\underline{\dot{2} 7} \underline{6 5} \underline{6 \dot{1}}$ | $5 -$ | $\underline{6 6} \underline{3 7}$ | $\underline{6 5} \underline{5 3}$ |

太 阳 暖 心 房， 山 泉 叮 咚

$\underline{2 3} \underline{5} \underline{3 2} \underline{1}$ | $2 -$ | $\underline{3 3} \underline{2 3} \underline{5}$ | $\underline{2 2} \underline{7} \dot{6}$ |

把 歌 唱， 大 时 代 引 领 扶 贫 路，

$3 \cdot \underline{5} \underline{6 2}$ | $\underline{\dot{1} \overset{\frown}{6} \dot{1}} 5$ | $0 \underline{3 5} \underline{6}$ | $\dot{1}$ | $\dot{1}$ |

科 技 致 富 奔 小 康， 科 技 致 富

$\overset{.}{2}$ $\widehat{\overset{.}{1}\,\overset{.}{2}}$ | $\overset{.}{3}$ — | $\overset{.}{3}$ — | $\overset{.}{2}$ $\overset{.}{3}$ $\overset{.}{2}$ $\overset{.}{1}$ |

奔 小 康， 科 技 致 富

(6 $\overset{.}{1}$ 6 5 3 5 3 2 | 1 6 1 2 3 5 | 6 0)

$\overset{.}{5\cdot}\,6$ $\overset{.}{2}\,7$ | 6 — | 6 — | 6 — ‖

奔 小 康。

老 铁 匠

（女声小合唱）

王浩 王子华 词
王子华 曲

1=C 2/4

轻快、赞颂地

$(\dot{3}\ \dot{3}\dot{3}\ \dot{3}\dot{3}\ |\ \dot{2}\ \dot{2}\dot{2}\ \dot{2}\dot{2}\ |\ 7\ 77\ 77\ |\ 6\ \dot{2}\ 7\dot{2}76\ |$

$5\cdot\ \underline{6}\ \dot{1}\ |\ 6\dot{1}65\ 35\ \|:\ 1\ 55\ 55\ )\ :\|\ 5\ 3\ 2\ \dot{1}\ |$

歌声阵阵

$\dot{2}\ 6\ \dot{1}\ |\ 5\ \dot{1}\ 65\ {}^\sharp4\ |\ 5\ -\ |\ 5\ \dot{1}\ 65\ |\ \dot{1}\ 35\ 2\ |$

红旗扬 红 旗 扬， 支农小队下了乡

$5\cdot\ 3\ 32\ 1\ |\ 2\ -\ |\ 3\ 32\ 12\ |\ 5\ 53\ 5\cdot\ 6\ 7672\ |$

下 了 乡， 一杆红 旗呀 把 路

$6\ -\ |\ 0535\ |\ 6\ \dot{3}\cdot\ \dot{2}\ |\ \dot{1}\ -\ |\ \dot{1}\ -\ |$

引， 头前里走 着

$6\ -\ |\ 0535\ |\ 6\ \dot{3}\cdot\ \dot{2}\ |\ 0777\ |\ 6\ 5\ |$

头前里 走 着

$6\ \dot{1}\ 3\ |\ \dot{2}\ 0\ |\ 55\ 65\ {}^\sharp4\ |\ 5\ -\ |$

老 铁 匠， 啊

$3\ 5\ |\ 6\ 0\ |\ 55\ 65\ {}^\sharp4\ |\ 5\ -\ |$

‖: (3̇ 3̇ 3̇ 3̇ | 2̇ 2̇ 2̇ 2̇ | 7 7 7 7 7 | 6 2̇ 7 2 7 6 |

稍慢
5 0 | 1̇ 6 5 3 5 3 2 | 1 1 1) | 5̇·3̇ 2̇1̇23 | 5̇· 6̇ |
　　　　　　　　　　　　　　　　老　铁　匠
　　　　　　　　　　　　　　　　支 农 小　队

1̇·7 6 5 6 1̇ | 2̇ - | 6 3̇·5̇ | 2̇ 2̇ 1̇ | 3̇ 1̇ 6 5 6 1̇ |
斗 志　昂，一颗 红心 向　着
下 了　乡，老铁匠带头 上 战

5 - | 3 3 2 1 5 | 3·5 | 1̇·3̇ 2̇ 7 | 6̅5̅ 6 - | 0 1̇ 2̇ |
党。　南 泥 湾 里 学 过　徒，跟着
场。　帮 咱 修 起 扬 水　站，帮 咱

3̇·2̇ 3̇ 5 | 6 5 6 1̇ | 2̇ - ‖ 0 3̇ 0 3̇ | 5 3̇·5̇ |
毛 主 席 闯 四　方。　　青　纱 帐 里
建 起 菌 肥 厂。　　　银　渠 边 上

0 1̇ 0 1̇ | 2̇ 1̇·2̇ ‖

2̇ 1̇ 6 | 0 3 5 | 6 2̇ | 7 6 1̇ 5 | 0 1̇ 6 | 1̇ 2̇ |
打 战 刀，黄河 岸 上 造过 枪。南 征 北 战
修 电 机，大寨 田 里 同插 秧。促 膝 谈 心

6 5 3 | 0 1 2 | 3 5 | 7 6 1̇ 5 | 0 5 3 | 5 6 |

$\underline{3}$ 6 | $\underline{5 \cdot 6}$ $\underline{4 3}$ | $\dot{2}$ $-$ | $\underline{3 \cdot 5}$ $\underline{6 \dot{2}}$ | $\underline{7}$ $\underline{6 5 6 \dot{1}}$ |

立 功　　　　劳，　如今又办农具

讲 路　　　　线，　革命传统大发

$\underline{\dot{1}}$ $\dot{3}$ | $\underline{\dot{2} \cdot \dot{3}}$ $\underline{7 5}$ | 6 $-$ | $\underline{3 \cdot 5}$ $\underline{6 \dot{2}}$ | $\underline{7}$ $\underline{6 5 6 \dot{1}}$ |

5 $-$:‖ ($\underline{3 3 3}$ $\underline{3 3}$ | $\underline{2 2 2}$ $\underline{2 2}$ | $\underline{7 7 7}$ $\underline{7 7}$ |

厂。

扬。

5 $-$:‖

$\underline{6}$ $\underline{\dot{2}}$ $\underline{7 \dot{2} 7 6}$ | $\underline{5 \cdot 6}$ $\dot{1}$ | $\underline{6 \dot{1} 6 5}$ $\underline{3 5}$ ‖: $\underline{1}$ $\underline{5 5 5 5}$) :‖

$\underline{6 3}$ $\underline{3 6}$ | $\underline{\dot{1} \dot{1}}$ $\dot{1}$ 6 | $\underline{6 3}$ $\underline{3 \dot{1}}$ | $\dot{2}$ $-$ | 6 $\underline{3 \cdot 5}$ |

老 铁　 匠 啊　 心　 向　 党，　 继续

$\underline{3 5}$ $\underline{2 3}$ | 5 5 6 | $\underline{3 \dot{1}}$ $\underline{\dot{1} 5}$ | 6 $-$ | $\dot{3}$ $\dot{1}$ $\dot{1}$ |

$\underline{\dot{2} \dot{2}}$ $\dot{1}$ | 3 $\dot{1}$ $\underline{6 5 6 \dot{1}}$ | 5 $-$ | $\underline{3 3}$ $\underline{2 1 2}$ | 5 $\underline{5 3}$ |

革命　 向前　　　　 闯，　 走过了多少 队呀，

$\underline{6 6 5}$ | 3 $\dot{1}$ $\underline{6 5 6 \dot{1}}$ | 5 $-$ | $\underline{3 3}$ $\underline{2 1 2}$ | 5 $\underline{5 3}$ |

5 6 6 7̇ 2̇ 7 | 6̇5 5 - | 0 1̇ 1̇ 6 | 1̇ 2̇ 2̇ | 3̇ 6̇ |

串过了 多 少 乡，　　带来了 革 命 的 好 作

5 6 6 7̇ 2̇ 7 | 6̇5 6 - | 0 5 5 3 | 5 6 6 | 1̇ 3̇ |

5̇·6̇ 4̇ 3̇ | 2̇ 2̇ 3̇ 3 5 | 2̇ 7 6 5 6 1̇ | 5 - |

风，　　留下了 工 农 情 谊 长，

2̇·3̇ 2̇ 1̇ | 6 6 1̇ 3 5 | 6 5 6 5 6 1̇ | 5 - |

慢

1̇ 2̇ 2̇ 3̇ 5̇ | 6̇ 2̇ 3̇ | 5̇ - | 5̇ - ‖

留下了 工 农 情 谊 长。

5 6 6 1̇ 3̇ | 2̇ 6 1̇ | 3̇ - | 3̇ - ‖

刘邓大军过黄河

（独　唱）

刘振岱 词
王子华 曲

1=E 2/4

欢快地

‖: (6̲1̲6̲5̲ 6̲1̲6̲5̲ | 3̲2̲3̲5̲ 6 | 5 5̲3̲ 2̲3̲2̲1̲ |

6̲1̲6̲5̲ 6̇) | 6̲6̲ 6̲3̲5̲ | 6̲6̲ 6 | 2̲̇7̲ 6̲7̲ 6̲5̲ |

毛主席哟吼　发号令，刘邓大军（那个）
刘伯承哟吼　邓小平，跨上战马（那个）
夜茫茫哟吼　炮声隆，杀声震天（那个）

1̲1̲2̲3̲ | 3̲ 3̲2̲3̲5̲ | 6̲ 2̲̇7̲ 6̲5̲ | 5̲3̲ 2̲3̲ 2̲1̲ |

齐出　征，强渡　黄河　入中　原啊，防御变成（那个）
多威　风，黄河　渡口　来视　察哟，心中巧布（那个）
敌乱　营，军民　并肩　斩急　浪啊，黄河飞渡（那个）

6̲1̲ 5̇ 6̇ | [1.2.] 6̇ 6̇ 2̇· 3̇ | [3.] 6̇ 6̇ 2̇ 2̇ 3̇ |

大　反　攻，　　哟　哟　哟　来　　哟　哟　哟　哟　来
百　万　兵，　　哟　哟　哟　来
留　英　名，

7̲6̲ 5̇ 6̇ | 5̲3̲ 2̲3̲ 2̲1̲ | 6̲1̲ 5̇ 6̇ :‖

哟　吼　吼，防御变成（那个）大　反　攻。
哟　吼　吼，心中巧布（那个）百　万　兵。
哟　吼　吼，黄河飞渡（那个）留　英　名。

2̇ 0 3 | 7̲6̲5̲ | 6 - | 6̇· 2̇ | 7̲5̲ 6 ‖

留　英　　　名　　　　哎　哟吼吼。

只为那一句话

（女声独唱）

王子华 刘北 词
杨建波 曲

1=E 2/4

西藏民歌风 自由地

$\overline{\dot{1}\cdot\,6\,\dot{1}}\;|\;6\,-\;|\;\overline{\dot{1}\,\dot{1}\,6}\;\overline{5\,6\,\dot{2}\,\dot{1}}\;|\;\overset{\frown}{\dot{1}}\,6\,-\;|\;\overline{\dot{1}\,\dot{1}\,6}\;\overline{5\,3\,6\,5}$

啊　　　　家家户户，　老老少

啊　　　　每座帐蓬，　每片土

071

$\overset{5}{\underset{\smile}{3}}\,-\;|\;\overline{6\cdot\overline{2\,3}}\;2\;|\;\overline{3\;6\,7}\;6\;|\;\overline{3\;6\,7}\;6\cdot5\;|\;\overline{3\,6\,\dot{1}}\;2\;|$

少，　都有你熟　悉熟　悉的身　影，

地，　都有你熟　悉熟　悉的身　影，

$\overline{6\,\dot{1}\,2\,3}\;2\;|\;\overline{3\,5\,6\,7}\;6\;|\;\overline{2\,3\,5}\;\overline{2\,1\,6\,5}\;|\;\overset{\frown}{6}\cdot\,\overset{\frown}{6}\cdot\;:\parallel$

藏族人　民在你心　里，你在　藏族人民　心中。

藏族人　民在你心　里，你在　藏族人民　心中。

$(\overline{6\,\dot{1}\,2}\;\overline{3\,5}\;|\;\overline{6\;5\,3}\;\overset{5}{\underset{\smile}{2}}\,2\;|\;2\cdot\overline{3}\;\overline{2\,1\,6\,5}\;|\;\overset{5}{\underset{\smile}{6}}\,\overset{5}{\underset{\smile}{6}}\,\overset{5}{\underset{\smile}{6}}\;|$

$\overset{5}{\underset{\smile}{6}}\,\overset{5}{\underset{\smile}{6}}\;\overset{5}{\underset{\smile}{6}}\,)\;\overline{\dot{1}\cdot\overline{\dot{2}\,\dot{1}}}\;|\;6\,-\;|\;\overline{6\,6\,6}\;\overline{5\,6\,\dot{2}\,\dot{1}}\;|\;\overset{\frown}{\dot{1}}\,6\,-\;|$

啊　　　　　山河在鸣　咽，

$\overset{2}{\underset{\smile}{3}}\,\overline{3\,2\,3}\;\overline{5\,6}\;|\;5\;3\cdot\;|\;\overline{6\,\dot{1}\,2}\;\overline{\dot{3}\cdot\dot{2}}\;|\;\overline{6\,\dot{1}\,2}\;2\;|\;\overline{6\,\dot{1}\,2}\;\overline{\dot{3}\cdot\dot{2}}\;|$

大地呼唤　你哟，热泪酿成青稞　酒，悲痛织成

$\overline{6\,\dot{1}\,2}\;2\parallel\;\overline{3\,5\,6\,\dot{1}}\;6\;|\;6\,-\;|\;\overline{6\,\dot{1}\,2}\;\overline{3\,2}\;2\;|\;2\,-\;|$

白哈　达，祭　奠你，　　孔繁　森，

$\overline{5\,6\,\dot{1}\,2}\;\dot{1}\;|\;\dot{1}\,-\;|\;\overline{\dot{2}\,\dot{2}\,\dot{3}}\;\overline{\dot{1}\,6\,5\,\dot{1}}\;|\;6\,-\;|\;6\,-\;:\parallel$

归来　吧，　我们的好书　记！

$\overline{\dot{2}\,\dot{2}\,\dot{3}}\;\overline{\dot{1}\,6\,5\,\dot{1}}\;|\;\overset{\frown}{\dot{1}}\,6\,-\;|\;6\,-\;\parallel$

我们的好书　记！

中华旗袍

张晓梅 词
王子华 曲

1=♭E 4/4

赞美如歌地

(1̇6̇1̇2̇ 3̇2̇3̇5 2̇ 3̇2̇ 1̇6̇ 1̇ | 6̇1̇6̇5 6̇1̇2̇3 5· 1̇ |

3̇5̇3̇2 2̇ 3̇2̇ 1̇ -) ‖: 2̇ 2̇ 3̇5̇3̇2 1̇6̇ 1̇· |

　　　　　　　　　　一 袭 旗　　袍
　　　　　　　　　　一 袭 旗　　袍

6̇1̇6̇5 3̇5̇2̇3 5̇3̇ 5· | 1̇· 2̇ 3̇5̇3̇ 2̇ 3̇2̇ 1̇ |

一　　枝　花，　玉 手 捧 上　一 盏　茶
一　　幅　画，　山 水 如 墨　任 挥　洒

6̇1̇6̇5 3̇5̇2̇ 1̇6̇ 1̇· | 1̇6̇1̇ 0 1̇2̇ 3̇2̇3̇ 0 5 |

一　　盏　茶。　轻 拨 （那个）琴 弦
任　　挥　洒。　头 戴 （那个）玉 簪

2̇7̇ 6̇1̇5̇6 5̇3̇ 3 - | 1̇6̇1̇2̇ 3̇ 5̇3̇ 2̇ 3̇2̇ 1̇6̇ 1̇ |

柔　柔　唱，　情　哥　划　船
配　珠　花，　妹　妹　不　语

6̇·1̇6̇5 3̇5̇2̇3 5̇·1̇3̇ | 3̇5̇3̇2 2̇ 3̇2̇ 1̇ - :‖

到　我　家　到　我　家。
抚　秀　发　抚　秀　发。

(1̇6̇1̇2̇ 3̇2̇3̇5 2̇ 3̇2̇ 1̇6̇ 1̇ | 6̇1̇6̇5 6̇1̇2̇ 5· 1̇ |

3 5 3 2 | 2 3 2 | i | 1 -) ‖: 3 | 3 5 | 6 5 i 6 | 5 3 | 5 | 6 |

好一朵茉莉 花，
好一朵茉莉 花，

i 2 3 | 2 i 6 i | 5 3 | 5 · | 6 i 5 6 | 6̆ i | 6 · 7 | 6 5 |

好一朵茉莉 花， 旗 袍系住
好一朵茉莉 花， 丝 线绣出

6 6 | 3 5 3 2 | 1 6 1 | 1 · | i · 2 | 3 5 3 | 2 3 2 | i |

情和 爱， 古 韵 悠 悠
百花 香， 中华 旗袍

6 i 6 5 | 3 5 2 3 | 5 · i 3 | 1. 3 5 3 2 | 2 3 2 | i - :‖

好 优 雅， 好 优 雅。
名 天 下，

2. (i 6 i 2 3 2 3 5 | 2 3 2 i 6 i | 6 i 6 5 6 i 2 3 |

3 5 3 2 | 2 3 2 | i - | i - - - |

名 天 下。

5 · i 3 5 3 2 2 3 2 | i - - - |
i - - - | i - - -)

特殊嫁妆

刘 文 福 词
子华 介清 曲

1=F 2/4

小快板

2（22）| 1 1 2 3 5 | 3 3 32 12 | 3 5 3 2 7 | 6̣ - |
妇，　　全家人别提多　喜　欢来,哎嗨哟

1 1 6̣ 12 | 3 ⁵₇ | 1 1 6̣ 12 | 3 - | 1 1 2 3 5 |
哼哎　　　　　　哟　全家人别提

3 3 32 2 7 | 6̣· （7 | 6765 3235 | 6 6 6） | 0 2̇ 7 6 |
多　喜　欢。　　　　　　　　　　哪知道

6 6 1̇ 3 5 | 0 6 5 6 | 1̇ 3 5 2 3 1 | 0 3 5 6 | 1̇ 2̇ 7 6 5 |
对象 突然　捎来个 信呀，　　叫大年 马上 送去

3 3 32 1 3 | 2 （22） | 3· 2 3 5 | 6 6 1̇ 3 | 5 3 5 3 |
一　千　元，　　一　家人 为这事吃　不下

2 （22） | 1 1 2 3 5 | 3 3 32 12 | 3 5 3 2 7 | 6̣ - |
饭，　　气得 大年直　转　转来,哎哎哎哟

1 1 6̣ 12 | 3 ⁵₇ | 1 1 6̣ 12 | 3 - | 6 6 1̇ 6 5 |
哼哎　　　　　　哟　气得 大年

3 3 32 12 | 3 5 32 7 | 6̣· （7 | 6765 3235 | 6 66） |
直　转　转来。哎 哎哟

3 3 32 2 7 | 6̣ （6̣6̣） | 3 2 2 7 | 6̣ （6̣6̣） | 1 1 6̣ 12 |
看不 透 的　女 人 心，　　隔皮

3 5 3 2 | 1 3 2 7 | 6̣ (6̣ 6̣) | 3 3 2 2 7 | 6̣ (6̣ 6̣)
猜　瓜　难　知　甜,　　　不　是　俺　疼　钱

3 2 2 7 | 6̣ (6̣ 6̣) | 1 1 6̣ 1 2 | 3 5 3 2 | 1 3 2 7
拿　不　起,　　这　是　她　节　骨　眼儿　上　难　为

6̣ (6̣ 6̣) | 3 2 2 7 | 6̣ (6̣ 6̣) | 3 2 2 7 | 6̣ (6̣ 6̣)
俺,　　成　就　成,　　散　就　散,

6 6 1̇ 6 5 | 3 3 2 1 2 | 3 5 3 2 7 | 6· (7
这　两　年　不　是　那　两　年　来, 哎　哎　哟

6 7 6 5 3 2 3 5 | 6 6 6) | 0 2̇ 7 6 | 6· 1̇ 3 5
大　年　越　想

0 6 5 6 | 1̇ 3 5 2 3 1 | 0 3 5 6 | 1̇ 2̇ 7 6 5
越　生　气　呀,　　气　冲　冲　踏　上　车　子

3 5 3 2 | 1 2 3 5 | 2 (2 2) | 3· 2 3 5 | 6 1̇ 1̇ 6 5
去　了　赵　家　湾,　　进　门　就　碰　上　了　对象

5 3 5 3 | 2 (2 2) | 1 1 2 3 5 | 3 3 2 1 2 | 3 5 3 2 7
赵　小　兰。　小　兰　她　面　似　春　风　带　笑　颜　来, 哎　哎　哎

6̣ - | 1 1 2 3 5 | 3 3 2 1 2 | 3 5 3 2 7 | 6̣ -
哟　大　年　他　脸　一　呱　嗒　像　阴　天　来, 哎　哎　哎　哟

6 6 i 6 5 | 3 3 2 1 2 | 3 5 3 2 7 | 6· (7 |
大 年 他 脸 一 呱 嗒 像 阴 天 来。哎 哎 哎 哟

6 7 6 5 3 2 3 5 | 6 0 |（白）你来啦，来啦。钱呢？钱？|

0 0 7 | 6 7 6 5 3 2 3 5 | 6 6 6) | 0 2 7 6 | 6· i 3 5 |
一 句 话 点 起 大 年

0 6 6 3 | 5 (5 5) | 0 2 1 2 | 3 2 3 5 | 3 i 6 5 3 |
心 中 火， 气 冲 冲 对 着 赵 小

2 (2 2) | 3 3 2 3 5 | 6· i 6 5 | 5 3 5 3 | 2 (2 2) |
兰。 有 话 你 就 跟 我 说 明 白，

1 1 2 3 5 | 3 3 2 1 2 | 3 5 3 2 7 | 6 (6 6) |
你 心 里 到 底 啥 打 算 来？哎 哎 哎 哟

1 1 6 1 2 | 3 5̄ 7̄ | 1 1 6 1 2 | 3 (3 3) | 1 1 2 3 5 |
哼 哎 哎 哎 哎 哟 嗬 哼 哎 哎 哎 哎 哟 你 心 里 到 底

3 2 2 7 | 6· (7 | 6 7 6 5 3 2 3 5 | 6 6 6) | 0 2 7 6 |
啥 打 算？ 一 句 话

6· i 3 5 | 0 6 5 6 | i 3 5 2 3 1 | 0 3 5 6 | i 2 7 6 5 |
问 乐 了 赵 小 兰 哪， 脸 上 平 静

$\overline{3\ 32}\ \overline{13}\ 3\ |\ 2\ (\underline{2\ 2})\ |\ \overline{3\cdot 2}\ \overline{35}\ |\ \overline{6\cdot \dot 1}\ \overline{65}\ |\ \overline{5\ 3}\ \overline{5\ 3}\ |$

心　里　甜，　　今　天　我　给　他　开　个　玩

$2\ (\underline{2\ 2})\ |\ \overline{1\ 1}\ \overline{12}\ \overline{35}\ 5\ |\ \overline{3\ 32}\ \overline{12}\ |\ \overline{35}\ \overline{32}\ \dot 7\ |$

笑，　　逗逗　俺这个　憨　　大　年来。哎哎哎

$\dot 6\ (\underline{\dot 6\ \dot 6})\ |\ \overline{1\ 1}\ \overline{6\ 12}\ |\ 3\ \overset{5}{\underline{7}}\ |\ \overline{1\ 1}\ \overline{6\ 12}\ |\ 3\ -\ |$

哟　　哼哎　　　　　哟

$\overline{1\ 1}\ \overline{12}\ \overline{35}\ 5\ |\ \overline{3\ 32}\ \overline{2\ 7}\ |\ \dot 6\ -\ |\ \overline{3\ 32}\ \overline{2\ 7}\ |\ \dot 6\ (\underline{\dot 6\ \dot 6})\ |$

逗逗　俺这个　憨　大　年。　叫声　大　年

$\overline{3\ 32}\ \overline{2\ 7}\ |\ \dot 6\ (\underline{\dot 6\ \dot 6})\ |\ \overline{1\ 16}\ \overline{12}\ |\ \overline{35}\ \overline{32}\ |\ \overline{13}\ \overline{2\ 7}\ |$

你不要把脸　翻，　　俺　买　嫁　妆　得　用

$\dot 6\ (\underline{\dot 6\ \dot 6})\ |\ \overline{3\ 32}\ \overline{2\ 7}\ |\ \dot 6\ (\underline{\dot 6\ \dot 6})\ |\ \overline{3\ 32}\ \overline{2\ 7}\ |\ \dot 6\ (\underline{\dot 6\ \dot 6})\ |$

钱。　　以前　给　为　　啥你　不要?那

$\overline{1\ 16}\ \overline{12}\ |\ \overline{35}\ \overline{32}\ |\ \overline{13}\ \overline{2\ 7}\ |\ \dot 6\ (\underline{\dot 6\ \dot 6})\ |\ \overline{3\ 32}\ \overline{2\ 7}\ |$

时　俺　还没有　想周　全。亏　　你还　是

$\dot 6\ (\underline{\dot 6\ \dot 6})\ |\ \overline{3\ 2}\ \overline{2\ 7}\ |\ \dot 6\ (\underline{\dot 6\ \dot 6})\ |\ \overline{1\ 16}\ \overline{12}\ |\ \overline{35}\ \overline{32}\ |$

劳　　动模范，　你　　张　口就要　一

$\overline{1\ 3}\ \overline{2\ 7}\ |\ \dot 6\ (\underline{\dot 6\ \dot 6})\ |\ \overline{6\ 61}\ \overline{65}\ |\ \overline{3\ 32}\ \overline{12}\ |$

千　元，　算　　一算一　　斤给　你　合

3 5 3̲2̲7̲ | 6̣· (7 | 6̲7̲6̲5̲ 3̲2̲3̲5̲ | 6 6̲6̲)|
多少　　钱？

0̲ 2̲̇ 7̲6̲ | 6·1̇ 3̲5̲ | 0̲6̲ 6̲6̲3̲ | 5 (5̲5̲)|
一般　姑娘　　得个八九百，

0̲2̲1̲2̲ | 3̲2̲3̲ 5 | 3̲1̲̇ 6̲5̲3̲ | 2 (2̲2̲)| 3̲3̲2̲ 3̲5̲ |
模范更　得高价钱，　今天

6̲1̲̇ 6̲5̲ | 5̲3̲5̲3̲ | 2 (2̲2̲)| 1̲1̲2̲ 3̲5̲5̲ | 3̲3̲2̲ 1̲2̲ |
你来拿上一千元，　明天说不定涨到一千

3 5 3̲2̲7̲ | 6̣ - | 1̲1̲6̲ 1̲2̲ | 3 5̲7̲ | 1̲1̲6̲ 1̲2̲ |
三来。　哟　哼哎

3 - | 6̲6̲1̲̇ 6̲5̲5̲ | 3̲3̲2̲ 1̲2̲ | 3 5 3̲2̲7̲ | 6̣· (7 |
哟　明天说不定涨到一千三来。哎　哟

6̲7̲6̲5̲ 3̲2̲3̲5̲ | 6 6̲6̲)| 0̲ 2̲̇ 7̲6̲ | 6·1̇ 3̲5̲ |
（白）什么　大年气得

0̲6̲6̲3̲ | 5 (5̲5̲)| 0̲2̲1̲2̲ | 3̲2̲3̲ 5̲5̲ | 3̲1̲̇ 6̲5̲3̲ |
直攥拳，　我算认　清你赵小

2 (2̲2̲)| 3̲3̲2̲ 3̲5̲ | 6·1̇ 6̲5̲ | 5̲3̲5̲3̲ | 2 (2̲2̲)|
兰，　我　就是当一辈子光棍汉，

1 1 2 3 5 | 3 3 2 1 2 | 3 5 3 2 7 | 6·(6 6) |
也不 和你 结 姻 缘。

1 1 6 1 2 | 3 5 7 | 1 1 6 1 2 | 3 - | 1 1 2 3 5 |
哼哎 哟 也不 和你

3 2 2 7 | 6·(7 | 6765 3235 | 6 6 6) | 0 2 7 6 |
结 姻 缘。 大年

6· 1 3 5 | 0 6 6 3 | 5(5 5) | 0 2 1 2 | 3 3 5 5 |
推起车子 往外 走， 赵小兰 锁住车子

3 1 6 5 3 | 2(2 2) | 3· 2 3 5 | 6· 1 6 5 |
开 了 言， 你 到 后 院

5 3 5 3 | 2(2 2) | 1 1 2 3 5 | 3 3 2 1 2 |
把俺的嫁妆 看， 看了 保险 你 眼

3 5 3 2 7 | 6·(6 6) | 1 1 6 1 2 | 3 5 7 | 1 1 6 1 2 |
馋来。嗨嗨嗨 哟 哼嗨哪哎嗨 哎

3 - | 1 1 2 3 5 | 3 2 2 7 | 6·(7 | 6765 3235 |
哟 看了 保险 你眼 馋。

6 6 6) | 3 3 2 2 7 | 6(6 6) | 3 2 2 7 | 6(6 6) |
你就是金 箱 和 玉 柜，

```
1 16 | 12 | 35 32 | 13 27 | 6 (6 6) | 33 22 7 |
别   想   让 我 的 心   动 弹。      你只要把嫁
```

```
6 (6 6) | 32 27 | 6 (6 6) | 1 16 | 12 | 35 32 |
妆      看上一  眼，      要  走 要 散

1 3 27 | 6 (6 6) | 33 22 7 | 6 (6 6) | 33 22 7 |
随 你 便。      大年无 奈      来到了后

6 (6 6) | 1 1 6 | 12 | 35 32 | 13 27 | 6 (6 6) |
院，      两只 眼睛瞪 得   滴溜溜的 圆，

66 i 65 | 33 2 12 | 35 32 7 | 6·(7 | 6765 3235 |
两只 眼睛瞪 得   滴溜 溜的圆 来 哟。

6   0) | (年白)这是嫁妆？（兰白）对！这就是嫁妆！嘿！

32 27 | 6 (6 6) | 3 32 2 7 | 6 (6 6) | 16 12 |
明 晃晃，      金 灿 灿，      大 红

35 32 | 13 27 | 6 (6 6) | 33 22 7 | 6 (6 6) |
喜字 贴 两 边，      一尺 红 绸

3 32 2 7 | 6 (6 6) | 16 12 | 35 32 | 13 27 |
迎 风舞，      红 彤 彤 的 真 耀
```

$\widehat{6}$ ($\dot{6}$ $\dot{6}$) | 6 6 $\dot{1}$ 6 5 | 3 $\widehat{3 2}$ 1 2 | 3 5 $\widehat{3 2}$ $\dot{7}$ | $\dot{6}$ - |

眼， 红彤 彤的真 耀 眼来。哎 嗨 哟

（年白）拖拉机，拖拉机当嫁妆，嘿！ （兰白）大年！ （0 7 |

6 7 6 5 3 2 3 5 | 6 $\widehat{6 6}$） | 0 $\dot{2}$ $\widehat{7 6}$ | 6·$\dot{1}$ 3 5 | 0 6 $\widehat{5 6}$ |

自从 实 行 了 责任

$\dot{1}$ $\widehat{3 5}$ 2 3 1 | 0 3 $\widehat{5 6}$ | $\dot{1}$ $\widehat{7 6 5}$ | 3 5 3 2 1 3 | 2（2 2） |

制呀， 庄稼活 全靠人力 干 不 完。

0 3 $\widehat{6 5}$ | 6·$\dot{1}$ 3 5 | 0 3 $\widehat{5}$ 1 2 | 3（3 3） | 0 3 $\widehat{6 5}$ |

（年）买上 这 台 拖 拉 机， 这一下

6 $\widehat{6 \dot{1}}$ 3 5 | 0 0 | 3 5 3 2 1 $\dot{6}$ | 5 3 2 $\dot{7}$ 6 6 | $\dot{5}$·（7 |

可解 决了 （嘿） 大 困 难。

6 7 6 5 3 2 3 5 | 6 $\widehat{6 6}$） | 0 $\dot{2}$ $\widehat{7 6}$ | 6·$\dot{1}$ 3 5 | 0 6 $\widehat{6 3}$ |

拖拉机 一共花了 三千

5（5 5） | 0 2 1 2 | 3 $\widehat{2 3}$ 5 | 3 $\dot{1}$ 6 5 3 | 2（2 2） |

三， 你拿 一 千还嫌 怨？

3·$\dot{2}$ 3 5 | 6 $\dot{1}$ 6 5 | 5 3 5 3 | 2（2 2） | 1 1 2 3 5 |

不 嫌 怨来 不 嫌 怨， 我算 服你

$3\ \overgroup{3\ 2}\ \overgroup{1\ 2}\ |\ \overgroup{3\ 5}\ \overgroup{3\ 2}\ \dot{7}\ |\ \dot{6}\ (\dot{6}\ \dot{6})\ |\ \overgroup{1\ \overgroup{1\ 2}}\ \overgroup{3\ 5}\ |\ 3\ \overgroup{3\ 2}\ \overgroup{1\ 2}\ |$

赵　小　兰来　　哟，　　不愧　你是　好　模

$\overgroup{3\ 5}\ \overgroup{3\ 2}\ \dot{7}\ |\ \dot{6}\ (\dot{6}\ \dot{6})\ |\ \overgroup{1\ \overgroup{1\ 2}}\ \overgroup{3\ 5}\ |\ 3\ \overgroup{3\ 2}\ \overgroup{1\ 2}\ |\ \overgroup{3\ 5}\ \overgroup{3\ 2}\ \dot{7}\ |$

范来　　哟，　　没结婚　你就　想着　俺来

$\dot{6}\ (\dot{6}\ \dot{6})\ |\ \overgroup{1\ \overgroup{1\ 2}}\ \overgroup{3\ 5}\ |\ 3\ \overgroup{3\ 2}\ \overgroup{1\ 2}\ |\ \overgroup{3\ 5}\ \overgroup{3\ 2}\ \dot{7}\ |\ \dot{6}\ (\dot{6}\ \dot{6})\ |$

哟。(兰)哼！刚才　打雷　又　打　闪来　　哟，

$\overgroup{1\ \overgroup{1\ 2}}\ \overgroup{3\ 5}\ |\ 3\ \overgroup{3\ 2}\ \overgroup{1\ 2}\ |\ \overgroup{3\ 5}\ \overgroup{3\ 2}\ \dot{7}\ |\ \dot{6}\ (\dot{6}\ \dot{6})\ |\ 6\ \overgroup{6\ \dot{1}}\ \overgroup{6\ 5}\ |$

这回　小嘴　巴巴的　却怪　甜来　　哟。　　这回　小嘴

$3\ \overgroup{3\ 2}\ \overgroup{1\ 2}\ |\ \overgroup{3\ 5}\ \overgroup{3\ 2}\ \dot{7}\ |\ \dot{6}\cdot\ (7\ |\ \overgroup{6\ 7\ 6\ 5}\ \overgroup{3\ 2\ 3\ 5}\ |\ 6\ \ 0\ )|$

巴巴的　却怪　甜来　　　哟。

（兰白）看完啦？（年白）嘿，看完啦！　（兰白）解馋了吗？

（年白）嘿，解馋了！（兰白）那你走吧！（年白）啊？

（数板）赵小兰，你别撵，今天我要赖皮脸。赖到晌午你管饭，愿

打你就打，愿扇你就扇，反正我早晚得得"妻管严"，$|\ 6\ \overgroup{6\ \dot{1}}\ \overgroup{6\ 5}\ |$

　　　　　　　　　　　　　　　　　　　　　　　　　　早晚　得得

$3\ \overgroup{3\ 2}\ \overgroup{1\ 2}\ |\ 3\ \ 5\ \overgroup{3\ 2}\ \dot{7}\ |\ \dot{6}\cdot\ (7\ |\ \overgroup{6\ 7\ 6\ 5}\ \overgroup{3\ 2\ 3\ 5}\ |$

"妻　管　严"来　　　哟。

6　6 6）｜0 2̇ 7 6｜6·1̇ 3 5｜0 6 6 3｜5（5 5）｜
　　　　几 句 话 说 得 小 兰　　咯 咯 地 乐，

0 2 1 2｜3 2̂3 5｜3 1̂6 5 3｜2（2 2）｜3·2̇ 3 5｜
两 个 人 又 唱 起 吕 布 戏 貂 蝉，　这　真 是

6·1̇ 6 5｜5 3̂5 3｜2（2 2）｜1 1̂2 3 5｜3 3̂2 1 2｜
新 人 新 事 新 风 尚，　小 两 口 同 干 四 化

3 5̂3 2 7｜6̣（6̣ 6̣）｜1 1̂6 1 2｜3 5 7｜1 1̂6 1 2｜
建 家　园，　哼 哎

　　　　　　突慢　　　　　　　原速
3（3 3）｜6 6̂6 1̇ 6 5｜3 3̂2 1 2｜3 3̂5 3 2 7｜
哟　　　小 两 口 同 干 四 化 建 家

6̣·（7̣｜6̣ 7̣ 6̣ 5̣ 3̣ 2̣ 3̣ 5̣｜6̣ 0）‖
园。

送女出征

（舞 蹈）

王子华
李玉琴 编舞
王子华 作曲
王子华
李玉春
李艳君 表演

$1 = {}^\flat B$ $\frac{2}{4}$

内 容 简 介

时间：初春的早晨　　　　人物：父亲——老红军
地点：某城市单位家属院内　　　　姐姐——知识青年
　　　　　　　　　　　　　　　妹妹——红小兵

　　舞蹈《送女出征》通过历经革命征途的父亲在女儿执行毛主席"知识青年到农村去"的指示，即将踏上革命征途之前，豪情满怀地把伴随自己转战南北的旧军服送给女儿，对女儿进行了深刻的革命传统教育，从而表现了革命前辈对下一代的殷切期望和对培养造就无产阶级革命事业接班人的坚强信心。

幕 前 曲

$\underline{7\ \dot{2}}\ \underline{7\ 6}\ |\ \underline{3\ \dot{2}}\ \underline{7\ 6}\ |\ 5\cdot\underline{6\ 6}\ |\ 5\cdot\underline{6\ 6}\ |\ \underline{5\ 6}\ \underline{5\ 6}\ |$

$\underline{5\ 6}\ \underline{5\ 6}\ |\ \dot{1}\cdot\dot{1}\ \underline{\dot{1}\ 5}\ |\ 6\quad 5\ |\ 3\cdot\underline{5}\ \underline{2\ 3}\ |\ 1\quad \underline{3\ 5}\ |$

$\dot{1}\quad \dot{1}\ |\ \underline{7\cdot\underline{7}}\ \underline{6\ 7}\ |\ \underline{5\cdot\ 6}\ |\ \dot{1}\ \dot{1}\ \dot{2}\ |\ \dot{3}\ \dot{3}\ \dot{5}\ |\ \dot{2}\cdot\dot{3}\ \underline{\dot{1}\ 7}\ |$

$\underline{6\ 5}\quad 6\ |\ 5\ \underline{\dot{1}\ 5}\ |\ 6\quad 5\ |\ 3\cdot\underline{5}\ \underline{2\ 3}\ |\ 1\quad 0\ 2\ |$

$1\quad 0\ 2\ |\ 1\quad 0\ 2\ |\ \underline{1\ 2}\ \underline{3\ 5}\ |\ \underline{3\ 5}\ \underline{6\ \dot{1}}\ |\ \underline{5\ 6}\ \underline{\dot{1}\ \dot{2}}\ |$

$\underline{6\ \dot{1}}\ \underline{\dot{2}\ \dot{3}}\ |\ \underline{\dot{5}\cdot\underline{\dot{5}}}\ \underline{\dot{5}\ \dot{3}}\ |\ \underline{\dot{2}\ 7}\ \underline{6\ 5}\ |\ \dot{1}\ -\ |\ \dot{1}\ -\ \|$

【引子】自由地

(笛子)$\overset{6}{\underset{\approx}{5}}\ -\ -\ -\ \underline{0\ 6}\ \underline{5\ 6}\ \underline{3\ 5}\ \underline{2\ 3}\ \underline{5\ 6}\ \underline{\dot{1}\ \dot{2}\ \dot{3}}\ -\ \widetilde{6}\ \dot{5}\ -\ |$

$\overset{676}{\underset{\approx}{5}}\ -\ \overset{676}{\underset{\approx}{5}}\ -\ \underline{6\ 5}\ \underline{3\ 5}\ \underline{\dot{1}\ \dot{2}}\ \underline{6\ \dot{1}}\ \underline{5\ 6}\ \underline{3\ 5}\ \overset{渐慢}{\underline{2\ 3}\ \underline{5\ 6}}\ \dot{1}\ \dot{2}\ \dot{3}\ \dot{6}\ |$

曲　一

转 1 = F $\frac{2}{4}$ (知识青年上场)

$\dot{1}\cdot\dot{1}\ \underline{\dot{1}\ 5}\ |\ 6\quad 5\ |\ 3\cdot\underline{5}\ \underline{2\ 3}\ |\ 1\ ^{\vee}\ \underline{3\ 5}\ |\ \dot{1}\quad \dot{1}\ |$

7·7 67 | 5 - | 5 i2 | 3 3 | 23 i7 |

6 56 | 5 33 | 2·23 3 | 1 - | 1 - |

6 3·3 | 5 32 1 | 1 6 66 | 6 6 |

i 6·3 | 5 5 | 535 656 | 161 212 |

323 535 | i· 6 5323 | 1 - | 1 0 ‖

曲　二

1=♭B 2/4 （妹妹活泼上场）

5 5 53 | i i i | 5 5 52 | 5 5 5 | 5 5 53 |

2 2 2 | 5 53 52 | i i i | 5i 23 | 2· i |

7·6 72 | 6 - | 5i 23 | 2· i | 7·6 72 |

5 - | 3 55 55 | 365 5 | 6ii ii | 62 i |

56i2 36 | 5·3 | 2ii 23 | i 0 | i 66 3 |

i 6 6 | 6 3 3 i | 2 - | i 6 6 3 | 2 2 i |

3 i i 5 | 6 - | 3 5 5 5 | 3 7 6 | 6 3 3 6 |

i i i | 5 i i i | 6 3 2 | 5 5 3 2 | i i i |

3 i 6 | 3 i 6 | 3 i i i 5 | 6 - | 6 3 2 |

6 3 2 | 6 3 3 2 6 | i - | 3 i i i i | i 5 6 |

6 3 2 6 | i · 2 3 5 | 2 7 6 5 | i - | i - |

5 5 | 5 5 | 5 5 5 5 | 5 5 5 5 | 下 场 ‖

曲 三

1=C 2/4 （父上场）

2 · 3 5 5 | 3 · 5 3 i | 2 6 | 5 < - > |

3 · 5 3 2 | i i i 2 | 7 6 5 6 | i i i | 3 · 5 3 2 |

i i i 2 | 7 6 5 6 | i 2 i | 3 2 3 5 5 | 6 5 6 i i |

6 6i | 2̇ 2̇ | 2̇ i̇ 2̇ 3̇ 3̇ ‖: 3 5 | 6 i | 6 i |

2̇ 3̇ :‖ i̇ - | i̇ 0 | 5 5 5 5 | 5 5 5 5 |

i̇ i̇ i̇ i̇ | i̇ i̇ i̇ i̇ | 2̇ 2̇ 2̇ 3̇ | 6 5 2̇ 3̇ | i̇ - |

i̇ - | 2̇· 3̇ | 5̇· 5̇ | 3̇· 5̇ 3̇ i | 2̇ - |

6 3 6 3 | 2̇ 3̇ 2̇ 6 | i̇ - | 2̇ 2̇ 5 | 3̇ 2̇ i |

2̇ i̇ 2̇ 3̇ | 6 2̇ 7 6 | 5· 7 | 6 5 6 | 2̇ i̇ 2̇ 3̇ |

5 3 5 6 5 6 | i̇ 6 i̇ 2̇ i̇ 2̇ | 3̇ 2̇ 3̇ 5·5 | 5 5 2̇ |

(父亲在音乐中下场)

3̇ i̇ | 0 0 5 | i̇ i̇·2̇ | 3̇ 3̇ 4̇ | 5̇· 6̇ |

3̇ 0 i̇ | 4̇ 4̇·5̇ | 6̇ 6̇ 3̇ | i̇· 6̇ | 5̇ - |

4̇ i̇ 4̇ 5̇ | 6̇· 0 | i̇ 6̇ 5̇ 4̇ | 7̇ 6̇ | 5̇ i̇·i̇ |

2̇ 3̇ | 4̇ 6̇ | 5̇· 4̇ | 3̇ 3̇ 3̇ 2̇ 5 | i̇ - | i̇ - ‖

曲 四

1 = C 2/4 （妹妹拿背包上场 活泼地）

5 5 5 3̇ | 5 5 5 5 | 5 5 5 5 2̇ | 1̇ 1̇ 1̇ 1̇ | 5 5 5 3̇ |

2̇ 2̇ 2̇ | 5 5 3̇ 5 2̇ | 1̇ 1̇ 1̇ 1̇ | 5 1̇ 2̇ 3̇ | 2̇ · 1̇ |

7 · 6̣ 7 2̇ | 6 - | 5 1̇ 2̇ 3̇ | 2̇ · 1̇ | 7 · 6̣ 7 2̇ |

5 - | 3 5 5 5 5 | 3 6 5 | 6 1̇ 1̇ 1̇ 1̇ | 6 2̇ 1̇ |

1̇ - | 1̇ 0 ‖: 3 - | 5 - | 6 - | 5 0 |

6 - | 1̇ - | 2̇ - | 1̇ 0 :‖: 1̇ 6 6 6 | 6 0 |

3 6 6 6 | 6 0 :‖ 1̇ 6 6 3̇ | 1̇ 6 6̣ | 6 3̇ 3̇ 1̇ | （欢快地）

2̇ - | 1̇ 6 6 3̇ | 2̇ 2̇ 1̇ | 3̇ 1̇ 1̇ 5 | 6 - |

3 5 5 5 | 3 7 6 | 6 3̇ 3̇ 6 | 1̇ 1̇ 1̇ 1̇ | 5 1̇ 1̇ 1̇ |

慢（妹妹在音乐中下场）

6 3̇ 2̇ | 5 5 3̇ 2̇ | 1̇ - | 1̇ - ‖

曲 五

1 = C 2/4 稍快

$\underline{3}$ $\underline{5}$ $\underline{\dot{3}}$ $\underline{2}$ | $\underline{\dot{1}}$ $\underline{\dot{1}}$ $\dot{2}$ | $\underline{7}$ $\underline{6}$ $\underline{5}$ $\underline{6}$ | $\underline{\dot{1}}$ $\underline{\dot{1}}$ $\dot{1}$ | $\underline{\dot{3}\cdot}$ $\underline{5}$ $\underline{\dot{3}}$ $\underline{2}$ |

$\underline{\dot{1}}$ $\underline{\dot{1}}$ $\dot{2}$ | $\underline{7}$ $\underline{6}$ $\underline{5}$ $\underline{6}$ | $\underline{\dot{1}}$ $\underline{\dot{2}}$ $\dot{1}$ | $\underline{\dot{1}}$ $\underline{\dot{1}}$ $\underline{\dot{2}}$ $\underline{\dot{2}}$ | $\underline{\dot{3}\cdot}$ $\underline{5}$ $\underline{\dot{3}}$ $\underline{2}$ |

$\underline{7}$ $\underline{\dot{2}}$ $\underline{7}$ $\underline{5}$ | $\underline{6}$ $\underline{6}$ 6 | $\underline{\dot{2}}$ $\underline{\dot{2}}$ $\underline{\dot{3}}$ $\underline{5}$ | $\underline{7}$ $\underline{\dot{2}}$ $\underline{7}$ $\underline{6}$ | $\underline{\dot{3}}$ $\underline{\dot{2}}$ $\underline{7}$ $\underline{6}$ |

f

$\underline{5}$ $\underline{5}$ $\underline{5}$ $^\vee\underline{5}$ | $\dot{1}$ $-$ | $\dot{1}\cdot$ $\underline{5}$ | $\dot{2}$ $-$ | $\dot{2}$ $-$ |

$\overline{\dot{3}}$ $\overline{\dot{2}}$ | $\overline{\dot{1}}$ $\overline{\dot{6}}$ | $\underline{5}$ $\underline{6}$ $\underline{5}$ $\underline{3}$ $\underline{5}$ | $\underline{6}$ $\underline{6}$ 6 $^\vee5$ | $\dot{1}$ $-$ |

$\dot{1}\cdot$ $\underline{5}$ | $\dot{2}$ $-$ | $\dot{2}$ $-$ | $\overline{\dot{3}}$ $\overline{\dot{2}}$ | $\overline{\dot{1}}$ 6 |

$\underline{5}$ $\underline{6}$ $\underline{5}$ $\underline{3}$ $\underline{5}$ | $\underline{6}$ $\underline{6}$ 5 | $\underline{5}$ $\underline{3}$ $\underline{5}$ $\underline{6}$ $\underline{5}$ $\underline{6}$ | $\underline{\dot{1}}$ $\underline{6}$ $\underline{\dot{1}}$ $\underline{\dot{2}}$ $\underline{\dot{1}}$ $\underline{\dot{2}}$ |

慢

$\underline{\dot{3}}$ $\underline{\dot{2}}$ $\underline{3}$ $\underline{\dot{5}}$ $\underline{3}$ $\underline{5}$ | $\underline{\dot{6}\cdot}$ $\underline{\dot{6}}$ $\dot{6}$ | $\overline{\dot{2}}$ $\overline{\dot{3}}$ | $\dot{1}$ $-$ | $\dot{1}$ $-$ |

(嘱托)

$5\cdot$ $\underline{6}$ | $\underline{3}$ $\underline{5}$ $\underline{6}$ $\underline{5}$ | $\dot{1}$ $-$ | $\dot{1}$ $-$ | $\dot{1}\cdot$ $\underline{\dot{3}}$ |

$\underline{\dot{2}}$ $\underline{3}$ $\underline{6}$ $\underline{\dot{1}}$ | 5 $-$ | 5 $-$ | $3\cdot$ $\underline{5}$ | $\underline{6}$ $\underline{5}$ $\underline{6}$ $\dot{1}$ |

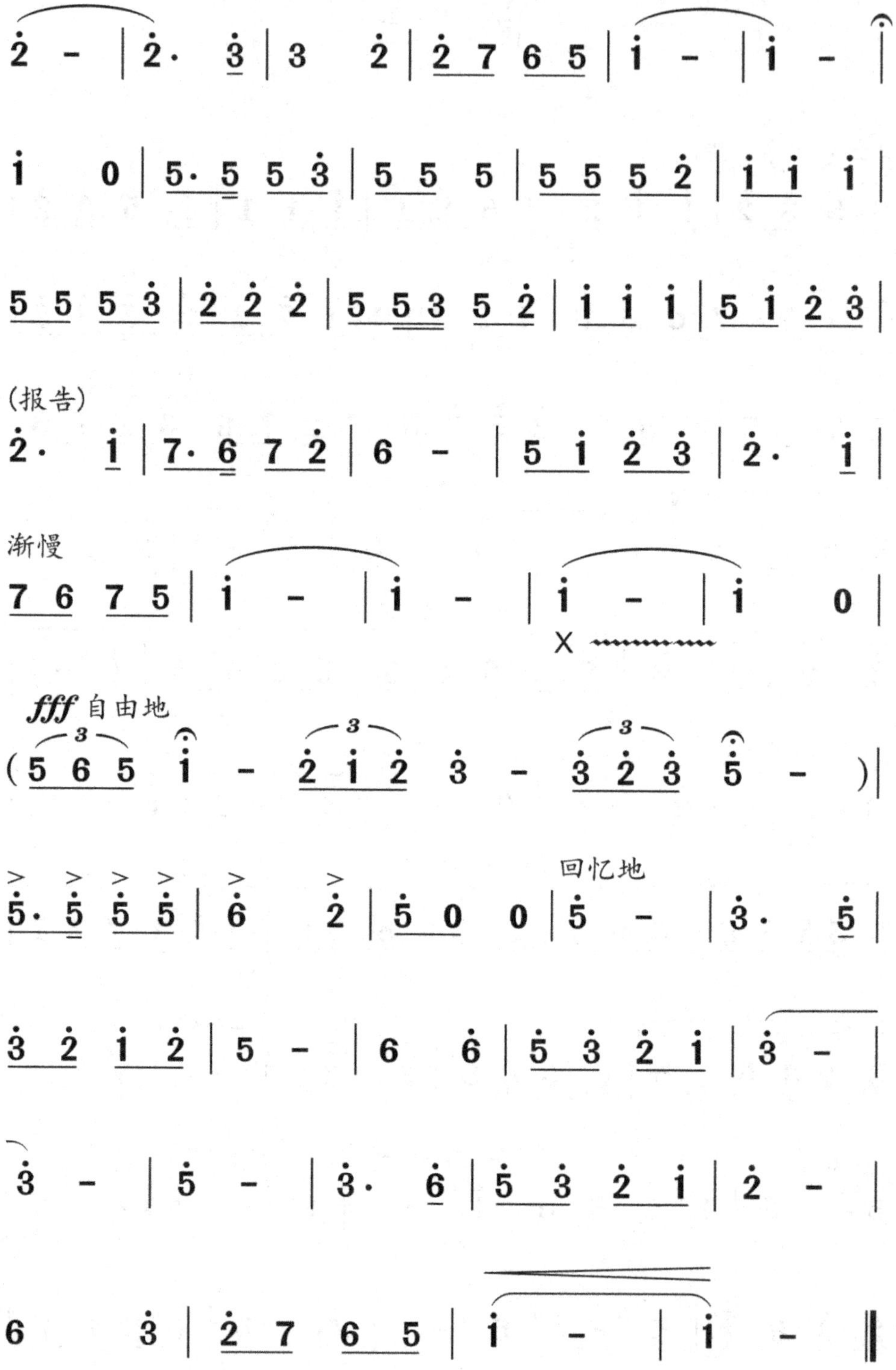
(报告)
渐慢
fff 自由地
回忆地

曲 六

1 = C 2/4

弱起 *p*

5 3 | 5 3 | 2 1 | 2 1 | 6 5 |

ff

5 45 6 56 | i 6 i 2 i 2 | 3 2 3 5 5 | 5 - |

3 2 3 5 | 5 - | 5 4 5 6 | 6 - | 5 4 5 6 |

6 - | i i 6 6 | 5 5 3 3 | 2 2 i i | 6 6 5 5 |

5 4 5 6 6 - | 3 2 3 5 5 - | i 6 | 5 3 |

5 3 | 2 i | i i 6 6 | 5 5 3 3 | 5 5 3 3 |

2 2 i i | 5 5 5 5 | i i i i | 3 3 3 3 | 5 5 5 5 |

渐慢
6· 6 6 6 | 5· 3 | 2 7 6 5 | i 0 | i 0 |

i - | 5 5 6 | 2· 5 | 3 2 7 2 6 i | 5 - |
（伴唱）毛 主 席 啊，敬 爱 的 党，

6 i 2 | 3 6 5 3 | 2 3 5 6 i | 2 - |
革 命 的 征 途 您 导 航。

3 3 2 i 2 3 5 | 2· 3 | 2· 3 5 6 7 2 | 6 - |
接 过 革 命 的 传 家 宝，

i·5 i2 | 66 23 | 5 - | 5 - ‖: 555 ᵛ23 |
扎 根 农村　百 炼 成　钢。

555 ᵛ61 | 22 261 | 22 2 | 3 2 i 6 |

5 65 35 | 66 623 :‖ 66 5·5 | i i·2 |
1.　　　　　　　2.

3 3·4 | 555·6 | 3 0 i | 4 4·5 | 6 67 |

i·i i6 | 5 - | 4 i 45 | 6 - | i6 54 |

3 ᵛ2 i | 6 i 5 | 3 2 i2 32 | i 0 05 |

i·i i | i5 22 | 2 - | 3·3 3 | 35 5·5 |

5 - | i i 66 | 55 33 | 55 33 | 22 i |

555 5 | i i i i | 33 3 3 | 55 5 5 | 6·6 65 |

3 5 6 | i - | i - | i 0 | 3·5 32 |

i i i2 | 76 56 | i i i | 3·5 32 | i i i2 |

7 6　5 6 ｜ i̅ 2̇ 　 i ｜ i i 　 2̇ 2̇ ｜ 3̇ 5 　 3̇ 2̇ ｜

7 2̇ 　7 5 ｜ 6 6 　 6 ｜ 2̇ 2̇ 　 3̇ 5̇ ｜ 7 2̇ 　 7 6 ｜

3 2̇ 　7 6 ｜ 5 5 　 5 ｜ 3 2 3 5 5 ｜ 3 6 　 5 ｜

6 5 6 　 i̅ i̅ ｜ 6 2̇ 　 i ｜ 3 2 3 5 5 ｜ 6 5 6 　 i̅ i̅ ｜

5· 6̲ 　 i̅ 2̇ ｜ 3̇ 5 3̇ ｜ 2̇ 7 6 5 ｜ i̲ - ｜ i - ‖

曲　七

1= C　2/4

0 　0 5̲ ｜ i 　 i̅ 2̇ ｜ 3̇ 　 3̇ 4̇ ｜ 5̇· 6̇ ｜ 3̇ 　 0 i ｜

4̇ 　 4̇· 5̇ ｜ 6̇ 　 6̇ 7̇ ｜ i̇· 6̇ ｜ 5̇ - ｜ 4̇ i̇ 4̇ 5̇ ｜

6̇· 0̲ ｜ i̇ 6̇ 5̇ 4̇ ｜ 3̇ ˅ 2̇ i ｜ 7̅· 6̲ ｜ 5̅ i· i̅ ｜

2̇ 3̇ ｜ 4̇ 6̇ ｜ 5̇· 4̇ ｜ 3̇ 3̇ 3̇ 2̇ 5 ｜ i̇ - ｜ i̇ 0 ‖

大山娶妻

刘 文 福 词
子华 介清 曲

1=F 2/4

(0 66 36 | 5 5 65 | 5 5 3 | 2 3 1 6̣ | 5 5 6536 |

5 5 33 | 5 5 6536 | 2·3 5 5 | 6i65 3235 |

6·5 66) | 0 2̇ 7 6 | 6 3 5 | 0 66 3 | 5 — |
　　　　　　桃李　花开　迎春　天，

(5·3 23 5)

0 2 1 12 | 3 23 5 | 6 5 4 3 | 2 — | 3 2 3 5 |
蝴蝶　飞 舞花 丛　间。　　　　　花 开

(2·1 61 2)

6·i 6 5 | 5 3 5 3 | 2 (2 2) | 1·2 3 5 | 3 32 1 2 |
花 落　为 结　果，　　　谁家不愿把　媳妇

3 35 3 2 7̣ | 6̣ — | 1 16 12 | 3 0 3 5 | 1 16 12 |
添来。嗨哎哎　哟　　哎哎哪嗨哎　哟　哎嗨　哎嗨 哎哎

3 0 | 1 12 3 53 3 | 3 22 7̣ | 6̣·(7̣ | 6765 3235 |
哟　谁家 不愿把 媳 妇　添。

慢
6 66 | 0 66 55 | 3 6 55 | 5 3 2 3 | 1 6̣ 5 5 |

稍慢

6 i 6 5 | 3 2 3 5 | 6·5 6 6) | 0 2 7 6 | 6 i 3 5 | 0 6 6 3 |

村当中 住着一家 娘儿

5 (5 5) | 0 2 1 2 | 3 2 5 | 6 5 4 3 | 2 (2 2) |

仁, 儿子叫大 山, 女儿叫瑞 莲,

0 3 2 3 | 5·6 4 3 | 0 6 3 2 | 3 5 3 2 1 | 3 3 2 3 5 |

瑞莲 年 龄 二十 整, 大山 今年

6 3 5 | 3 5 3 2 7 6 | 5 (5 5) | 0 6 5 6 | 1 (1 1) |

三 十 三。 张大 山

0 2 1 2 | 3 i 3 | 0 2 7 2 | 7 6 5 | 6 1 6 1 2 1 | 6·6 |

浓眉大 眼, 多好的儿 男, 可

3 5 6 3 | 5 (5 5) | 3 5 6 3 | 5 (5 5) | 5 6 4 3 |

就有一 样, 说个媳妇 难, 几次提亲

2 3 5 6 | 1 0 3 5 | 2 1 7 6 | 5 (5 5) | 0 6 5 6 |

都被拒 绝。 哎 哎 嗨哎哎哟 他的

1 (1 1) | 0 2 1 2 | 3 5 7 | 0 2 7 7 5 | 6 (6 6) |

娘, 东家 求来 西家串,

3·5 6 i | 5 (5 5) | 3·5 6 i | 5 (5 5) | 5·6 4 3 |

姑 娘 们 就是不 来 就是不来

2 3 5 6̇ | 1 0 3 5 | 2 1 7̣̇ 6̣ | 5̣· (6̣̇ 6̣̇ | 2 3 1 6̣ |

张　家　湾。哎　嗨　哎哎　哟

5̣ 5̣ 6̣ 5 3 6 | 5̣ 5̣ 3 3 | 5̣ 5̣ 6̣ 5 3 5 | 2· 3 5 5 |

稍快

6 7 6 5 3 2 3 5 | 6·5 6 6) | 0 2̇ 7̣̇ 6̣ | 6̣ 1 3 5 | 0 6̣ 6̣ 3 |

　　　　　　　　　这一天　喜鹊登枝　叫喳

5 (5 5) | 0 2 1 2 | 3 5 | 3 1̇ 6 5 4 3 | 2 (2 2) |

喳，　　　　李三姑　说亲来　门　　前，

3 3 2 3 5 | 6̇ 1̇ 6 5 | 5 3 5 3 | 2 (2 2) | 3 3 2 2 7̣ |

张大娘　一　见　媒人　到，　　又　泡

6̣ (6̣ 6̣) | 3 3 2 2 7̣ | 6̣ (6̣ 6̣) | 1 1 6̣ 1 2 | 3 5 3 2 |

茶　　　又　递　烟，　　又　烫　酒来

1 3 2 7̣ | 6̣ (6̣ 6̣) | 3 3 2 2 7̣ | 6̣ (6̣ 6̣) | 3 3 2 2 7̣ |

又　做　饭，　　里里　外　外　忙得

6̣ (6̣ 6̣) | 6̣ 6̣ 1̇ 6 5 | 3 3 2 1 2 | 3 5 | 3 2 7̣ | 6̣· (7̣ |

欢，　　别提那心里　有　多　甜来。哎　哎　哟

6 7 6 5 3 2 3 5 | 6 6 6) | 0 2̇ 7̣̇ 6̣ | 6̣· 1̇ 3 5 | 0 6̣ 5 6 |

　　　　　　　　李三姑　把　情况　说上一

$\stackrel{\frown}{\dot{1}}$ 3·5 2 3 1 | 0 3 5 6 | $\dot{1}$ $\stackrel{\frown}{7}$ 6 5 | 3 $\stackrel{\frown}{32}$ 1 2 3 | 2 (2 2) |

遍　哪，　　张大娘先　是高兴后　是 心　　酸，　　同

3 $\stackrel{\frown}{32}$ 2 7 | 6 (6 6) | 3 $\stackrel{\frown}{32}$ 2 7 | 6 (6 6) | 1 $\stackrel{\frown}{16}$ 1 2 |

志们要　　问，　这是咋回事，　听　俺来

$\stackrel{\frown}{3 5}$ 3 2 | 1 3 2 7 | 6 (6 6) | 3 $\stackrel{\frown}{32}$ 2 7 | 6 (6 6) |

慢　慢地往　下　谈。　　这个姑　娘

3 $\stackrel{\frown}{32}$ 2 7 | 6 (6 6) | 1 $\stackrel{\frown}{16}$ 1 2 | 3 $\stackrel{\frown}{35}$ 3 2 | 1 3 2 7 |

名字叫翠兰，　翠兰的哥　哥　叫 二

6 (6 6) | 3 $\stackrel{\frown}{32}$ 2 7 | 6 (6 6) | 3 $\stackrel{\frown}{32}$ 2 7 | 6 (6 6) |

憨，　　二憨今　年　四　十　三，

1 $\stackrel{\frown}{16}$ 1 2 | $\stackrel{\frown}{3 5}$ 3 2 | 1 3 2 7 | 6 (6 6) | 3 $\stackrel{\frown}{32}$ 2 7 |

都说他　又憨又愚　心眼还不　全，　若是大

6 (6 6) | 3 $\stackrel{\frown}{32}$ 2 7 | 6 (6 6) | 1 $\stackrel{\frown}{16}$ 1 2 | $\stackrel{\frown}{3 5}$ 3 2 |

山　娶翠兰，　瑞莲就得

1 3 2 7 | 6 (6 6) | 3 $\stackrel{\frown}{32}$ 2 7 | 6 (6 6) | 3 $\stackrel{\frown}{32}$ 2 7 |

嫁给二　憨。　这就　叫　两家把亲

6 (6 6) | 1 $\stackrel{\frown}{16}$ 1 2 | $\stackrel{\frown}{3 5}$ 3 2 | 1 3 2 7 | 6 (6 6) |

换，　孬孬好　好　不能拣，

6 6̂1 6 5 | 3 3̂2 1̂2 | 3 5 3̂2 7̣ | 6̣· (7 | 6765 3235
你说 这事 难 不 难来哎 哟。

6 6 6) | 0 2̇ 7 6 | 6̂1 3 5 | 6 6 6 1̇ 3̂5 2̂3 1 |
张大娘 送走媒人 心如汤 煮 哇，

101

0 3 5 6 | 1̇ 7 6 5 | 3̂5 3̂2 1 3 | 2 (2 2) | 0 3 6 5 |
酸甜 苦辣 乱 成一 团。 若不换，

3 6̂6 6 5 | 3 2 1 (2 3 2 | 1) 2̇ 7 6 | 6 3 5 | 3 3 2 1 6̣ |
大山的婚事 不好办， 若换亲，一辈子 对不起俺瑞

5̂3 2̂ 7̣ 6̣ | 5̣· (6̣ | 5̣ 5 3 | 6765 3235 | 6 6 6) |
莲。

0 2̇ 7 6 | 6·1̇ 3 5 | 0 6 3̂5 | 6 (6 6) | 0 2 1 2 |
这时候 咿扭一声 大门 响， 张瑞莲

3̂2 3 5 5 | 3 1̇ 6̂5 3 5 | 2·(1 2 2) | 3 3̂2 3 5 | 6·1̇ 6 5 |
肩背猪草把 家 还。 瑞 莲我 放下猪草

5 3̂5 3 | 2 (2 2) | 1 1 2 3 5 | 3 3 2 1 2 | 3 3̂5 3̂2 7̣ |
把 屋 进， 看见了桌上 摆着烟和酒 来。哎 嗨 哟

6̣ (7 | 6765 3235 | 0 0 | 0 0 | 0 0 |
嗨 （白）娘：咱家来了啥贵客， 打酒买烟又得花钱？

3 3 2 2 7 | 6̣ (6̣ 6̣) | 3 2 2 7 | 6̣ (6̣) | 6 6 1̇ 6 5

张大娘闻　听　　心　慌　乱，　　想说　又止

3 3 2 1 2 | 3 5 3 2 7 | 6̣ - ‖:(0 7 6 6 | 0 3 5 6 6

话儿　留唇　边来。哎嗨　　哟　　（白）莲：娘？　今天到底

莲：是谁呀？娘：是东庄李三姑给你哥哥说亲来啦。莲：嘿，这可是喜事来。娘：瑞莲啊！事情可不这么简单。

0 3̣ 2̣ 1 | 7 6 5 6 6):‖

谁来啦？　娘：是……

莲：（思索地）噢。　0 7 | 6 7 6 5 3 2 3 5 | 6　6 6 ）

0 2̇ 7 6 | 6 3 5 | 0 5 6 5 3 2 | 1 (1 1) | 2 1 1 2

娘啊　娘，　　我明白了，　　　你是

3 2 3 5 | 3 1̇ 6 5 4 3 | 2 (2 2) | 3 3 2 3 5 | 6 1̇ 6 5

为　钱来作　难，　越是　穷来

5 3 5 3 | 2 (2 2) | 1 1 2 3 5 | 3 2 1 2 | 3 5 2 7

越　得　花，　没钱 人家 不跟　咱来。哎嗨

6̣ (6̣ 6̣) | 1 1 6 1 2 | 3 5̇7 | 1 1 6 1 2 | 3 (3 3)

哟　　哼哎哪嗨哪 嗨嗨 哼哎 哪　哟

6 6 1̇ 6 5 | 3 3 2 1 2 | 3 5 3 2 7 | 6̣·(7 6 7 6 5 3 2 3 5

没钱 人家 不跟　咱来。哎嗨 哟

```
6 66) | 0 2 7 6 | 6·1 3 5 | 0 6 5 6 | i 3·5 2 3 1 |
      张大娘 唉声 叹气   没有开 口 哇,
```

```
0 3 5 6 | i 7 6 5 | 35 32 13 | 2 0 | (白) 娘!
小瑞莲 又说又劝 逗 娘喜  欢。
```

```
3 32 2 7 | 6 (6 6) | 3 32 2 7 | 6 (6 6) | 1 16 1 2 |
娘  啊 娘,     你心放 宽,     省 吃
```

```
3 5 3 2 | 1 3 2 7 | 6 (6 6) | 3 32 2 7 | 6 (6 6) |
俭用多 攒 钱,    我拔 草,
```

```
3 32 2 7 | 6 (6 6) | 1 16 1 2 | 3 5 3 2 | 1 3 2 7 |
我 喂猪,     我 采桑 叶,   我 养
```

```
6 (6 6) | 3 32 2 7 | 6 (6 6) | 3 32 2 7 | 6 (6 6) |
蚕,     编草 辫,     缝 地 毯,
```

```
1 16 1 2 | 3 5 3 2 | 1 3 2 7 | 6 (6 6) | 6 6 i 6 5 5 |
夜 晚 加班 编提 篮,     为娶嫂子我
```

稍快

```
3 32 1 2 | 3 5 2 7 | 6·(7 | 6765 3235 | 6 66) |
不 怕 难来。哎嗨 哟
```

```
0 2 7 6 | 6·1 3 5 | 0 6 3 5 | 6 (6 6) | 3·5 6 6 |
到那时 喇叭一吹  迎新 娘,     进去门呀
```

3·5 6 6 | 6·5 6 2̇ | 7 6 5 5 | 1̇ 1̇ 6 5 | 5 3 2 2 |
四口人呀，婆婆小姑 带嫂子呀，尊声娘呀 叫声妹呀，

5 5 3 5 3 2 | 2̇ 7 6 6 | 6·5 6 5 | 6·5 6 5 | 0 6 3̇ |
亲亲热 热 一家人呀。嘀嗒啦嗒 嘀嗒啦嗒 娶嫂

2̇ 3 2 1̇ 6 | 2̇ 7 6 5 | 6 3 5 | (2̇ 7 6 5 | 3 5 6 5 5) |
子来 哎俺 哥哥心里 乐滋滋，

6 6 1̇ 6 5 | 3 3 2 1 2 | 3 5 3 2 7̣ | 6̣ - | 1 1 6 1 2 |
叫声娘 你看多称 心来。哎 嗨哟 嗨哎哪嗨哎

3 5 | 1 1 6 1 2 | 3 (3 3) | 6 6 1̇ 6 5 | 3 3 2 1 2 |
哟嗨 嗨哎嗨 哟 你看 称心不 称

3 5 3 2 7̣ | 6̣· (7̣ | 6 7 6 5 3 2 3 5 | 6 6 6) | 0 2̇ 7 6 |
心来。嗨 哎哟 张大娘

6 1̇ 3 5 | 0 6 5 6 | 1̇ 3·5 3 2 1 | 0 3 5 6 | 1̇ 6 5 |
越 听 越难 过呀， 一把 拽过来

6 5 4 3 | 2 (2 2) | 0 3 2 3 | 5·6 4 3 | 0 6 3 2 |
小 瑞 莲， 悲悲凄凄想把 真情

3 5 3 2 1 | 3 3 2 3 5 | 6̣ 5 | 3 5 3 2 2 7̣ | 5̣ (5̣ 5̣ |
讲， 话到 嘴边开口 难，

1 1 1) | 0 6 5 6 | 1 (1 1) | 0 2 1 2 | 3 7 |
怀抱　着　　　瑞莲　儿，

0 2 1 2 | 7 6 5 | 6·1 2 1 | 6 (6 6) | 3·5 6 3 |
热泪　滚　滚，　　　娘的心

5· 5 | 3·5 6 3 | 5 (5 5) | 5 6 4 3 | 2 3 5 6 |
里　似　乱　箭　穿，　　滴滴泪水　湿　衣

1 0 3 5 | 2 1 7 6 | 5 (5 5 | 0 6 6 3 6 | 5 5 3 |
衫。哎　哎　哎哎　哟

2·3 5 5 | 6 1 6 5 3 2 3 5 | 6·5 6 6) | 0 2 7 6 | 6 3 5 |
　　　　　　　　　　　　　　为你哥娶　亲

0 6 1 3 3 | 3·5 2 3 1 | 0 3 5 6 | 1 7 6 5 | 3 5 3 2 1 3 |
娘 对不起　你　呀，　怨只怨　生产落后家里贫

2 (2 2) | 0 3 6 5 | 6 1 3 5 | 0 3 5 1 2 | 3 (3 3) |
寒，　　你哥哥要　把　翠兰娶，

0 3 5 6 | 1 2 7 6 | 5 0 | 莲：谁呀？ | 3 3 2 1 6 |
你得　嫁给　　　　　　　他哥哥李二

5 3 2 7 6 | 5 - | 6 - | 2 - | 7 - | 6 - | 5 - |
憨来。　　啊

0 2̇ 7 6 | 6 3 5 - - - 2 3̇2 1 2 3 - - - 0 3 5 6
一声　炸雷　响　耳　边，　　瑞莲我

1̇ 7 6 5 6 4 3 2 1 - - - 3 3̇2 1 6 6· 4
头晕目也　眩，　　我的　天　哪

上板

3 3 2 3̇2 1 - - - | 3 3̇2 3 5 | 6̣ 5 | 3 5 3̇2 7 6 |
亲娘　啊，　　这样的苦水实难咽，

5̣ (5̣ 5̣) | 0 6̣ 5̣ 6̣ | 1 (1 1) | 0 2 1 2 | 3 5 7̣ |
难道　说，　　我不是娘的

7·̣ 2̣ 7̣ 5̣ | 6̣ (6̣ 6̣) | 0 6̣ 5̣ 6̣ | 1̇ 7 6 5 | 6 4 3 2 |
连心　肉？　难道说，我跟哥哥不一

1 (1 1) | 0 3 5 6 | 6̣ 1 | 0 3 5 2 7̣ | 6̣ (6̣ 6̣) |
般？　悲切切跪在　娘面　前，

3 3̇2 2 7̣ | 6̣ (6̣ 6̣) | 6̣ 3̇2 2 7̣ | 6̣ (6̣ 6̣) | 1 1 6̣ 1 2 |
求　求　娘，　把手放宽，　儿　不怕

3 5 3̇2 | 1 3 2 7̣ | 6̣ (6̣ 6̣) | 6̣ 6̣ 1 6 5 | 3 3̇2 1 2 |
一辈子　受孤　单，　宁死不嫁李　二

3 5 3̇2 7̣ | 6̣· (7̣ | 6 7 6 5 3̇2 3 5 | 6̣ 6̣6̣) | 0 2̇ 7 6 |
憨来。哎　哟　　　　　　　张大娘

6·$\overset{\frown}{13}$5 | 0$\overset{\frown}{65}$6 | $\overset{\frown}{\overset{1}{3}·\overset{5}{5}}$$\overset{\frown}{23}$1 | 0$\overset{\frown}{35}$6 | $\overset{\frown}{1}\overset{\frown}{7}$$\overset{\frown}{65}$ |

眼望女儿 心欲 碎呀, 强忍 泪水

$\overset{\frown}{3532}$$\overset{\frown}{13}$ | 2 (2 2) | 0$\overset{\frown}{63}$5 | 6·$\overset{\frown}{7}$$\overset{\frown}{65}$ | 0$\overset{\frown}{35}$1 2 |

叫 瑞 莲, 娘无能 给女儿 造孽非

3 (3 3) | 0$\overset{\frown}{63}$5 | 6·$\overset{\frown}{7}$$\overset{\frown}{65}$ | $\overset{\frown}{64}$$\overset{\frown}{32}$ | 1 (1 1) |

浅, 你恨娘, 你骂娘, 娘无怨 言,

0$\overset{\frown}{33}$5 | $\dot{6}$ 1 | $\overset{\frown}{35}$$\overset{\frown}{2}\overset{\frown}{7}$ | $\dot{\dot{6}}$ (6 6) | 3·$\overset{\frown}{5}$ $\overset{\frown}{63}$ |

谁叫咱 人 穷志 气 短, 儿 女

5 (5 5) | 3·$\overset{\frown}{5}$ $\overset{\frown}{63}$ | 5 (5 5) | 5·$\overset{\frown}{6}$ $\overset{\frown}{43}$ | $\overset{\frown}{23}$ $\overset{\frown}{56}$ |

事 叫 为 娘 实在难以 两 周

1 0$\overset{\frown}{35}$ | $\overset{\frown}{21}$$\dot{\dot{7}}\dot{\dot{6}}$ | $\dot{\dot{5}}$·($\dot{\dot{6}}\dot{\dot{6}}$ | $\dot{\dot{5}}$ $\dot{\dot{5}}\dot{\dot{5}}$) | 0$\overset{\frown}{35}$$\overset{\frown}{1}$ |

全。 哎 哎 哎 哎 听娘

$\overset{\frown}{64}$$\overset{\frown}{3532}$ | 1 - | 0$\overset{\frown}{66}$$\overset{\frown}{3}$ | 5 (5 5) | 0$\overset{\frown}{21}$2 |

说出了 肺腑 言, 瑞莲我

$\overset{\frown}{3}$ 5 | $\overset{\frown}{31}$$\overset{\frown}{\dot{1}}$$\overset{\frown}{65}$$\overset{\frown}{3}$ | 2 (2 2) | 0$\overset{\frown}{32}$3 | 5·$\overset{\frown}{6}$ $\overset{\frown}{43}$ |

含泪 心如刀 剜, 不是 闺 女

0$\overset{\frown}{6}$$\overset{\frown}{32}$ | $\overset{\frown}{3523}$1 | $\overset{\frown}{33}$$\overset{\frown}{23}$5 | $\overset{\frown}{6}\overset{\frown}{6}$$\overset{\frown}{35}$ | $\overset{\frown}{3532}$$\overset{\frown}{76}$ |

不听 话, 不是 闺女 叫娘为 难,

$\overset{\frown}{5}$ (5 5) | 0 6 5 6 | 1 (1 1) | 0 2 1 2 | 3 $\overset{\frown}{7}$ |

不 是 我 不 愿 意

0 2 1 2 | 7· 6 5 | 6· 7 2 7 | 6 (6 6) | 3· 5 6 3 |

为 哥 哥 周 全， 亲 换

5 (5 5) | 3· 5 6 3 | 5 (5 5) | 5 5 6 4 3 | 2· 3 5 6 |

亲 嫁 给 二 憨， 我 怎 有 脸 活 在 人

1 0 3 5 | 2 1 7 6 | 5· (6 6 | 5 5 5) | 0 2 7 6 |

间。 哎 哎 哎 哎 听 这 番

6 3 5 | 0 6 6 3 | 5 (5 5) | 0 2 1 2 | 3 2 3 5 5 |

绝 情 话 好 不 凄 惨， 为 娘 我 一 口 怨 气

3 1 6 5 3 | 2 (2 2) | 3 3 2 3 5 | 6 1 6 5 | 5 3 5 3 |

入 心 田， 两 眼 发 黑 晕 在 桌 子

2 (2 2) | 1 1 2 3 5 | 3 3 2 1 2 | 3 5 3 2 7 | 6 (6 6) |

前。 瑞 莲 声 声 把 娘 唤 来。 哎 哟

6 6 1 6 5 | 3 3 2 1 2 | 3 5 3 2 7 | 6· (7 | 6 7 6 5 3 2 3 5 |

急 忙 把 娘 扶 到 屋 里 间 来。 哎 哟

6 6 6) | 0 2 7 6 | 6 7 3 5 | 0 6 6 3 | 5 (5 5) |

张 大 山 外 出 挖 河 转 回 还，

0 2 1 2 | 3 2 3 5 | 3 1̇ 6 5 3 | 2 (2 2) | 3 3 2 3 5 |
瑞莲俺 一见哥哥 泪珠挂 腮边，　　　　　想 哭

6 1̇ 6 5 | 5 3 5 3 | 2 (2 2) | 1 1 2 3 5 | 3 3 2 1 2 |
又 怕 哥哥看 见，　　　　转身 擦泪 强作 笑

3 5 3 2 7̣ | 6̣· (7 | 6 7 6 5 3 2 3 5 | 6̣ 0 | 莲：哥
颜 来。哎　　　　哟

回来了？山：回来啦！咱娘呢？莲：在屋里……
山：嘿！嘿！瑞莲，你看这是什么？　　| 0 2̇ 7 6 |
张大山

6̣ 1̇ 3 5 | 0 6 6̣ 3 | 5 (5 5) | 0 2̇ 1 2 | 3　5 |
怀里掏出 布一 卷，　　　　绿底 红花

3 1̇ 6 5 3 | 2 (2 2) | 3 3 2 3 5 | 6 1̇ 6 5 | 5 3 5 3 |
多 鲜 艳，　　给 我 妹妹 做件 新衣

2 (2 2) | 1 1 2 3 5 | 3 2 1 2 | 3 5 3 2 7̣ | 6̣ (6̣ 6̣) |
衫，　　女孩家大了 爱打 扮来，哎　　哟

1 1 6 1 2 | 3 ⁵⁼7 | 1 1 6 1 2 | 3 (3 3) | 1 1 2 3 5 |
哼啊那哎嗨 哟嗬 哼啊 哎嗨 哟　　也是 哥哥

3 2 1 2 | 3 5 3 2 7̣ | 6̣· (7 | 6 7 6 5 3 2 3 5 | 6̣ 6̣ 6̣) |
一点心 愿来。哎　　哟

0 2̇ 7 6 | 6 1̇ 3 5 | 0 6 5 6 | 3·5 2 3 1 | 0 3 5 6 |

张瑞莲 闻听此话 心更 酸呀， 手捧着

1̇ 7 6 5 | 3 5 3 2 1 3 | 2 (2 2) | 0 3 6 5 | 6 1̇ 3 5 |

花 布 泪 涟 涟， 想平时 哥哥待我

0 3 5 1̇ 2 | 3 (3 3) | 0 2̇ 7 6 | 6 1̇ 3 5 | 3 5 3 2 1 6 |

千 般 好， 我怎能 眼看他 只身受孤

5 3 2 7 6 | 5 (5 5) | 0 6 5 6 | 1 (1 1) | 0 2 1 2 |

单？ 为娘 亲， 为哥

3 7 | 0 2 7 2 | 7 6 5 5 | 6 1 2 1 | 6 (6 6) |

哥， 难把 个人幸福讲，

3·5 6 3 | 5 (5 5) | 3·5 6 3 | 5 (5 5) | 5·6 4 3 |

订 了 吧， 说 了 吧， 我跟哥哥

2 3 5 6 | 1 0 3 5 | 2 1 7 6 | 5· (6 6 | 5 5 5) |

当 面 谈。 哎 哎 哎 哟

稍快

0 2̇ 7 6 | 6 6 1̇ 3 5 | 0 6 5 6 | 3·5 3 2 1 | 0 3 5 6 |

瑞莲把 换亲的事儿 细说一 遍， 张大山

1̇ 7 6 5 | 3 5 3 5 1 3 | 2 (2 2) | 0 3 5 | 6 3 |

闻听 怒气冲 天。 大山一拳

3 2 1 2 | 3 (3 3) | 0 3 5 | 6 i 6 5 | 6 4 3 2 |
砸 在 桌 子 上，　　　震 得 茶 壶 茶 碗 乱 动

1 (1 1) | 0 6 i 6 | 1 0 0 | 0 0 | 0 2 7 6 |
弹，　　　大 叫 一 声 快 住 口，　我 枉 做

稍慢
6 i 3 5 | 3 5 1 6 | 5 3 2 7 6 | 5· (6 6 | 5 5 5) |
五 尺 好 儿 男！

0 2 7 6 | 6 i 3 5 | 0 6 6 3 | 5 (5 5) | 0 2 1 2 |
张 大 娘 悲 痛 难 耐 悲 声 放，　　张 大 山

3 3 5 5 | 3 i 6 5 3 | 2 (2 2) | 0 3 2 3 | 5· 6 4 3 |
心 烦 意 乱 蹲 一 边，　　　张 瑞 莲 含 泪 又 把

0 6 3 2 | 3 5 3 2 1 | 3 3 2 3 5 | 6 3 5 | 3 5 3 2 7 6 |
哥 哥 劝，　为 哥 哥 再 苦 也 心 甘。

5 (5 5) | 0 6 5 6 | 1 (1 1) | 0 2 1 2 | 3 ⁵₇ |
张 大 山　　紧 皱 双 眉

0 2 7 5 | 6 (6 6) | 3· 5 6 3 | 5 5 5 | 3· 5 6 3 |
压 怒 火，　叫 一 声 我 的 好 妹

5 (5 5) | 5· 6 4 3 | 2 3 5 6 | 1 0 3 5 | 2 1 7 6 |
妹，　叫 声 妹 妹 你 听 我 言，　哎

5 (5̲ 5̲) | 0 6̲ 5̲ 6̲ | 1 (1̲ 1̲) | 0 2̲ 1̲ 2̲ | 3 ⁵7̲ |
哟　　　怎 忍 心　　让 妹 妹 你 受

0 2̲ 7̲ 5̲ | 6 (6̲ 6̲) | 3̲·5̲ 6̲ 3̲ | 5 (5̲ 5̲) | 3̲·5̲ 6̲ 3̲ |
一辈子苦，　决 不 能　　留 下 把

5 (5̲ 5̲) | 5̲ 5̲ 4̲ 3̲ | 2̲ 3̲ 5̲ 6̲ | 1 0 3̲ 5̲ | 2̲ 1̲ 7̲ 6̲ |
柄　　　留下把柄当笑　谈。　哎 哎

稍快

5̲· (6̲ 6̲ | 5̲ 5̲ 5̲) | 0 6̲ 3̲ 5̲ | 6̲1̲6̲5̲ 3̲2̲1̲ | 0 3̲ 7̲ |
哎　　　张 大　 山　　回 头

6 5 | 0 6̲ 6̲ 3̲ | 5 (5̲ 5̲) | 0 2̲ 1̲ 2̲ | 3 5̲ 5̲ |
再 把　娘 来 劝，　　叫 声 娘 你 把

3̲ 1̲ 6̲ 5̲ 3̲ | 2 (2̲ 2̲) | 3̲3̲2̲ 3̲5̲ | 6̲1̲ 6̲5̲ | 5̲3̲ 5̲3̲ |
眼 光 放　远，　穷 不 可 怕 怕 志

2 (2̲ 2̲) | 1̲·2̲ 3̲ 5̲ | 3̲2̲ 1̲2̲ | 3̲ 5̲ 3̲2̲ 7̲ | 6 (6̲ 6̲) |
短，　生 产 不 好 是 根　源 来。哎 哎 哟

3̲3̲ 2̲2̲ 7̲ | 6 (6̲ 6̲) | 3̲2̲ 2̲7̲ | 6 (6̲ 6̲) | 1̲1̲6̲ 1̲2̲ |
只要 把生 产　　搞 上 去，　　姑 娘 们

3̲5̲ 3̲2̲ | 1̲3̲ 2̲7̲ | 6 (6̲ 6̲) | 6̲6̲1̲ 6̲5̲ | 3̲3̲ 2̲1̲2̲ |
争着要来张 家　湾。　生 产 上 去 是 关

$$3\ 5\quad \overset{\frown}{3\underset{\cdot}{2}}\,\underset{\cdot}{7}\ |\ \underset{\cdot}{6}\cdot\ (\underset{\cdot}{7}\ |\ \overset{\frown}{6765}\ 3235\ |\ \underset{\cdot}{6}\ 0)\ |\ 0\ \overset{\frown}{\underset{\cdot}{2}\ \underset{\cdot}{7}\ \underset{\cdot}{6}}\ |$$

键来。哎　哎　哟　　　　　　　　　　　　　　对！从此

$$\overset{\frown}{\underset{\cdot}{6}\ \underset{\cdot}{3}}\ 5\ |\ 0\ \underset{\cdot}{3}\ 5\ |\ 7\ 7\ \overset{\frown}{6\ 5}\ |\ \overset{\frown}{3\ 2}\ \overset{\frown}{1\ 2}\ |\ 3\ (3\ 3)\ |$$

后，　　　大　山　毛　遂　自　荐　当　了　队　长，

$$\overset{\frown}{3\ 3}\ \overset{\frown}{2\underset{\cdot}{2}}\ \underset{\cdot}{7}\ |\ \underset{\cdot}{6}\ (\underset{\cdot}{6}\ \underset{\cdot}{6})\ |\ \overset{\frown}{3\ 2}\ 2\cdot\underset{\cdot}{7}\ |\ \underset{\cdot}{6}\ (\underset{\cdot}{6}\ \underset{\cdot}{6})\ |\ \overset{\frown}{1\ 1}\ \overset{\frown}{6\ 1}\ 2\ |$$

光　棍　汉　子　　抱　成　一　团，　　时　间

$$\overset{\frown}{3\ 5}\ \overset{\frown}{3\ 2}\ |\ 1\ \overset{\frown}{3}\ \overset{\frown}{2\ 7}\ |\ \underset{\cdot}{6}\ (\underset{\cdot}{6}\ \underset{\cdot}{6})\ |\ \overset{\frown}{6\ 6\dot1}\ \overset{\frown}{6\ 5}\ |\ \overset{\frown}{3\ 3}\ \overset{\frown}{2\ 1\ 2}\ |$$

才　过　一　年　半，　　家　家　户　户　有　吃　有　穿

稍快

$$3\ 5\ \overset{\frown}{2\ 7}\ |\ \underset{\cdot}{6}\cdot(\underset{\cdot}{7}\ |\ \overset{\frown}{6765}\ 3235\ |\ \underset{\cdot}{6}\ \underset{\cdot}{6}\ \underset{\cdot}{6})\ |\ 0\ \overset{\frown}{\underset{\cdot}{2}\ \underset{\cdot}{7}\ \underset{\cdot}{6}}\ |$$

有　余　钱。　　　　　　　　　　　　　　这　家

$$\overset{\frown}{\underset{\cdot}{6}\ \underset{\cdot}{3}}\ 5\ |\ 0\ 6\ \overset{\frown}{\underset{\cdot}{6}\ \underset{\cdot}{3}}\ |\ 5\ (5\ 5)\ |\ 0\ \underset{\cdot}{2}\ \overset{\frown}{1\ 2}\ |\ 3\ 5\ |$$

刚　把　喜　字　贴，　　那　家　又　挂

$$3\ \dot1\ \overset{\frown}{6\ 5}\ 3\ |\ 2\ (2\ 2)\ |\ \overset{\frown}{3\ 3}\ \overset{\frown}{\underset{\cdot}{2}}\ 3\ 5\ |\ \overset{\frown}{6\ \dot1}\ \overset{\frown}{6\ 5}\ |\ \overset{\frown}{5\ 3}\ \overset{\frown}{5\ 3}\ |$$

喜　对　　联。　　张　大　山　正　月　初　七　把　婚

$$2\ (2\ 2)\ |\ \overset{\frown}{1\ 1}\ \overset{\frown}{2}\ 3\ 5\ |\ \overset{\frown}{3\ 3}\ \overset{\frown}{2\ 1\ 2}\ |\ \overset{\frown}{3\ 5}\ \overset{\frown}{2\ 7}\ |\ \underset{\cdot}{6}\ (\underset{\cdot}{6}\ \underset{\cdot}{6})\ |$$

结，　　爱　人　是　个　模　范　社　员　叫　玉　环，

$$\overset{\frown}{1\ 1}\ \overset{\frown}{6\ 1}\ 2\ |\ 3\ 5\ |\ \overset{\frown}{1\ 1}\ \overset{\frown}{6}\ \overset{\frown}{1\ 2}\ |\ 3\ 0\ |\ 0\ \overset{\frown}{6\ 6\dot1}\ \overset{\frown}{6\ 5}\ |$$

哼哎哪哎哎哟嗨哼哎哪哎哟　　爱　人　是　个

稍快

3 32 1 2 | 3 5 2 7̣ | 6̣· (7 | 6765 3235 | 6 66)|
模范 社员 叫 玉 环。

0 2̇ 7 6 | 66 i 35 | 3·5 65 | 3·5 65 | 0 66 3̇ |
那一天，闹喜的人们 叽 叽 喳喳 叽 叽 喳喳 多开

5 (5 5) | 0 2 1 2 | 3 5 | 6·i 1 65 | 6·i 1 65 |
心， 典礼的 炮 声 噼里啪啦 噼里啪啦

0 i i 3̇ | 2 (2 2) | 3 32 35 | 6 i 65 | 5 3 53 |
闹 翻 天。 这 就是 大山娶亲 一个小

2 (2 2) | 0 0 0 | 0 0 0 | 1 12 35 |
段， （白）特别 是 光 棍 汉 子， 都要 学习

3 2 12 | 3 5 32 7̣ | 6̣· (6̣ 6̣) | 1 16 12 |
张 大 山来。嗨 哎 哟 哼哎哪嗨哎

慢

3 ⁵₇ 7̣ | 1 16 12 | 3 (3 3) | 66 i 65 | 3 32 12 |
哟哎 哎哎 哪 哟 都要 学习 张 大

3 5 32 7̣ | 6̣· (7 | 6765 3235 | 6 0)‖
山来。哎 哎 哟

新 对 花

临清小曲
王子华 整理

1=A 2/4

```
(5 3  2323 | 2 3 0 3 | 36 3 23 | 3 3 0 3 | 1 5 6 3 |
```

```
1 - ) ‖: 1 2 2 2 | 5 3 2 | 1 2(23) 2 6 | 5 - :‖
```

(女)叫哎 声哥 哥 听 我 把话 说,
(男)叫哎 声妹 子 你 说 我来 猜,
(女)叫哎 声哥 哥 你 说 我来 猜,
(男)叫哎 声妹 子 你 爱 什么 花,
(女)妹哎 子 爱 的是哥 哥的 知心 话,

```
1 1 2 0 | 3 3 2 | (12 12 12 | 3 3 3 2) | 3 3 2 3 3 2 |
```

(女)叫哥哥(男)做什么?   (女)咱们哪 二人
(女)说朵花(男)我来猜,   (女)什么哪 花儿
(男)说朵花(女)我来猜,   (男)什么哪 花儿
(男)月季花(女)开不败,   (男)哥哥哪 妹子

```
1 5 3 2 | (3 3 2 3 3 2 | 1 5 3 2) | 32 35 2 2 | 6 33 2 2 |
```

对花 来,   (男)我 不 对呀(女)你得 对呀,
开不 败?   (男)我 知 道呀(女)你快 猜呀,
冬天 开?   (女)我 知 道呀(男)你快 猜呀,
永相 爱,   (女)梅哎 花呀(男)经风 霜呀,

```
3 3 2 3 3 2 | 1 5 3 2 | 6 2 | 2 6 | 5 5 |
```

真叫 妹子   我着 急,哥哥 你来 对 呀。
(男)月季 花儿   开不 败,哥哥我 猜着 啰 哟。
(女)不怕 风雪的 是梅 花,妹子我 猜着 啰 哟。
(合)哥哥那 妹子   配成 双,配呀 配成 双 哟。

$$1 \cdot \underline{6} \ 1 \ 2 \ | \ 3 \ 2 \ 3 \ 5 \ | \ 1 \cdot \underline{1} \ 1 \ 2 \ | \ 3 \ 2 \ 3 \ 5 \ | \ 1 \ 3 \ 2 \ 1 \ : \|$$

（合）齐 嘚 隆 咚　依 呀 嗨 嗨　齐 嘚 隆 咚　依 呀 嗨 嗨　哎 依 呀 嗬

第四章

配乐诗朗诵

守巢的人

在古老的卫运河畔，

在绵延的京九路旁，

在鲁西北平原的大地上，

镶嵌着一颗教育战线的明珠，

她，就是临清民族实验中学——

这个令世人瞩目的育人殿堂。

说她古老，她建于乾隆年间，

距今已有二百四十七年的沧桑历史。

说她是明珠，因为著名诗人臧克家在这儿执过教，

民族英雄张自忠、知名人士黑伯龙曾在这所学堂就读。

现在的民族实验中学，

乘着历史的雄风，

沐浴着现代的辉煌，

一步步走向成熟。

校园繁花似锦，

绿树楼房，

歌声阵阵，

书声琅琅。

一批批学子在这里描绘着自己的未来，

一群群小鸟从这里飞进更高的学府殿堂。

还有那一声声赞誉、一次次嘉奖、一面面锦旗、一张张奖状，

这都是校长带领着老师们在自我奋斗下，

拧出的汗水，

挤出的乳浆。

校长说：

老师的工作，做好很难，

就是要付出、坚强、有爱心。

要教好孩子们如何做人，

老师首先自己要把"人"字写得堂堂正正。

我们的杨春梅老师，

就做出了榜样。

她刚刚大学毕业，

还没有完全换掉那充满稚气的学生装，

在爸爸妈妈面前，

还是一个受宠的小姑娘。

可她带着热情，

带着真诚，

带着无私，

用她那美丽的心灵，

把全班几十个孩子的心灯点亮。

孩子们像小鸟一样，

总爱依偎在她的身旁。

风和日丽的时候，

小鸟们围着她叽叽喳喳；

风雪来临的时候，

都会奔跑着呼啦啦钻进她的翅膀。

她是大树，

她是围墙，

她是严师，

她是"家长"，

孩子们什么话都愿意向她说，

孩子们什么事都愿意向她讲：

老师，俺爸打我！

为什么？

我说他：你不要老打麻将。

你做得对！

老师，这次我的英语没考好，下次我一定赶上。

好！

老师，他踢了我一脚……

老师，他给俺起外号叫"胖胖"……

虽然都是些孩子的天真，

可她都认真地一一记在心上。

班里来了个残疾的学生叫小晶，

可恶的轮椅和双拐，

成了小晶和正常孩子们隔开的一堵墙。

他自卑，他彷徨，

他见人就躲，遇事就让，

正常人的微笑从未挂过他的脸庞。

细心的杨老师，当然挂在心上。

为了消除小晶的心理压力，

给他谈人生，谈理想，

让他看保尔的故事，

给他讲张海迪的坚强。

开班会的时候,

杨老师总要把小晶拉在自己的身旁。

她要告诉孩子们,

我爱小晶和爱你们一样。

在老师的感召下,

班里组织了几个爱心小组,

帮助小晶,

排除了积在他心头的寂寞和忧伤。

寒冰融化了,

融进了这个集体的小河,

手拉手,奔腾着流向明天,

小晶以优异的成绩考进了临清一中。

开学那天,

一大早,

他摇看轮椅来到了杨老师的身旁。

老师,

今天开学了……

我就要离开您了……

我……

后面的话变成了串串的泪水,

在孩子稚嫩的脸上流淌……流淌……

杨老师,

推着轮椅,不知用了多少时间,

才把小晶送到了学堂。

有人问小晶,

送你的人是谁呀?

他回头一望,

我娘!……

就是这样，

她用她那无私的爱，

伴随着孩子们成长……

有一位东北来临清投资的老板，

看到他的孩子在杨老师的教育下，

发生了惊人的变化，

他激动得热泪盈眶。

买了一套白金首饰送给杨老师，

感谢老师对孩子的精心培养。

可她谢绝了，

她写了封长信连同那套白金首饰，

一块儿寄给了那位老板。

信上写道：

孩子家长，

作为一名教师，我固然清贫，

可我，始终固守着心灵的一方净土。

在这物欲横流的时代，

我不管别人怎样，

可我为自己能把人格和尊严视为至上而骄傲。

孩子家长，你知道吗？

如果我接受了它，

我会变成连自己都不敢辨认的丑陋形象。

孩子家长，请尊重我的做人原则吧，

作为教师，我实在不敢有半点奢望。

您带着雄厚的资金来临清投资，

临清人民就该好好地谢谢您，

请不要把孩子的事情放在心上。

祝您事业发展，

身体安康。

老板收到信后，惊呆了，

他按捺不住激动的心情，

急匆匆驱车来找校长，

校长啊！

在这拜金主义泛滥的今天，

我真不敢相信，

临清还有这样的一所中学，

它的老师释放着这样的人格力量。

我闯荡过大江南北，

我跑遍了四面八方，

可从没有一件事，

像今天这样使我荡气回肠。

敬仰你，杨老师，

你的人格永远是我的榜样。

祝福你，杨老师，

在你人生的旅途上，

一路辉煌！

因为今后的路，

还很苦……

很长……

惜　别

1988 年 2 月的一个早晨，天气乍暖还寒，孔繁森接受了第二次赴藏的任务，又要与家人告别了……

又要告别了，
又要告别冷清三年刚刚恢复了欢声笑语的家。
又要告别了，
又要告别刚刚做完手术的妻子和正在读书的儿女。
又要告别了，
又要告别瘫痪在床白发稀疏面容憔悴八十七岁高龄的老母亲。
他不知如何说……
也不知说什么……

他想起了，
第一次援藏告别时的情景。
他贴在母亲的耳朵上轻轻地说：
娘，儿要出远门了，
到很远很远的地方，

要翻好多座山，

要跨好多条河。

年迈的老母亲抚摸着她倾心疼爱的儿子说：

不去不行吗？

他哽咽着说：

不行啊，娘！

咱是党的人。

老母亲疼爱儿子也理解儿子，

含着泪说：

那就去吧！

公家的事误了不行！

多带些衣服、干粮，

路上别喝冷水，啊！

他领下了这份母亲的爱，

边点头边用手梳理母亲的白发，

一遍一遍，

怎么梳也梳不平那颗难舍的心。

他轻轻地呼唤着母亲：

娘！娘！

一声接一声，

怎么也唤不尽那悠悠的母子情。

所以，他进藏后

把对母亲的思念和疼爱全部倾注到了藏族老人们的身上

——藏族的老人就是他的老人。

他跑遍了所有的敬老院，

给老人们治病送药送衣送钱。

他把自己的毛衣脱下，

穿在受寒的老人身上。

他背着病重的聋哑老人把他送进了医院。

他发现老人的脚冻肿了，

他含着热泪把老人的双脚，

揣进了自己的怀里，

然后把自己的新棉鞋送去，

给老人穿上。

第一次援藏归来，

他要补上欠母亲三年的孝敬债。

他每天都要抽出时间，

给母亲梳头洗脚说说心里话。

星期天他背着母亲去看电影逛商店，

正月十五他用地排车拉着母亲满街去看花灯……

是啊，他爱他的母亲，他敬重他的母亲，

因为他从小失去了父亲，

是母亲含辛茹苦地把他拉扯大的呀！

又要告别了，

又要告别满面沧桑的老母亲了，

他不知如何说……

也不知说什么……

风烛残年的老母亲正需要他照顾，

唯一能代替他的那多病的妻子，

又刚刚做完了大手术。

这份重担谁还能担得起呀！

谁能担保几近九旬的老母亲还有几多时日。

他怎么能放心得下……

可是，

他想的是党需要他，

西藏需要他，

西藏的人民期盼他。

所以，

他又自愿地挑起第二次赴藏的任务。

他望着瘫痪在床的母亲，

意迟迟，步缓缓，

情凄凄，心意乱，

也许他已经意识到，

这可能是和母亲的最后一面。

此时，

阎廷琛书记示意送行的人们，

退出屋去，

给他们母子俩留一段时间。

没等人们退尽，

他，

一个铁骨铮铮的汉子，

再也抑制不住内心的情感，

扑通一声跪倒在母亲面前，哭道：

娘啊！

儿对不起您！

他望着母亲浑浊的泪眼，

慢慢地站起身来，

几步一回头，几步一回头，

告别了牵肠挂肚的母亲。

谁知道这一别竟是母子的诀别，

谁知道这一别竟是白发人送黑发人。

他把一腔热血倾洒在西藏高原上，

滋润着西藏的土地，

润泽着西藏人民的心。

狮泉河水咏唱着他无私奉献的颂歌，

冈底斯山刻下他为国捐躯的伟业。

他九十四岁的老母亲

到如今，

还不知道他已经去了，

还在念叨着：

森儿，

怎么不回来呀？

娘，想你！

（原载于《公仆之歌》，中共云南省委组织部编，云南人民出版社，1996年出版）

第五章

曲艺类

山东快书·换装

说个老头赵百仓，

人送外号不跟趟，

他养鸡成了专业户（啦），

远近出名响当当。

论致富是人人佩服的一把好手，

论思想他却靠近了秦始皇（哪）。

这一天他和儿子翻了脸，

指着鼻子骂大刚。

大刚，你个好小子，

你嫌穿的衣裳旧，

我批准你要身新衣裳，

谁知道"中山""国防"你不要，

要了身缺领少扣、露着胸膛、箍着屁股的西洋装。

这西装也是你穿的？

也不照照你那个黑模样。

西洋装，穿上洋，

咱农民穿它不相当。

别看咱日子过得富，

富了穿戴可别张狂。

穿得破了没人怪，

穿得好了有人指脊梁。

你看我，

还是你爷爷留下的那件袄，

我补了五遍又穿上，

谁能嫌我穿得破？

越这样，

老传统显得越优良。

赵百仓越说越带劲，

急坏了一旁赵大刚。

爹！

你还是那些老套套，

不看看社会发展的新情况。

不光是经济大发展，

这吃穿消费要跟上。

（白）住嘴！

什么套套老不老，

什么跟上跟不上。

是你小子不学好，

办事越来越荒唐。

要是秀兰知道了，

准给你小子蹬锅腔。

（白）爹！

别说了，快把衣服扒下来，

我今儿进城买饲料，

捎带着给你换衣裳。

还是套我的疙瘩驴，

把我的破车拉达上。

我还穿我的八卦衣，

我去瞅瞅城里的新情况。

说着他赶驴把城进，

不一会儿来到大街上。

进城一看傻了眼，

咦？怎么几个月没来变了样！

楼房高，马路宽，

墙壁刷得明光光，

马路上画的净道道，

还摆了一些石头桩。

路两旁，种花草，

把公园搬到大街上（啦）！

学生走路唱着歌，

打扮得都像花一样。

大街上人来往，

差不多穿的净西装。

老头眉头猛一皱，

咦？我不是赶车进香港？

他呲摸了半天又一笑，

噢！哈……我明白了，

准是全县搞会演，

这都是演员穿的装。

老头他自作聪明正得意，

只听着"唧唧唧"，

后面有人敲东梆。

老头闻声回头看，

136

咦？一人戴着墨镜穿西装。

还没等老头定下神（呢），

这个人抢先开了腔：

你这大爷哪里来呀，

家住哪省哪县哪个乡？

在哪里捡了这破车子，

稀里哗啦响叮当。

在哪里弄得这件袄，

活像个济公下了乡。

你那里没有搞责任制吗？

难道说你那里还喝大锅汤？

你这是进城搞污染，

把环境卫生全弄脏。

要不看你的年纪大，

准罚你啤酒两大箱。

把老头说得只愣眼，

脸上的表情都发僵（啦）。

这个人摘下眼镜哈哈乐，

哈……

（白）二叔不认识啦？

我是你侄子赵大江。

啊，好小子！

给你二叔开玩笑，

把我吓得直发慌。

今儿要不在街上，

看我揍你两巴掌。

哎，大侄子！

你不是在这儿开饭馆吗？

怎么也穿上西洋装（啦）？

啥？二叔呀！

怪不得叫你不跟趟，

你的思想确实僵。

挥霍浪费要不得，

可正当消费一定要讲。

如今日子过得好，

穿戴也要讲排场。

穿上西服打领带，

咋穿咋看咋大方，

人们哪个不爱美呀，

唯独你二叔不跟趟。

你看你的八卦衣，

俺都替你臊得慌。

把农民的脸面都丢光（啦）！

老头越听越生气，

想拿起鞭子揍大江。

谁知道鞭子一扬把驴惊，

它连拉带尿脱了缰（呢）。

车子撞到路界上，

碰掉了半个破车厢。

驴拉车子前边跑，

老头后边追着跑。

累了一身白毛汗，

干脆脱了光脊梁（啦）。

驴子跑到大街口，

一位警察抓住缰。

（白）老头心想：坏了……

这回准得挨一顿，

哎！我只说是来少搭腔。

你这个大爷咋搞的，

怎能让驴脱了缰（啦）？

是！

人车各有各的路，

你怎能赶着车子胡乱闯（啊）？

是！

光着膀子露脊梁，

你是不是神经不正常（哎）？

是！

啊？

不是！

噢，以后出门穿戴好，

不然对文明建设有影响。

是！

穿上！

是！

系上扣！

这……

怎么不系呀？

没……没有扣。

（白）没有扣？老大爷你家里穷？

（白）不！同志你看我有的是钱（指兜）。

（白）那你是为什么？……老大爷，不要小看穿衣问题，它代表着我们时代的精神面貌哩。

你走吧！

是！

老头赶车往前走，

越走越想越窝囊。

今天实在不吉利，

来到城里光碰墙。

又一想：

人家说的也在理，

穿戴也得讲排场。

以前家里贫穷穿不起，

现在叫穿又不穿，

这是真的不跟趟了？

腰里票子鼓囊囊，

干吗还穿破衣裳？

抬不起头，挺不起胸，

自己也觉臊得慌。

换了吧，买了吧！

今天我也改改装。

老头正把决心下，

迎面来了个大姑娘。

（白）二叔进城了！

哟，秀兰呀！

咦？她也穿上西洋装了！

看来思想都解放了，

我也快马加鞭紧跟上，

嘿……我是来买鸡饲料，

捎带着给大刚换衣裳。

怎么？大刚穿着不合适呀？

不！

我……我看这料子不相当。

我给他换叫啥样的呢？

穿在身上更大方，

再买一条花带子，

系在脖子上更漂亮。

（白）秀兰，你同意不？

同意，二叔！

人们都说你不跟趟，

这不是跑得蛮快当吗？

其实那是挖苦我，

我的思想最解放了。

（白）二叔……你穿的……

别说了，孩子，

我知道我的衣裳破，

我知道我的衣裳脏，

这回换它一身新，

再把胡子剃个光。

围着城里逛三趟，

看谁敢喊我不跟趟！

好，二叔！

你买衣服我去挑，

不知要个啥式样？

老头把脚猛一跺：

还用问吗？

我也来身西洋装！

老头换装精神好。

时代花开处处香。

（原载于 1986 年第一期《溪流》）

相声·都是数字闹的

乙 ：同志们，朋友们，女士们，先生们，大家好！这个节目本来由两个人表演，我那个搭档不知怎么回事，没有来……这样吧，我给大家来个单口相声吧……（甲狼狈上场）哎……你怎么回事？怎么才来呀？

甲 ：别提了！

乙 ：怎么了？

甲 ：出事了！

乙 ：出什么事了？

甲 ：别问了！

乙 ：到底是怎么回事儿？你看你这个狼狈样……

甲 ：没法说了！

乙 ：……这……怎么脸上还有手印子？

甲 ：媳妇扇的！

乙 ：你看你看……这耳朵怎么也被扯红了？

甲 ：俺娘拧的！

乙 ：哎哟……这屁股上还有个大脚印子！

甲 ：俺爹踹的！

乙：这是严重的家庭暴力！我说哥们儿，你在家里这是怎么混的⋯⋯

甲：没混好！

乙：⋯⋯这⋯⋯这头上还有个大疤，谁打的？

甲：别人撞的！

乙：这到底是怎么回事？把你弄成这个样子？

甲：倒霉了！

乙：怎么倒霉了？

甲：是这么回事⋯⋯不说了！

乙：哎哟！你就说说吧，不然都快把人憋死了。再说了，你惨到这个地步，我们能帮你就帮帮你呀！

甲：那我就说说呀？

乙：说说吧！

甲：好！（学《红灯记》中李奶奶叫板）我说！⋯⋯我——说——

乙：要唱着说！（用嘴唱过门）

甲：（拉开要唱的架势，结果还是用白话）都是数字把我闹的！

乙：什么？数字把你闹的？

甲：对了！

乙：你说清楚点，数字怎么闹你啦？

甲：是这么回事！

乙：慢慢说，慢慢说！

甲：（下面四句用念诗或快书的形式皆可）

　　　党的政策好，

　　　俺家致富了。

　　　买辆摩托车，

　　　也想胀饱胀饱！

乙：你正儿八经地说好不好？到底怎么回事？

甲：没给你说吗，是数字把我闹得不正常了！

乙：（对着观众）他刚才说，日子过好了，买辆摩托车，想潇洒潇洒，应该！

甲：车买好以后，我接着挂了个牌！

乙：只有挂了牌，才能骑。

甲：挂好牌，我骑回家，一家人都笑嘻嘻地围着看。

乙：添了件新家当嘛。

甲：就在这个时候，俺媳妇从屋里出来了。

乙：也看个新鲜。

甲：她一看牌子上的号，二话没说，照我脸上"啪"就是一巴掌。

乙：怎么啦？

甲：就是啊。我说你这是干啥？大伙正高兴着呢，你扇我干啥？

乙：你媳妇怎么说呀？

甲：打你干啥?！你看看你挂的这是什么牌子？你看看人家柱子，挂了个5858。你听，"我发我发"。你这是挂了个什么牌子呀？4747，"死妻死妻"！

乙：嘀，挂到这儿来了！

甲：我一看也是，不怨人家扇我，换换去吧。

乙：这牌子能换吗？

甲：你怎么笨得翻不过身来呀？不会把车卖了重新买一个再挂牌子去呀？

乙：也是！也是！

甲：这回挂牌，绝对不能让4和7挨在一块了，得弄个数岔开它！

乙：这回你媳妇没事了。

甲：你怎么知道没事了？

乙：我寻思没事了，这不把号换了嘛！

甲：谁知车刚推到家，腿还没站稳，她上来"啪"又是一巴掌。

乙：又怎么啦？

甲：我也纳闷呀！我说这不换号了吗？中间不是加了个"3"吗？

乙：是啊。

甲：她说，你不加 3 还好哩，加了 3 成了什么了？437437，"死仁妻死仁妻"。死一个换一个，你还怪恣哩！

乙：你看，这麻烦大啦！

甲：不麻烦，换个新车再重新挂牌！

乙：你看这个折腾，受得了吗？

甲：怎么受不了？

乙：我替你累得慌。

甲：不累！累点也不能让媳妇儿别扭。

乙：还挺有爱心。这回这牌号怎么挂的？

甲：怎么挂也不能再有 7 这个数字了。

乙：也是。乱子都出在这个 7 上。这回换了个什么号呀？

甲：4848。

乙：这回没事了。

甲：到了家，俺娘一看车牌号……

乙：笑了！

甲：拧着我的耳朵不放了！

乙：咦，老太太又怎么啦？

甲：就是啊。我也纳闷哩。俺娘说，你这是换了个什么牌啊？我说 4848！俺娘说，你听听你听听，"死爸死爸"，你想叫你爹死啊？

乙：这事闹大了！

甲：俺爹从屋里也出来了，问，怎么回事？俺娘说，上回挂了个 4747，"死妻死妻"；这回又挂了个 4848，"死爸死爸"，这不是叫你死啊？

乙：乱套了！

甲：俺爹二话没说，抬腿朝我腚上就是一脚！

乙：噢，你腚上的脚印子是这么来的呀？

甲：看来，这号码怎么换也不行了！

乙：那也得想个办法呀！

甲：没法想了。

乙：那也不能买了辆车放家里看呀！

甲：就在这个时候，俺好朋友大筐子来啦！

乙：瞧这朋友的名吧！

甲：大筐子说，二哥，别作难了，咱俩把车换换吧！

乙：他不怕"死爸"了？

甲：他爸早死了，没爸了。

乙：噢，那倒不担心什么了。

甲：我一看他的车牌号是00544。

乙：这个车牌号也不怎么样啊？

甲：你不懂。大筐子说，这个号厉害极了！

乙：这00544怎么个厉害法儿？

甲：你听着，把这"00"念成"动动"。

乙：对。

甲："5"念成"我"。

乙：是，都这么念。

甲："44"念成"试试"。

乙：噢，那连在一起就是……

甲：动动我试试！

乙：这个号码是够厉害的。那以后就不怕别人打你了。

甲：你说准了，从那以后，俺媳妇儿也不敢打我了，俺娘也不敢拧我了，俺爹也不敢踹我了！

乙：有这个号码长能耐了！

甲：路上骑车的见了这个号码都躲着走。

乙：要是碰上闹不清这个号是什么意思的呢？

甲：不要紧，我提醒他。

乙：怎么个提醒法？

甲：哎！躲远点，躲远点……看看车牌号啊！"动动我试试"！

乙 ： 怎么样？

甲 ： 都躲得远远的。

乙 ： 还真灵！哎，你头上的包是怎么回事？

甲 ： 别提了，碰上高手了！

乙 ： 噢？

甲 ： 一个愣小子，骑着个破摩托，紧往我身上靠！

乙 ： 赶紧提醒他！

甲 ： 提醒了，不管事！没等我把话说完，他就把我从摩托上撞了下来！

乙 ： 这人是够愣头青的。

甲 ： 我爬起来，捂着头问他，你胆子不小哇，敢撞我？没看我的车牌号吗？"动动我试试"！

乙 ： 他怎么说？

甲 ： 不见你的车牌号我还不撞你哩！

乙 ： 啊？

甲 ： 你看看我的车牌号是什么？

乙 ： 是什么？

甲 ： 00900，"动动就动动"！

乙 ： 那是碰上高手了。

甲 ： 从那起，我见了数字就害怕，听见学生上操喊"1234"我就晕过去。

乙 ： 为什么？

甲 ： 有数字啊。

乙 ： 我看哪，你大可不必。数字这个东西本来就没好没坏。数字就是数字，你说它好它就好，你说它坏它就坏。得看你怎么理解它。

甲 ： 你玩儿去吧，站着说话不腰疼。你也弄个"4747"的号试试！

乙 ： 巧了，我的电话号码后四位数就是"4747"。

甲 ： 那你媳妇没扇你呀？

乙：不光不扇我，她还乐得不得了。

甲：那……你给我说说，你是怎么骗她的？

乙：干吗骗她呀？我给她说，这数字"4"太好了，你听听，四平八稳，四季来财，四通八达，四角俱全，放之四海而皆准……在音乐简谱里边，这个数字"4"，才是真正的"发"哪！"12345"——"哆来咪发嗦"！

甲：哎，你别说，还真是这么回事！

乙："4、7"连在一起念，就是"发妻"；"5147""我要发妻"，就是我要结发的妻子——不要二奶！

甲：你编得不赖。可不管怎么说，"7"这个数字还没有"8"吉祥。

乙：谁说的？

甲：都这么说。

乙：那已经过时了。现在有身份的人都把"8888"的车号换成"7777"了。

甲：为什么？

乙："七上八下"嘛！"7777"，"上上上上"；"8888""下下下下"——撸下来！

甲：这数字，还真是怎么说都行啊！

乙：所以说，数字没有好和坏，就看你怎么去理解。你说它好它就好，你说它坏它就坏。一个数字无所谓，牵强附会跟着来……

甲：那你说说"9"这个数字的好与坏吧！

乙：9吗？好的。九五之尊，九天仙女，九九归一，九战九胜，可上九天揽月……多了去了！

甲：坏的呢？

乙：坏的也不少啊。什么九牛一毛，九泉之下，九死一生，九牛拉不转，还有纠缠、纠纷、酒后无德、揪住你的小辫子不放（用手去揪甲头发）……

甲：哎哎，停，停！（两手做暂停状）不说9了，这个9倒过来念6，你再说说"6"这个数字吧。

乙：好的。六六大顺，六根清净、六畜兴旺……

甲：不好的呢？

乙：六神无主，六亲不认，发不了财瞎溜达，有点钱都溜掉了……

甲：那"5"呢？

乙：好的。五魁首，五彩缤纷，五谷丰登，无往不胜……

甲：不好的呢？

乙：五马分尸，五鬼闹判，无耻，无才，粪坑里的棍子——闻（文）不得舞（武）不得……

甲：哎，这有意思。这"4"就不用说了，这"3"呢？

乙：三生有幸，三朝元老，举一反三，三拜九叩，敬你三杯，三妻四妾……

甲：（拦乙）打住打住！这"三妻四妾"也是好的呀？

乙：是啊，好的呀！怎么，你还怕媳妇儿多吗?!

甲：不行不行，这一个媳妇我就娶不开啦！那不好的呢？

乙：三心二意，三长两短，火冒三丈，两面三刀，低三下四，不三不四！

甲：是真难听！那"2"呢？

乙：好的。哥俩儿好，不说二话，成双成对。

甲：不好的呢？

乙：二猛子，二半吊子，二皮脸，二百五。

甲：这"1"还有说头儿吗？

乙：有哇！好的如第一。

甲：不好的呢？

乙：倒数第一。

甲：这么简单吗？

乙：复杂点，不好的有：一根独木桥，一头撞到南墙上，一无是处，一毛不拔，一败涂地，一丘之貉，一手遮天，一落千丈……

甲：这好的呢？

乙：头名状元，一把手，一马当先，一专多能，一心一意，一帆风顺，一呼百应，一鸣惊人，一唱一和，一夫一妻……

甲：你停停停……这一夫二妻也不孬！

乙：那……你媳妇儿还得扇你呀！

甲：哈！……

2003 年 9 月 1 日

鼓词·家乡巨变

我带着多少故事，

经历了多少沧桑。

离家三十年，

我要回故乡我要回故乡。

回故乡啊回故乡，

件件往事涌心上。

忘不了临走时爹捧给我的大红枣，

忘不了临别时娘拎给我的旧衣裳。

就这样把我送到了遥远的异国他乡。

走进异国的土地

远离了自己的爹娘。

听不懂的外国语，

吃不惯的外国粮，

好似孤雁落天涯，

阵阵酸楚涌心上。

我听到的还是那儿时的歌，

我闻到的还是那故土的香。

就这样昏昏沉沉三十年，

三十年的路啊漫漫又悠长。

今日回故乡，

心在箭弦上，

眼前的情景又使我迷茫。

这难道真是我儿时的聊城？

这难道真是我昼思夜想的家乡？

白云里飘现着楼台仙阁，

仙境里到处是笑声朗朗。

满街的商铺五彩缤纷，

练功的音乐漫舞弥漫在广场上。

这一片秀水是原来的家乡湖吗？

怎觉得我又走进了那江南水乡！

说她是天池，哪来的这么多亭桥垂柳？

说她是西湖，哪来的这么多俊男俏女摇橹弄桨？

我亲爱的家乡水啊，

你的美丽让我热泪盈眶。

我见到了久违的乡亲，

才知道三十年巨变不寻常。

为什么工人脸上都带着微笑？

因为他们的企业都闯进了百强！

为什么农民都理直气粗？

因为他们的家里都守着千吨粮仓！

一座座高楼拔地而起，

水城明珠耀湖旁，

古迹蕴含着历史的歌，

现代化的聊城惊四方。

我神奇的热土哇，

你这人杰地灵的地方！

我亲爱的故乡啊，

大运河的水把你滋养。

这就是三十年巨变的家乡，

这就是生我养我的地方。

看今朝，人心齐志气扬，

天变，地变，人更变，团结和谐奔小康，

誓把我们的江北水城变成一座盛世欢歌的人间天堂！

第六章

戏

曲

赛郎与贞娘

（根据民间故事改编，共八场）

作者：王子华

创作时间：1985 年 6 月

人物表：

贞娘——白富之子，男扮女装

赛郎——员外之女，女扮男装

员外——封建思想代表人物

陈豹——知府之子，恶徒

白富——贞娘之父，善良、正直

白妻——白富之妻

焕春——赛郎侍婢

洪忠——员外侍奴

狱卒——甲、乙

家丁——若干

第一场

［白富家。幕起，白妻上。］

白妻：（白）吾乃白门王氏，膝下所生一子，求人卜卦言道：子不易成
　　　人。为保这根独苗，将儿男扮女装取名贞娘，如今已长大成人，
　　　欲求读书，怎奈众多书馆不收女孩做徒，其不愁煞人也……

　　　（唱）为儿已把心操碎，

　　　　　　望子成龙耀门楣。

　　　［贞娘着女装上。］

贞娘：（唱）亭亭玉立一儿郎，

　　　　　　何故穿着女儿装？

　　　　　　志欲求学已无望，

　　　　　　惆怅满腹见高堂。

　　　（喊）娘！

白妻：儿呀！唤娘何事呀？

贞娘：娘！我不要这身女儿打扮了。

　　　［贞娘欲脱衣。］

白妻：哎呀！儿，这还了得！你不要这样任性，快快穿上，快快穿上！

贞娘：娘，穿成这样，哪家书馆能让女孩家求学呀？

白妻：儿呀！不要性急，你爹爹连日为你求学东奔西走，今日一早滴水
　　　未进，又为你操心去了。

贞娘：娘！我本来是个男子，为什么偏偏让我扮成个女的呢？

白妻：这……唉！儿呀！

　　　（唱）那一年吾儿你刚生下，

　　　　　　你爹爹为儿占卜到张连。

　　　　　　先生讲我命中本无子，

　　　　　　想逢凶化吉就要男扮女娃，

若不然儿将遭难父命难保。

几句话差点儿把我吓煞。

苦命人前世不能不信，

如真的遭不幸可苦了爹娘。

贞娘：娘！这么说，我这一辈子就不能脱这身女儿装了？

白妻：哎！先生有言，等你年过十八，此装就可脱下来，到那时嘛，娶
也能娶得，嫁也能嫁得。

贞娘：噢！那还有个盼头。

白妻：你这个孩子！

贞娘：娘，我爹爹怎么还不回来呀？

白妻：是啊！天到这般时候了，他怎么还不回来呀？

　　　〔白富内应：来了……来了。〕

贞娘：我爹爹他回来了。

　　　〔母子出迎，白富上。〕

贞娘：爹爹，回来了！

白妻：官人！

白富：回来了。

贞娘：爹爹，我求学的事怎么样了？

白富：你求学的事……

白妻：怎么样了？

白富：有指望了。

贞娘：（欢喜得跳起来）太好了……太好了……

白富：嗯！……这像什么样儿！

贞娘：爹爹，我一欢喜，就把这给忘了。（指女装）

白妻：这还了得，以后要记下了。

贞娘：是！

白富：进了书馆后，假若被人看破，你这书就念不成了。你我的命也就
保不全了啊。

贞娘：有这么严重吗？

白妻：命中注定，不可不信。

白富：万万大意不得。

白妻：官人，但不知是谁家办的书馆？

白富：这书馆，是东庄洪员外家办的。他家有一子，名唤"赛郎"。为让他儿光宗耀祖，洪员外在莲花池办了这个书馆，求学者只需二斗细米即可入馆。可喜的是啊，书馆男女兼收。

贞娘：爹爹，这个洪员外是个好人。

白富：儿呀，今日虽然如愿，可日后还要多加谨慎！

贞娘：记住啦！

白富：（唱）苦心埋头读经纶，

　　　　　窗外云高莫听闻。

　　　　　日后有幸皇榜中，

　　　　　招来青烟绕祖坟。

白妻：（唱）爹娘得你这条根，

　　　　　视儿如宝又似金。

　　　　　娇儿今日离家去，

　　　　　不觉热泪湿衣襟。

贞娘：娘，你不要难过。

白富：是啊！这是好事，怎么难过起来了。哎哟，我倒忘了，我还没有用饭呢。

贞娘：爹爹，孩儿我给你烧饭去。

　　　［贞娘下。白富、白妻望着贞娘。］

白富：我这孩儿真是一个好孩儿。

白妻：又自夸了。

白富：哈……

白妻：哈……

　　　［落幕］

第二场

〔员外家，幕启，赛郎着男装上。〕

赛郎：（唱）桃李争艳春来时，

柳条透翠染满枝。

骄阳照得书阁暖，

已闻书声到莲池。

（白）爹爹一心望子成龙办了这个书馆，好不喜煞我也！真是旱苗逢雨露，鱼儿得江水呀。（说最后一句时做连花指动作。）

〔员外上。〕

员外：（见状）嗯……

赛郎：鱼儿得江水呀！

员外：你这个淘气的孩儿！

赛郎：（撒娇）爹爹！

员外：儿呀，为父我要嘱咐你几句。

赛郎：爹爹讲吧。

员外：儿呀，

（唱）儿本是一只金凤落赛家，

只可惜儿命薄，窈窕变潇洒，

须等得学业满还儿红装，

定能够配龙婿共享荣华。

在书馆专心苦读学礼仪，

同窗前莫忘儿是女娇娃。

赛郎：爹爹，孩儿记下了！

〔洪忠上。〕

员外：洪忠。

洪忠：在。

员外：把先生请来。

洪忠：是。

　　　〔洪忠下。〕

员外：儿呀！你母亲早已去世，你我相依为命，日后光宗耀祖全靠儿的造化，要晓得你是女儿之身，需要处处谨慎才是。

赛郎：记住啦！

　　　〔洪忠上。〕

洪忠：老爷，先生到了。

员外：快快请进！

洪忠：先生，员外有请。

　　　〔先生上。〕

先生：乡试来得中，应聘当先生。

员外：先生请！

先生：员外请！

员外：儿呀，快快见过先生。

赛郎：先生在上，学生这里有礼啦。

先生：免礼，免礼！哎呀呀，好一个貌美似玉的少年哪！员外你好福气呀，公子大有状元的气度呀！

员外：先生过奖了，哈……小儿不才，还请先生多训教！日后真有成龙之日，那也是先生的大功啊！

先生：过奖了。员外放心，我定尽心教诲就是。

员外：这就好了！洪忠。

洪忠：在。

员外：后堂摆下酒宴，我要与先生痛饮几杯。

洪忠：是。

先生：员外赏赐，我就从命吧。

员外：先生请！

先生：请！

[员外、先生下。]

赛郎：（唱）办书馆、读书文、如愿以偿，

　　　　　好似那网中鱼撒入大江。

　　　　　同窗间多友好共学共勉，

　　　　　像鸟儿天地间任意飞翔。

　　　　[焕春着男装慌忙上。]

焕春：小姐，小姐！

赛郎：嗯？

焕春：不，不，公子！

赛郎：什么事呀，这么慌张？

焕春：门外来了一位老伯，领了个姑娘前来求学。

赛郎：领来了个姑娘？是真的吗？

焕春：还骗你不成？

赛郎：快快请她进来！

焕春：是！

　　　　[焕春下。]

赛郎：这就好了，我也有个做伴的姐妹了。

　　　　[焕春领白富、贞娘上。]

焕春：（介绍）这是我家公子，名唤赛郎，这位老伯……哎……你自己

　　　说吧！

白富：我姓白，名富，家住西庄，这是我家小女，名唤贞娘。

赛郎：贞娘！

贞娘：公子！

赛郎：啊呀！

　　　（唱）好一个白贞娘如花似仙，

　　　　　穿一身素布衣倒把秀气添。

　　　　　我只说世上没有羞花貌，

　　　　　看起来她真配得沉鱼落雁。

贞娘：（唱）这一位洪公子风度翩翩，

莫不是洪府里出了潘安？

刚一见就如故投情投缘，

可惜他是男儿不是婵娟。

赛郎：贞娘。

贞娘：公子。

[两人无意中携手而谈，焕春、白富各拉赛郎、贞娘至一台角。]

焕春：呀！二话没说你们俩怎么拉上了？

赛郎：难得来了个做伴的姐妹，我一高兴……咳……就忘了。

白富：儿呀！你忘了你是什么样的人吗？

贞娘：我想反正都是男的，怕什么的？

焕春：你别忘了"男女授受不亲"。

赛郎：知道了。

白富：人家是大家子弟，万一怪罪下来那还了得！

贞娘：我记住了。

赛郎：老伯请坐！小姐请坐！

焕春：老伯、小姐请坐吧。

赛郎：老伯，我家爹爹正与先生吃酒，小姐求学之事你就放心吧。这二斗细米你拿回家去，就不用缴了。

白富：能允小女求学已是求之不得之事，这米还是要缴的。

焕春：老伯不必客气。公子是老爷的掌上明珠，说了就算，老伯你就此回去吧！

白富：如此说来，多谢公子恩典。贞娘快快谢过公子。

贞娘：是，谢公子。

赛郎：啊呀，老伯，从今以后我与贞娘就是同窗姐弟，你这样谦恭，我心里过意不去呀！

白富：公子如此通情达理，小女拜托与贵府我也就放心了。儿呀，日后要与公子共学共勉，不得撒野无理。

贞娘：是！

白富：公子，老朽不再打扰，告辞了！

赛郎：焕春，背上米袋送老伯一程。

焕春：是！

白富：不必，不必！

焕春：（背米）老伯走吧！

白富：公子如此厚待，老朽终生不忘！告辞了！

　　　　〔白富、焕春下。〕

赛郎：恕不远送。

贞娘：爹爹保重！

赛郎：小姐请坐！

贞娘：我有一事要与公子商量，不知如何？

赛郎：有话请讲。

贞娘：从今以后，你我就是同窗兄妹，日后还是互唤名字的好，你看
　　　如何？

赛郎：说得对！说得对！以后我就唤你贞娘，你就唤我赛郎。

贞娘：这样才好！

赛郎：好好好！说唤就唤：贞娘！

贞娘：赛郎！（赛郎欲亲近又缩回）

赛郎：唉！我又忘了。

　　　（唱）人世间多少事常有蹊跷，

　　　　　　贞娘她怎能猜中我的烦恼？

　　　　　　本应是同窗姐妹碰肩而好，

　　　　　　可惜得假当真把兴致儿扫。

　　　　　　她虽然一身布衣缠全体，

　　　　　　我看她落落大方倒不计小较。

贞娘：（唱）赛郎他欲亲近又怕我恼，

　　　　　　贞娘的暗中事他怎会知晓？

上前去把困境直接解调，

消去他心疑虑同学同好。

（拉住赛郎的手）赛郎！

赛郎：（缩手）哎呀！贞娘，我爹爹说过，"男女授受不亲"。

贞娘：哇，你我还都小着呢，怕什么的！

赛郎：（背对贞娘）她倒是很大方，她不怕我更不怕！（转向贞娘）贞

娘，别看你是女孩儿，你还真大方，这么说，不妨事？

贞娘：不妨事！

赛郎：能拉的？

贞娘：能拉的！

赛郎：（与贞娘拉手）这我就放心了！

贞娘：我也放心了！（二人笑）

赛郎：走！我领你见我爹爹，见先生去！

贞娘：走！〔二人拉手下。〕

〔落幕〕

第三场

〔荷花塘。幕启，莲池无边，一池碧水托着一塘鲜艳的荷花。

赛郎、贞娘闷闷不乐地上。〕

赛郎：（唱）昨儿吵吵乱作声，

好似利剑割友情。

贞娘就要离我去，

夺我泪落似雨倾。

贞娘：赛郎。

赛郎：贞娘。

贞娘：赛郎，你哭了！

赛郎：贞娘！

（唱）三年来同窗把书读，

冷暖相依似同生。

昨日夜话三更半，

今日姐姐要启程。

埋怨时光快似箭，

恨不得终生伴读，

日日听书声！

贞娘：赛郎！

（唱）贞娘倾吐离别情，

我神魂颠倒坐卧不宁。

他待我如同亲兄妹，

今日离别我难启程。

赛郎啊！

我虽只身回家转，

忘不了三年寒窗情，

忘不了你为我整发髻，

忘不了你为我添衣遮寒冷，

忘不了同玩共欢乐，

忘不了伴读过三更，

忘不了为我你流过泪，

更难忘你膝跪山崖赔过情。

恨只恨他不是千金女，

若不然我定与他结终生。

赛郎啊！

快快抹掉你的腮边泪，

等秋天我定来府探长兄。

赛郎：（唱）探长兄，探长兄，

她怎知我是女花容？

我有心与她把真言吐，

父有严训莫乱行。

贞娘：（唱）你看他方寸已乱心欲碎，

怕他已有儿女情。

我有心把真身露，

惹出是非难当承。

（白）赛郎！

赛郎：有话你就讲吧！

贞娘：同窗三年要分别，你我结为友好你看怎样？

赛郎：哎呀！这正是我之所想！你我今日就结成姐妹吧！

贞娘：哎，你是男身，我们怎好结成姐妹呢？还是结成兄弟吧！

赛郎：嗨！既然不能结成姐妹，怎么能结成兄弟呢？我看还是姐妹吧！

贞娘：还是兄弟吧！

赛郎：好了好了，别争让！我看不管是什么，结拜就是了！

贞娘：那也好！可是这里什么也没有哇！

赛郎：你看，荷叶当纸，荷花当香，这么一拜，不就行了吗！

贞娘：也好！（摘花、叶跪地）苍天在上，神灵在地，荷叶当纸，荷花

当香，今日我与赛郎结拜为……结拜为什么呀？

赛郎：不管结拜成什么，反正我们要好一辈子！你不离我，我不离你。

贞娘：（背台）这怎么能成？我们俩都是男的呀！

赛郎：（背台）是啊！我们俩都是女的，这怎么能成呢！……不管怎样，

你我都不变心，就是了。

贞娘：对！如若变心，上有天，下有地……

赛郎：（捂住嘴）不要说了！你我都不变心就是了！

〔先生上。〕

先生：（见状）哎呀呀！你们这两个小冤家要气死我也！（两人起身）

贞娘：先生……先生息怒！

赛郎：先生，你听我说！

先生：说什么？事到如今还有什么可说的呢？

赛郎：先生，我……（欲说又止）

先生：你什么……

贞娘：先生你不知道！

先生：我什么不知道？你们两个，一男一女成天形影不离，我不知道？有言道：男女授受不亲。你们俩经常牵着手往外跑，我不知道吗？玩高兴了，你指着他的鼻子，他指着你的鼻子；玩哭了，他给你擦泪，你给他擦泪，我不知道吗？我训教你们多少回了，越来越不像话了。

赛郎：先生……

贞娘：先生……

先生：我怕员外知道了，一来饶不了你们，二来也把我的饭碗给砸了！故而能过则过，我没有声张。谁知你们俩今日竟然拜起花堂来了！这要让员外知道怎么得了哇！

贞娘：先生……

赛郎：先生……

先生：哼！

　　（唱）你俩胆子真不小，

　　　　　员外知道了怎得了？

　　　　　要好你们回家以后好，

　　　　　也免得员外把我找。

　　［唱时，员外已上。］

员外：（佯装发怒）先生！他们的事，你怎么能脱得了干系？

先生：啊！真是怕什么来什么。员外，这事真不怪我呀！

贞娘：（跪下）老爷，这事与先生、赛郎都不相干，是我的事，要罚就罚我吧！

赛郎：贞娘，别怕！爹爹！

员外：（对赛郎）嗯！

先生：老爷！他们的事你都知道了？

员外：岂止是知道，我都看到了！

先生：他们刚才拜花堂的事你也看到了？

赛郎：先生你在说什么呀！我们是结拜为姐妹……不……结为姐弟。

员外：哈……贞娘起来。这么说，我又添了个女儿呀！

赛郎：好爹爹！（对贞娘）还不拜见爹爹！

贞娘：爹爹，女儿有礼啦！

员外：免礼免礼！哈……

赛郎：（撒娇地拉着员外）爹爹……

员外：哈……

先生：这是怎么回事？都把我闹糊涂了！我还是别问了！员外乐了我也就放心了！我也跟着乐吧，嘻……哈……

员外：儿呀，你们结为友好正中老父我心意，日后你们要多亲多近，频频来往！贞娘儿呀，以后的事嘛，你慢慢会晓得的！

贞娘：爹爹说的是，以后的事慢慢会晓得的！

先生：（背）什么事啦慢慢会晓得的？甭问啦，他们会晓得，我慢慢也会晓得的……

员外：先生！你教诲有功，我要多赠予你些银两。

先生：谢员外恩典！（背）我还真有点走运！本来是砸饭碗的事倒变成好事了！甭问了，给我我就拿着！

员外：赛郎。

赛郎：爹爹。

员外：学业期满，贞娘儿就要回家，你与她备些碎银略表为父之情。

赛郎：是！

贞娘：爹爹这样宠爱我，我实在感恩不尽！

员外：区区小事，不必在意！儿呀回家稍住几日，我会派人将你接至家中，好与赛郎共学共议，待到开考，你们定会成龙成凤！

贞娘：谢多爹！

先生：我早知如此，当初不如做个红娘来着，说不定员外还会多赠些银子呢！

员外：正是，其中奥妙我最清。

贞娘：我的心事我最明。

赛郎：在者唯有我知晓。

先生：唯独我是糊涂虫！

员外：回府设宴招待先生和我儿贞娘。

赛郎：是！

　　　　[众人在乐声中同下。]

　　　　[落幕]

第四场

　　　　[赛郎着女儿装欢快地上。]

赛郎：（唱）燕雀儿喳喳叫不停，

　　　　　　万物映辉都是情。

　　　　　　一十六载还心愿，

　　　　　　脱去兰衫换粉红，

　　　　　　换粉红，换粉红，

　　　　　　红装一换忧重重。

　　　　　　再不能书馆池水映身形，

　　　　　　再不能姐妹嬉闹荷花池，

　　　　　　再不能同窗伴读到三更。

　　　　　　贞娘啊！

　　　　　　你为我忍辱不鸣苦，

　　　　　　你为我破指表虔诚，

　　　　　　你为我病床守小妹，

　　　　　　你为我劝慰到天明。

只恨是一对蓉花女，

不能够白头共此生。

我已派焕春去邀请，

还不见贞娘到府中。

近日陈家逼婚紧，

爹爹人前已应承。

赛郎无主盼姐到，

快！快！快！

快来为我定何从。

［赛郎下。焕春着男装上。］

焕春：（唱）人人都觉已听明，

其实全是糊涂虫。

万千世界无奇不有，

多少蹊跷在其中。

（白）俺家小姐是个女的却扮成个男的，西村的贞娘是个男的却扮成个女的，难得他俩在一块这些年，谁都没看出来。这不，员外把小姐强许给新任知府陈大人之子，小姐百般不从。今日她的好友贞娘又变成个男的，我看以后的事就更有戏看了。反正我把贞娘叫来了，我赶紧告诉小姐去。（欲去又回）小姐的事我没给贞娘透，这贞娘的事我也别给小姐说了。他们的事他们自己说去吧！小姐！小姐！

［赛郎上。］

赛郎：焕春，贞娘来了吗？

焕春：来了。

赛郎：现在哪里？

焕春：就在门外！

赛郎：为何不进来？

焕春：他说害怕！

赛郎：怕什么……你把我的事告诉她了？

焕春：没有啊！

赛郎：那快请进来！

焕春：是！白公……小姐，我家小……公子请你进屋呢……

贞娘：（掩面上）来了……

赛郎：（掩面相迎）贞娘在哪里？……

贞娘：赛郎在哪里？……

　　　　〔俩人相见"惊"。两人互看。〕

赛郎：贞娘你这是何意呀？

贞娘：赛郎你这是为何呀？

赛郎：我本来就是个女的！

贞娘：我本来就是个男的呀！

赛郎：你为何男扮女装？

贞娘：爹爹占卦我"父不应立子"，只有男扮女装才能消灾免祸。你为
　　　　何女扮男装呢？

赛郎：爹爹算命，言我"只有如此，日后才能攀龙成凤"。

贞娘：这么说你真是女的？

赛郎：这么说你真是男的？

贞娘：赛郎！……

赛郎：贞娘！……

　　　　〔激动地抱在一起，焕春见景笑下。〕

赛郎：（唱）霎时间惊喜之泪如雨倾，

　　　　　　好似那鹊桥相会在梦中。

贞娘：（唱）莫不是菩萨知我意。

赛郎：（唱）莫不是上天显神灵。

贞娘：（唱）莫不是月老巧安排。

赛郎：（唱）莫不是前生已订成。

贞娘：（唱）我要把情思向她吐。

赛郎：（唱）他怎知我心中有隐痛。（不悦）

贞娘：赛郎！今日之事真是求之不得，你我都应欢喜才是，为何闷闷不

乐呀？

赛郎：唉！

（唱）今天是刮来的什么风，

它裹着眼泪也裹着情。

爹爹他攀高门许儿终身，

贞娘他露真貌让我乱了心。

贞娘：（唱）赛郎她心有事坐立不稳，

莫不是这其中有难言之痛？

赛郎：（唱）我要把这苦楚诉与贞娘，

在世上唯有他慰我此生。

（白）贞娘！我有一事相求，你要救我呀！

贞娘：赛郎！你有何难言之事快快讲来！

赛郎：爹爹他……将我许配给陈……陈豹了。

贞娘：怎么，爹爹将你许给陈豹了？

赛郎：正是！贞娘你要给我做主呀！

贞娘：哎呀！

（唱）一句话如将我肝胆撕裂，

这笑声未出又被泪噎。

是不是老天他捉弄与我，

含苞花怎经得住漫天大雪？

赛郎：贞娘！贞娘！

（唱）贞娘他听此言悲痛欲绝，

莫非像天上月刚圆又缺？

贞娘啊！

我宁死绝不嫁陈家公子，

我与你共白头恩爱永结。

贞娘：赛郎！（哭）

赛郎：贞娘！（哭）

　　　　〔焕春换女装上。〕

焕春：我就知道他俩得热乎上。哎！你们俩别哭了！

贞娘：啊？她……是焕春吗？

焕春：对了！小姐变了我也就变了。赶快想个办法吧，陈豹又来了！

贞娘：怎么陈家公子就是陈豹吗？

焕春：正是这个纨绔子弟。

贞娘：我要与他以理相争！

赛郎：不成，他要明事理就不会这样蛮横了！

焕春：小姐说得对！再说了，老爷为了高攀，事事向着陈家。就你现在
　　　的身份恐怕连自己也保不住呀！

贞娘：焕春你看如何是好？

焕春：依我看，现在老爷还不知道你是个男的，你穿上小姐的衣裳再扮
　　　成女的，等他们来了看眼色行事，你们看怎样？

赛郎：也只好如此！

贞娘：这……

　　　　〔内声：陈公子请……请！〕

焕春：他们来了！快，跟我来吧！

　　　　〔焕春拉贞娘下。员外、陈豹上。〕

员外：儿呀！你看谁来了！

　　　　〔赛郎低头不语。〕

陈豹：老同窗不认识了……（近观）哎呀呀！没想到这么一变倒变成个
　　　俊俏的美人了哇！

员外：陈公子请坐！

陈豹：好！坐！坐！

员外：儿呀！陈公子与你是同窗好友，家父现在又居知府高位，过得门
　　　去你就会有享不尽的荣华、受不尽的富贵。再者，老父望女成凤
　　　之念也就有望了！

陈豹：是呀！是呀！这也是你的造化，哈……

赛郎：赛郎命薄，恐怕享用不起吧！

陈豹：享用得起！享用得起！我家荣华除赛郎与我受用，非他人也。

赛郎：（付之一笑）哼！

陈豹：待到朝廷开考，我考个进士当当，岂不是你的福气！

员外：公子当有如此大志，可喜可贺。

赛郎：陈豹。

陈豹：有什么事你就说吧！

赛郎：我先来考考你的记性，看你可说真话。

陈豹：小姐放心，句句不会假。

赛郎：听好。（唱）你我同窗有几年？

陈豹：（唱）冷桌热凳三春寒。

赛郎：（唱）读的什么名家作？

陈豹：（唱）四书五经全读完。

赛郎：（唱）读书可曾天天到？

陈豹：（唱）三天打鱼两天闲。

赛郎：（唱）期满试题你可对？

陈豹：（唱）一篇文章没作全。

赛郎：（唱）为何考个末尾名？

陈豹：（唱）先生出题实在难。

赛郎：（唱）腹中空空游手闲，

你拿什么考状元？

陈豹：（唱）我说考来我就考，

没有文章我有钱。

（白）天无绝人之路嘛……嘻嘻……怎么样？

赛郎：这捐来的官怎么当啊？

陈豹：这捐来的官才好当呢！给他来个"糊涂官糊涂做，见钱就贪准没

错"。常言道：无知者不怪也。

赛郎：爹爹这就是你夸奖公子的大志吗？

员外：这个……

陈豹：大志不大志的，有权有钱就好办。

赛郎：住口！

陈豹：啊？

赛郎：（唱）尊声同窗陈公子，

　　　　劝你不要自多情。

　　　　你是知府少公子，

　　　　有钱有势有功名。

　　　　找个门当户对女，

　　　　赞官夸富又知情。

　　　　赛郎生来不知趣，

　　　　不做权贵可怜虫。

　　　　我劝公子要自重，

　　　　要我应亲万不能。

陈豹：哎呀！岳父大人做主！岳父大人做主！

员外：儿呀，你休得无礼！

　　　（唱）公子一副好心肠，

　　　　为何出言把人伤？

　　　　知府大人有权势，

　　　　公子定会成栋梁。

　　　　成栋梁，伴驾皇，

　　　　我儿成凤才有望。

　　　　这门亲事哪里找？

　　　　错过时机热变凉！

　　　　婚姻大事父做主，

　　　　小女岂能自作主张？

陈豹：岳父大人说的是！赛郎你就别难为我啦！

赛郎：（哭）我……我的娘亲啊！……

　　　（唱）哭一声娘亲你早早身亡，

　　　　　　抛下了孩儿我苦受凄凉。

　　　　　　这世上还有谁给我温暖，

　　　　　　倒不如三尺白绫头悬梁。（哭）

员外：我儿莫要荒唐！我儿莫要荒唐！

陈豹：赛郎你别哭了，你一哭我心里……

　　　〔贞娘着女装哭上，焕春随上。〕

贞娘：赛郎……

赛郎：（流泪）贞娘……

　　　〔贞娘、赛郎二人抱哭。〕

员外：贞娘儿何时来到府？

焕春：贞娘姑娘来了一会儿了，来到府上一见小姐变了装，喜得她只顾给小姐说话了，还没来得及拜见员外。一听陈公子来了她就躲起来了！

贞娘：（给员外见礼）恕孩儿无理啦！

员外：我儿免礼，老父不怪！

陈豹：嘻……贞娘你来了……哈……正好，你替我劝劝赛郎吧！

员外：是啊！你以姐妹的情分劝劝赛郎！要她从了这门亲事吧！

贞娘：我劝倒是好劝，可人各有志，恐怕也不能强来。再说，她母亲早已去世，赛郎无依无靠，如果逼出个好歹来，爹爹你心中何忍啊！

员外：这……

陈豹：这是叫她跟我享福去，又不是往火坑里推她，怎么叫逼她呢？

员外：是啊！这也是为了她好呀！

赛郎：（哭）……

贞娘：啊！小妹啊！

　　　（唱）世上人情多凄凉，

人间处处经历沧桑。

小妹若能嫁公子，

身靠大树好乘凉。

陈豹：对呀！

员外：是呀！

赛郎：（唱）只因世人多凄凉，

我要做人把头昂。

学那玉石亭亭立，

不做牵牛依附墙。

陈豹：哎……

贞娘：（唱）陈家父子坐高堂，

金银珠宝装满囊。

小妹若能嫁过去，

荣华富贵任你享。

陈豹：看哇……

员外：（捻须点头）嗯……

赛郎：（唱）搜刮民财入私囊，

夸什么富来逞什么狂？

赛郎本是一淑女，

金银怎能动心肠？

配个知音好儿男，

哪怕三餐不见粮。

贞娘：（激动地脱口）说得好哇！

陈豹：好？好什么呀！

员外：儿呀！难道你要把老父气死不成！

陈豹：赛郎，我告诉你，我们俩的亲事是你爹托人高攀的，你不从的

话……嘿嘿……那……你们看着办吧！

［陈豹下。］

员外：陈公子，陈公子息怒……儿呀！这婚姻大事如何当成儿戏！我已
托人占卦，成了这门亲事，我儿会一步登天！此事已定，不容反
悔，贞娘你要多多劝慰赛郎。哎！这样会坏了我的好事！唉……

［员外下。］

贞娘：赛郎……

赛郎：贞娘……

［赛郎、贞娘抱头哭。］

焕春：呃！你们俩别哭了！我看还得想个办法才是！

赛郎：是啊！还得想个办法才是！

贞娘：焕春，快救救我们俩吧！

焕春：唉！看你们俩也真够让人可怜的！我倒有个办法不妨试一试。

贞娘：什么办法？快快说来。

赛郎：什么办法？快快说来。

焕春：你们跟我来……

贞娘：好！好！

［三人同下。］

［落幕］

第五场

［洪员外家客室。员外闷闷不乐。］

员外：（唱）几日来儿女事将我纠缠，

　　　　　赛郎儿不从婚让我为难。

　　　　　我有心撕婚约从儿心愿，

　　　　　怎奈是不忍断这豪门姻缘。

　　　　　我若是强逼婚要儿从下，

　　　　　又怕她出意外令人心寒。

　　　　　左思思右想想如何是好……

（思考状）唉！既然是命中定莫再更弦。

　　　[焕春喊上。]

焕春：老爷老爷不好了，小姐她……她……

员外：她怎么了？

焕春：小姐她哭笑不止，奔前庭来了。

员外：哎呀！我儿在哪里？我儿在哪里……

　　　[赛郎哭笑上。]

赛郎：爹爹……啊……哈……

员外：儿呀，你这是怎样了？

赛郎：爹爹呀！（唱）孩儿我做一梦把人吓煞。

员外：噢！

赛郎：（唱）梦见那贼兵将把儿追杀。

员外：怎么了？

赛郎：（唱）多亏了我娘亲将儿救下。

员外：噢！

赛郎：（唱）那贼徒才散去收兵回衙。

员外：儿呀！休要害怕，夜晚梦事人人有之！不妨事！

赛郎：（唱）他叫我三日内悬梁自尽。

员外：怎么？

赛郎：（唱）若不然他就要灭咱全家。（哭）爹爹……

员外：儿呀！莫要啼哭，梦中之事怎可当真？把它忘掉就是了！

赛郎：爹爹……我怕呀……啊……哈……

员外：啊呀！这如何是好哇？（传来卦铃声）

焕春：老爷，你听！外面有一算命先生，不知能否请到府上给小姐占卜
　　　一卦，你看如何？

员外：这倒也是！快快将先生请来！

焕春：是！（向内）哎……算命先生，我家老爷有请！

　　　[贞娘着男装持卦具上。]

贞娘：来了……

　　　　（唱）一串卦铃手中托，

　　　　　　　漫游天涯与海角。

　　　　　　　吉凶之事前生定，

　　　　　　　神签一卜才明白。

　　　　（见礼）老爷安康。

员外：先生请！焕春，与先生看座。

焕春：（搬凳）是！

贞娘：谢坐！（坐）不知老爷与何人占卦？

员外：与小女占卦。

贞娘：占算何事？

员外：小女夜做一梦，受强人所吓，神志不清，请您看吉凶如何？

贞娘：请抽签算来。

　　　　［赛郎抽签递与贞娘。］

贞娘：哎呀！小姐是个富命之人哪！

员外：（心喜）噢！

贞娘：卦中言道，小姐火命必住楼阁，小姐火命必定成凤。

员外：儿呀！你听见没有？先生接着讲来！

贞娘：小姐定会配一个称心的郎君！

员外：看哇！命中已定，还能不信！

贞娘：只是这梦中之事，倒是个不祥之兆哇。

员外：（惊）噢?!

贞娘：敢问小姐芳龄？

员外：一十六岁。

贞娘：母已下世？

员外：对！对！

贞娘：可曾婚配？

员外：已与陈公子结好。

贞娘：这陈公子何许人也？

员外：堂堂知府之虎子！

贞娘：此人年纪？

员外：一十九岁。

贞娘：贼眉鼠眼？

焕春：对！

贞娘：游手好闲？

焕春：是！

员外：你如何晓得？

贞娘：卦上有啊！（口中念念有词）哎呀，不好！

员外：怎么了？

贞娘：陈公子乃鱼鳖脱世，水命人也，你想，火碰水火自灭，水碰火必

　　　有祸！

员外：（惊呆）啊呀！

赛郎：（哭）爹爹救命啊……

贞娘：（唱）此婚若定必酿祸，

　　　　　　万请老爷拿定砣。

　　　（白）告辞了！（欲走）

员外：先生且慢！还有别路无有？

贞娘：要免祸事只有退婚，别无他路了！恕我直言，告辞了！

焕春：先生还没取卦钱呢！

贞娘：此乃凶卦，不取也罢！

　　　〔贞娘下。〕

员外：啊？

　　　（唱）好似冷水劈头浇，

　　　　　　一场美梦飞云霄。

　　　　　　事已如此怎样好？

　　　　　　心如乱麻不开脚。

赛郎：爹爹……

　　　　（唱）先生一卦传噩耗，

　　　　　　　陈家本是鬼地牢。

　　　　　　　爹爹爹爹救救我吧！

　　　　　　　怎忍心让儿赴阴曹？

　　　　（哭）爹爹……

员外：儿呀！莫要啼哭！

焕春：老爷，事到如今得赶快拿个主意才是！

员外：待老父想来！……

焕春：老爷，事情不能再拖了。

员外：儿呀！这位先生的挂签也不一定真的灵验啊！

赛郎：若是灵验呢？等孩儿死了你再后悔也迟了哇。（哭）

员外：这……

焕春：老爷，小姐说的也是呀，万一灵验呢？再后悔也是迟了！

员外：这……那陈家公子也不是等闲之辈，他能答应吗？

赛郎：你只屈服那强人，就不怕孩儿没命吗？（哭）我的娘啊……

　　　　［洪忠上。］

焕春：老爷，你看……

员外：洪忠！

洪忠：在！

员外：随我到陈府去。

洪忠：是！

赛郎：谢爹爹。

员外：唉！

　　　　［员外、洪忠下。］

赛郎：焕春，多亏了你的好主意。

焕春：小姐，也不能太大意了！

赛郎：焕春，快快将贞娘请来。

焕春：是！

　　　　〔焕春下。〕

赛郎：（唱）但愿爹爹将婚退，

　　　　　　好与贞娘来相随。

　　　　〔焕春引贞娘着男装上。〕

焕春：小姐！白公子已到，你们说话不要太啰唆，万一出个差错就麻烦

　　　　了！我走了！

贞娘：焕春姐慢走！……

　　　　〔焕春笑下，贞娘喜出望外上。〕

赛郎：贞娘……

　　　（唱）雷雨过天已晴艳阳高照。

贞娘：（唱）求菩萨保平安为你塑金袍。

赛郎：（唱）倘若是，事有变怎么为好？

贞娘：（唱）生配人死配鬼心不动摇。

赛郎：贞娘……

贞娘：赛郎……

　　　　〔贞娘与赛郎挽臂。洪忠引员外上。〕

员外：（唱）儿女终身非儿戏，

　　　　　　驳马回府需再议。

　　　（进屋见状）啊……怎么你这个畜生是个男的！啊呀！刚才是你

　　　　们设下的圈套！气煞我也……

赛郎：爹爹！爹爹，息怒！（跪下）

员外：（唱）一时将我肺气炸，

　　　　　　奴才逼我动家法。

　　　　　　……洪忠！

洪忠：在。

员外：唤家丁来。

洪忠：家法伺候！

　　　　［家丁甲、乙上］

员外：（唱）将这畜生送到官衙。

甲乙：是！（绑贞娘）

赛郎：爹爹留情！爹爹留情！

甲乙：走！

赛郎：（哭喊）贞娘……

贞娘：赛郎……

　　　　［甲乙押贞娘下。］

员外：把这个败坏门风、不肖之子拉下去！

　　　（唱）给我狠狠地打。

赛郎：爹爹……

洪忠：老爷！

员外：拉下去！

洪忠：小姐，唉！

赛郎：（气愤）哼！……

　　　　［赛郎、洪忠下。］

员外：唉！

　　　（唱）想做好时偏不好，

　　　　　　想如愿时愿不如。

　　　　［员外叹着气下。］

　　　　［落幕］

第六场

　　　　［洞房中，赛郎着新娘装哭泣。外面不时传来酒令声，焕春端
　　　　饭上。］

焕春：小姐！用饭吧！你已经三日没吃东西了！

赛郎：（摇头推碗，哭）……

焕春：凡事慢慢来，要想办法才是。像你这样哭坏了身子怎么能成！先吃饭吧！我去去就来……

赛郎：（号啕）贞娘，是我把你害了呀！

（唱）天昏昏地沉沉山倒河倾，

我好似一孤舟任水漂泊。

同树的鸟儿呀被弓惊散，

比目的鱼儿呀叫浪打脱。

贞娘啊你现在身陷何处？

强人们用何刑将你折磨？

我被那贼陈豹拖进陈府，

说不定哪时辰就见阎罗。

魂已飞心欲碎思念不断，

几载的幽情啊怎能忘却？

拼性命我也要逃出虎口，

寻贞娘哪怕走天涯海角。

（哭）贞娘啊……

〔赛郎正装欲走，焕春上。〕

焕春：小姐，你这是怎么啦？

赛郎：我要逃出这狼窝。

焕春：小姐，这样你怎么能走得了哇？刚才我打听到贞娘的下落了。

赛郎：（急切的）他在何处？

焕春：就在这府衙监狱内。

赛郎：那怎么办？

焕春：得想个办法。我看……（两人耳语）

焕春：陈豹来了！

〔焕春下，陈豹歪斜、醉上。〕

陈豹：赛郎，我的美……美人……你快扶着我……

赛郎：（扶陈豹坐下）陈公子……

陈豹：什么事啦？……美人……

赛郎：我问你，今天是什么日子？

陈豹：我们的……新婚……之日……呀！

赛郎：是啊！既然是新婚之日，你与亲朋滥饮久久不回洞房，你心里哪里还有我赛郎！

陈豹：哎哟！我……我的美人……别怪我……我这不……回……回来了吗……

赛郎：吉日良辰你我要痛饮几杯才是呀！

陈豹：对对……对，焕春拿……拿酒来！

焕春：是！

［焕春上，摆酒后又下。］

陈豹：来！祝咱俩……白……白头……老！干！（一饮而尽）

赛郎：（将酒泼地）陈公子……

陈豹：别……别喊我……公……公子……

赛郎：喊你什么？

陈豹：喊……喊我……豹！

赛郎：啊！陈豹！

陈豹：别……别带陈……喊……豹！

赛郎：在这大喜之日我要敬你三杯！

陈豹：敬我三杯？好！……还有这个讲究？

赛郎：当然有的！

陈豹：这第……一杯？

赛郎：这第一杯嘛……

　　　（唱）一杯酒敬同窗，

　　　　　　知情太晚恨变装。

陈豹：这……这是真的，早……早知道你……你是个……女的……哈……我早……早就……

赛郎：快喝吧！

陈豹：我……喝（饮尽）这第……二杯？

赛郎：（唱）二杯酒敬郎君，

　　　　　花烛映照我寒苦的心！

陈豹：我……我知道！我来晚了不是？没……事！我……喝！（已不知
　　　　口在哪里）这第三……三杯酒？

赛郎：（唱）三杯酒为贞娘。

陈豹：什……什么？你为……为他干……干什么？（站起）

赛郎：害得我赛郎痛断肠！

陈豹：哈……这……小子是把……把你害……害苦了！你变成了美人，
　　　　这小子又变成个男的，这不成心找别扭吗！你……别难过，
　　　　我……我把他给送进监狱了！

赛郎：我要见他！

陈豹：什……什么？你还……还没忘他？……我要把他给……给宰了。

赛郎：我要找他算账！

陈豹：算账？噢，哈……是得要给他算……算账！可今儿是大喜之日，
　　　　就别去了！

赛郎：正因是大喜之日，我才要让他看看我们的威风！

陈豹：哎！哈……你说的倒也是！就要让他看看！叫他心里难……难
　　　　受……难受！

赛郎：说去就去！

陈豹：对！对对！说去……就去！焕……春！

　　　　［焕春上。］

焕春：姑爷！

陈豹：扶着……我！美……人！

赛郎：在！

陈豹：扶着……我！咱走！

赛郎：（唱）我把贼子当箭牌，

　　　　　见了贞娘再巧安排。

［赛郎扶陈豹下。］

［落幕］

第七场

［知府牢房。台中设一监狱，台在狱内。幕启狱卒甲、乙上。］

甲 ：抓差办案。

乙 ：为了吃饭。

甲 ：惹得好人骂。

乙 ：主子还骂咱笨蛋。

甲 ：我听说这个白公子倒是个好人！

乙 ：咱不管好人坏人，只要主子肯管饭，叫咱看着，咱就看着。

　　 ［内有人声。］

甲 ：喂！来者何人？

乙 ：瞧，是陈公子来了！

　　 ［赛郎、焕春扶陈豹上。］

甲 ：（见礼）公子。

乙 ：（见礼）公子。

陈豹：小……小的们！

甲 ：有！

乙 ：有！

陈豹：打……打开牢门，把贞娘给我提……提溜出来！

甲 ：是！（开牢门）

乙 ：是！

甲 ：白家小子出来！

　　 ［乙给陈豹看座。］

贞娘：（贞娘出，见状）啊！哼！

赛郎：（唱）我一见贞娘刑加身，

不由热泪横流湿衣襟。

贞娘怎解其中意，

我暂把怨恨腹中吞。

（白）陈公子，他们……（指甲、乙）在这儿不方便吧！

陈豹：你们滚……滚了。

甲 ：是！

乙 ：是！

　　　　［甲、乙下。］

陈豹：（强睁眼）贞……娘！你看看我们是谁……

贞娘：……

陈豹：哈……今儿叫你瞧……瞧瞧我们的威……威风！尝尝我的厉害！

贞娘：呸！贼子！

陈豹：谁……谁是贼……贼子？

赛郎：怎么？在这府衙之内你还能逞强吗？

贞娘：哼！

（唱）贼男淫女逞凶狂，

不由怒火燃胸膛，

怨我贞娘眼不亮。

赛郎，

你欺我弱生丧天良！

赛郎：（哭）苦哇！

陈豹：大……胆！来人……

赛郎：慢！我来教训教训他。

陈豹：对！给我狠……狠地教……教训一顿！（酒劲儿冲上来欲睡）

赛郎：贞娘！你害得我好苦啊！

（唱）陈公子本是地头蛇，

知府衙内你怎逞强？

陈豹：（迷糊中）……对！

赛郎：（唱）若不是公子把路引，

　　　　　　我知何处是牢房？（陈豹睡熟，发出鼾声）

焕春：小姐！他睡着了！

赛郎：（唱）一见贼子醉睡了，

　　　　　　我含泪放声唤君郎！贞……娘！

　　　　　　今夜你我离虎口，

　　　　　　天涯海角把身藏。

　　　　　　纵然行乞宿荒野，

　　　　　　至死不离你贞娘！

贞娘：赛郎啊！（拥抱赛郎）

　　　　（唱）一腔痴情诉衷肠，

　　　　　　我错把真金当铜黄。

　　　　　　你我生死真情在，

　　　　　　哪怕魑魅与魍魉。

焕春：事不宜迟！你们快快走吧！

赛郎：我们一起走吧！

　　　　〔三人欲下，甲、乙上。〕

甲　：呔！哪里逃走？

乙　：呔！哪里逃？

　　　　〔众人跪下。〕

贞娘：二位军爷饶命吧！

赛郎：二位军爷饶命吧！

贞娘：小生终生不忘你们的大恩大德！

甲　：不成！

乙　：我成全了你们，公子能饶过我们吗！

赛郎：二位军爷所言极是！为人听差事实属无奈，这里有纹银三百两，还有这些珍宝珠玉，望二位拿去也好脱离这虎狼之窝，远走高飞逃命去吧！

贞娘：二位军爷高抬贵手吧！

焕春：救人一命，胜造七级浮屠。

甲　：这……

乙　：不管了，有钱就能活着，让他们走吧！

甲　：走吧！

众人：谢军爷！

　　　〔众人下。〕

甲　：咱们俩也逃命去吧！

乙　：走！

　　　〔陈豹睡中，一头栽地，猛醒。甲、乙下。〕

陈豹：（寻呼）赛郎！……焕春！啊！跑啦！（狂喊）来人啊！把他们

　　　给我捉回来！

　　　〔落幕〕

第八场

　　　〔幕启。追声阵阵，贞娘、赛郎逃上。〕

贞娘：（唱）逃出虎口踏月光。

赛郎：（唱）辞别双亲去他乡。

贞娘：（唱）恶徒逍遥无人问。

赛郎：（唱）有情人儿受沧桑。

贞娘：（唱）连累你弱体遭磨难。

赛郎：（唱）终生伴君苦也香。（追声追近）

贞娘：（唱）追声阵阵灯火亮。

赛郎：（唱）菩萨保佑永无恙。

　　　〔二人携手逃下。陈豹领众丁持灯追上。〕

陈豹：小的们！

众人：在！

陈豹：给我兵分两路快快地追，谁能捉住他们我重重有赏！

众人：是！

陈豹：哼！在我的地盘还没见哪一个能活着逃出去。追！

众人：是！

　　　〔众丁追下。〕

　　　〔二幕开。后景显出莲池，池边一高岗。贞娘、赛郎逃上。雷声

　　　远闻。〕

贞娘：（唱）乌云蔽月雷声急。

赛郎：（唱）贼人狂吠步步逼。

贞娘：（唱）我搀赛郎把路觅。

赛郎：（唱）力尽气虚脚难移。

贞娘：赛郎！你怎么样了？

赛郎：贞娘，这儿不是荷花池吗？

贞娘：正是此地！

赛郎：啊！你我读书之时在此玩耍可曾记得？

贞娘：记得！

赛郎：你我折花结拜可曾忘却？

贞娘：终生不忘！

赛郎：那时我们虽两小无猜，上苍已把我们捏成一个人了……

贞娘：我知道……

赛郎：你要把它记下，终生不忘，我也就瞑目了！

贞娘：赛郎！你这是何意呀？

赛郎：贞娘，贼人紧追不放，老天昏黑无路，我的身子已难以支撑，

　　　你……快快逃命去吧！

贞娘：啊！那你呢？

赛郎：我要与陈豹以死相拼！

贞娘：他人多势众，你孤身弱女子如何抵得过豺狼！

赛郎：那！我就投池自尽。一示苍天不公，扶恶欺弱；二来也为你留下

具清白尸身！

贞娘：啊！赛郎！

（唱）几句话说得我泪如泉涌，

字字血声声泪句句深情。

是死是活一块儿去，

怎忍心抛下小妹去逃生？

赛郎：贞娘啊！

（唱）我虽劝你离我去，

可又怕你真登程。

你心我心连一起，

折情断义我怎忍痛？

事出无奈你快走吧，

我死后逢寒食节，

也好有人祭坟茔。（跪）

贞娘：小妹！（跪）

（唱）妹出此言我真惊魂，

搅碎了肝肠阵阵疼。

小妹不走我上何处去，

哪里是我的宿身营？

小妹不在，我的身难容，

生生死死在一起，

你我双双迎吉凶。

赛郎：贞娘……

［追声四起。］

贞娘：他们追来了，咱们走吧！

赛郎：走！

［赛郎咬牙强行。陈豹领众丁上，贞娘、赛郎被逼上冈。］

陈豹：哼哼！看你们还往哪儿跑！

贞娘：陈豹！

　　　（唱）为非作歹逞凶狂，

　　　　　　欺男霸女丧天良。

　　　　　　你能逼我归天去？

　　　　　　休想夺走我赛郎！

陈豹：（奸笑）嘿……

　　　（唱）马到悬崖已无路，

　　　　　　看你还逞什么强？

　　　　　　赛郎跟我回府去，

　　　　　　荣华富贵任你享。

赛郎：住口。

　　　（唱）荣华怎能动我心，

　　　　　　富贵怎能摇善良，

　　　　　　鱼虾怎能混一起，

　　　　　　我的夫君是贞娘！

陈豹：（气急）哼……好哇！（指众家丁）给我上！

　　　〔员外内喊"赛郎"，上。〕

赛郎：爹爹！

贞娘：爹爹！

员外：儿呀！……儿……呀……

　　　（唱）我儿做事欠思量，

　　　　　　负我一片苦心肠。

　　　　　　还请公子多原谅，

　　　　　　原谅我家规不严欠教养。

　　　（白）我一定让她给公子赔罪。

陈豹：（逼问）她若是不从呢？

员外：这……她会从的！

陈豹：她若是不从，我要了你的老命！

员外：啊！儿呀！（哭）

赛郎：爹爹呀！

　　　（唱）莫怨孩儿欠思量，

　　　　　　我实难从命伴豺狼。

　　　　　　儿与贞娘已相许，

　　　　　　我怎把真情付汪洋？

陈豹：我要看看是你们的本领大，还是我的势力强！小的们！

众人：在！

陈豹：给我抓回去，我要把他们剁成肉泥！

　　　［内喊："贞娘！赛郎！儿呀！"白富、白妻上。］

贞娘：爹爹！娘！（哭）

众人：（挡白富、白夫人）站住！

白富：（哭）儿呀！

白妻：（哭）贞娘！赛郎！我的儿呀！

贞娘：爹！娘！

陈豹：把这两个老东西给我抓起来！

　　　［众丁抓白富、白妻。雷声起。］

贞娘：你们这些丧尽天良的贼子！

白富：（唱）苍天啊！苍天睁睁眼。

白妻：惩治这些吃人的豺狼。

陈豹：（狂吼）我要杀了他们！

白富：（哭）儿呀！你们快走吧！

白妻：（哭）儿呀！你们快走吧！

贞娘：（哭吼）爹爹，娘！孩儿归天去了！

赛郎：（哭吼）爹爹，娘！孩儿归天去了！

陈豹：（狂吼）给我抓……

　　　［众丁蜂拥而上。雷声大作。贞娘、赛郎双双跳入水中。］

　　　［落幕］

尾声

［幕启：天晴日暖，一池荷花娇艳夺目，贞娘与赛郎于幻境中手持莲花
　　　并肩从水中徐徐而出。］
幕后伴唱：自古恶徒欺善良，
　　　　　弱者遭难强者狂。
　　　　　人间既无容身处，
　　　　　情思悠悠在天堂。

　　　［剧终］

王朝佐

编　剧：王子华　祁长安　朱允功

时　间：1982 年 8 月

人物表：

王朝佐——竹器作坊工匠　　（佐）

王　母——王朝佐的母亲　　（母）

惠　英——王朝佐的妻子　　（英）

魏西河——失业的老工匠　　（河）

魏　玉——魏西河的女儿　　（玉）

力　男——竹器作坊工匠　　（男）

方　成——竹器作坊工匠　　（成）

赵得方——竹器作坊主　　（赵）

陈富禄——纺织作坊主　　（禄）

张得才——绸缎商人　（才）

钱　英——纺织作坊主　　（钱）

龙　——纺织作坊工匠　　（龙）

豹　——纺织作坊工匠　　（豹）

虎　——竹器作坊工匠　　（虎）

马　堂——宦官，临清税使　（马）

李　顺——马堂的随从　（顺）

张三坏——地痞，马堂的爪牙　（三）

李四赖——恶棍，马堂的爪牙　（四）

赵志皋——内阁大学士　（皋）

刘将军——朝廷武官　（刘）

陈一经——临清知州　（知）

王　炀——临清守备　（备）

神宗皇帝　（神）

税卒甲　（甲）

税卒乙　（乙）

卖燎花小贩　（花）

卖鸡婆　（婆）

盲　人　（盲）

太　监　（太）

兵　甲　（兵）

地方税官　（地）

差　官　（差）

税卒若干　（税）

群众若干　（众）

第一场　桥头卖力

地点：桥头

【台后露旧桥一角，远处宝塔可见，天幕有弯弯卫河绕过，虽连年重税，用工大减，但还能看出临清旧时的繁华景象。拉纤者喊号走过，搬运货物的穷工往来不绝，乞丐、小商贩上上下下。一群卖力者立于桥头，并不时有陆续来者，每来一工匠均向诸位打声招呼"你早""诸位

早”，并立于众内，急等作坊主前来领人。】

幕启合唱：卫运河水流长长，

北去京都南苏杭。

岸边有个临清州，

名城盛世震四方。

自从赋税连年增，

一片好景付汪洋。

商号作坊用工减，

穷工散匠愁茫茫。

［魏西河、魏玉上。］

河 ：（唱）每日卖力站街头。

玉 ：（唱）十有九空怎糊口？

河 ：（唱）父女生活倍艰难。

玉 ：（唱）只因税官日来稠。

众 ：魏老伯来了！

河 ：来了，来了，今日还是这样冷落啊！

成 ：老伯，我们清早赶到，还没见一位商号作坊来领人呢！

河 ：境况愈发艰难了啊！

　　［有卖燎花的叫卖“燎花，燎花”。过场。］

男 ：你们看，那边来的不是作坊主吗？

众 ：是呀！

成 ：这是竹器巷的赵作坊哩！

河 ：哎呀，今日有缘，我们这些人能吃上一顿饱饭了哇！

　　［赵得方上。］

赵 ：（唱）日来税官步步逼，

商家萧条作坊稀。

众 ：赵老爷发财，赵老爷发财……

赵 ：哎呀，我发的什么财哟？作坊门尚未关闭也就不错了。

成 ：老爷，今日要领几个工匠啊？

赵 ：缺一批竹货，一天的活计，需身强者二三人即可。

成 ：（挺身站出）老爷，我行吗？

赵 ：（拍一下成肩）嗯！（点头，成出）

成 ：谢老爷！

众 ：赵老爷，我怎样？……我行吗？………

虎 ：赵老爷，我有劲，我有使不完的劲，我行吗？

赵 ：（审视）嗯，就你们俩吧！

虎 ：谢老爷！

河 ：赵老爷，带上我们父女俩吧！

赵 ：不行，不行！

众 ：把他们带上吧！

河 ：赵老爷，我确实担不动，那我们父女俩就抬，少给些工钱也
　　行啊！

成 ：赵老爷，就带上他们吧！

赵 ：不成，不成，这几年我也没多少积蓄啦，咱们走吧！

　　〔赵、成、虎下。〕

河 ：哎！（拭泪）难哪……

玉 ：（安慰地）爹……

　　〔一盲人讨饭。过场。〕

男 ：老伯，你看那边又来了个作坊主。

河 ：噢！

众 ：是纺织作坊主陈富禄！

　　〔陈上。〕

陈 ：嗨！我的八个工匠辞退了六个，再不发财我这作坊就要关门啦！

河 ：陈老爷总比我们好过吧！

陈 ：哈哈，我与你们怎么能论比呀？你们是工匠，我是作坊主。

河 ：是啊，老爷是贵人！

男 ：陈老爷需用几个人？

陈 ：一晌午的活计，三四个即可！

众 ：我怎么样？看我行吗？陈老爷叫我去吧！

陈 ：（指龙）你过来！

龙 ：谢老爷！

豹 ：老爷！

陈 ：（指豹）你过来！

豹 ：谢老爷！

男 ：老爷！

陈 ：（指男）你过来！

男 ：谢老爷！

陈 ：好，就这些吧！

河 ：老爷，带上我们父女俩吧！

众 ：老爷，带上他们吧！

陈 ：老的老，小的小，连个像样的工具都没有，不成！

河 ：老爷，我什么活都会干，玉儿什么活也都会干。老爷，我给坊主
　　们干了一辈子活，都说我的活计好！老爷您行行好，带上我们父
　　女俩吧！老爷……

玉 ：爹……

陈 ：几年的赋税，我的本钱只剩下三成了。哎，不行，不行！

河 ：老爷，可怜可怜我们父女俩吧！

玉 ：爹爹……

男 ：老爷，带上他们吧！他们干不了的我替他们干！

陈 ：你休管闲事，不成！

河 ：老爷，你就发发慈悲吧！玉儿给老爷跪下！

　　［河跪，玉不跪。］

玉 ：爹……

陈 ：你这是干啥？起来，起来！

男 ：老爷，让他们父女俩替我去吧！

河 ：这可使不得，这可使不得……

陈 ：我得为我的生意着想啊！像他这样的并非就这么几个人，今日发
慈悲，明日发慈悲，我这作坊还开不开呀？

河 ：老爷，不要再说了。力男啊，你们去吧！

陈 ：咱们走吧！

　　〔同下。〕

河 ：天哪！

玉 ：爹爹……

秋 ：粥时已过，看来不会再有作坊主来领人了，各自想法子去吧！

众 ：是呀，各自想法子去吧！

　　〔众人分下。〕

河 ：玉儿！

玉 ：爹爹！

河 ：（唱）取下我这件破旧衣衫，

　　　　到街上叫卖几句。

　　　　换得一分半文，

　　　　也好度日糊口哇！

玉 ：爹爹，你偌大年纪，怎经得起寒风袭打？还是把我这件卖了吧！

河 ：哎！一个女娃娃不能没件遮体的衣衫哪！不要争了，（脱衣）拿
去吧！

玉 ：爹爹，叫孩儿怎么忍心啊！

河 ：哎，也顾不得那么多了，玉儿，去吧！（拭泪，眩晕）

玉 ：（扶）爹，你怎么啦？

河 ：玉儿啦！

　　（唱）几日来腹内无饭多晕眩，

　　　　　只恨我老来无用把儿牵连。

玉 ：爹爹呀！

（唱）劝爹爹且莫要说出此言，

待儿我去卖衣去去就还。

河 ：玉儿……爹若是不在了，你会怎么样啊！

玉 ：爹！今天你是怎么啦！（哭）爹……

河 ：儿啦！不要啼哭！（给玉抹泪）拿好衣衫去吧！

玉 ：爹，你可在这儿好好等我！

河 ：（含泪）哎！

玉 ：爹！哪里也不要去，我去去就来！

河 ：哎！去吧，玉儿！

玉 ：爹，我走啦！

河 ：去吧！

玉 ：（望爹后退转身悲痛地喊）谁买……衣衫！

〔玉下。〕

河 ：（哭）玉儿啦！

（唱）眼见得玉儿她洒泪去了，

我的心好似那卫水翻腾。

想轻生不忍心抛下小娇，

求生存又怎能挣得温饱？

（白）玉儿呀！玉儿，爹对不起你呀！我苦苦干了一辈子工匠，到头来连自己都养活不了，反倒连累了你呀！玉儿，不要怪爹不好，我实在没有办法了哇！

（唱）再留下一件破衣衫，

好给玉儿挡风寒。（脱衣）

玉儿……爹爹顾不得你了……（哭，转身下跳河）

〔玉上，发现衣衫，不见爹，拾衣。〕

玉 ：（紧张、痛苦地哭）爹，你到哪里去了……爹……爹呀……（四处寻找）内喊："有人跳河了，快救人哪！"群众从四方而至，在台后紧张地望着河内："是谁这样想不开呀！""有人救去啦！"

"快……快……""救上来啦，救上来啦！""谁救上来的？"

[在众人的急切心情下，在强烈的音乐声中，王朝佐背着魏西河，突然站在河堤上亮相，同时魏玉上场。]

众　：（惊呼）朝佐！

[众人架河坐下。]

玉　：（见状，哭喊着跪走在河前）啊！爹……

（唱）一见爹爹寻短见，

　　　玉儿我心似尖刀剜。

　　　爹爹呀………

　　　就是一碗凉水饮三天，

　　　也不能抛下孩儿赴黄泉。

（哭）爹……

河　：玉儿……

玉　：爹……

河　：玉儿……谢谢大家……

众　：老伯！是朝佐把你救上来的！

河　：噢，是朝佐呀！

佐　：老伯……

玉　：朝佐哥！

（唱）朝佐哥你将我爹爹救，

　　　我不由热泪腮边流。

　　　我只想父女无人怜，

　　　今日我看到了，

　　　好汉的仗义，

　　　菩萨的心田，

　　　在穷苦工匠的心里头。

（白）朝佐哥……（跪下）

佐　：（扶起玉）玉妹！自己人不要这样！……老伯怎么样了？

河 ： 好多了。

玉 ： 爹……

成 ： （将朝佐的扁担和竹刀递给朝佐）朝佐哥！给……老伯，你怎么
  能忍心走此绝路啊！

众 ： 是啊！

河 ： 我若有一线生机也不会这样做呀！近年来官税这样频繁，像你们
  这些身强力壮的汉子大半都无工可做，像我们父女这样的，作坊
  怎肯收留？我想自己是无用之人，倒不如一死……还能减轻玉儿
  的负担……

玉 ： 爹……

众 ： 唉！都是这些无底的官税逼的呀！

佐 ： 老伯，玉妹！

  （唱）咱都是穷工空荡荡，

    赠银相助无力量。

    你把这竹刀拿了去，

    明日我替你找找活暂度饥荒。

河 ： 朝佐呀！你的心意我领了，可这竹刀是你家之宝哇，全凭它卖力
  糊口，使不得！万万使不得！

佐 ： 是啊！我爹拿它干了一辈子工匠，后来又传给我，它是我家之
  宝，也是我身上最值钱的东西了。老伯，像你这老的老，小的
  小，要去做工，更得有个像样的工具。俗话说，看你的工具，就
  知道活计。不然东家是不会收留你的。

河 ： 朝佐，这怎么能行啊！

成 ： 老伯，你就拿着吧！你还不知道朝佐哥的脾气！

河 ： 我咋会不知道？谁家有难处他都跑在前头。北头老红家，因为缴
  不起税，被人打断了腿，朝佐背着他打官司去。白布巷老黑家卖
  力无人要，全家饿肚子，朝佐硬是把自己的活计让给他。你爹有
  病的时候还不是朝佐拿着自己的工钱，托人在天津卫捎来的药治

好的吗?

男 ：是啊!

河 ：正因为这样,我才不忍心给他添麻烦。

佐 ：老伯,不要这样说,快拿去吧!

玉 ：朝佐哥,你没了竹刀用什么给东家劈竹编篓养家糊口啊?

佐 ：不妨,我想法子也就是了!(递刀)拿去吧!

众 ：你就拿去吧!

玉 ：谢谢你,朝佐哥!

佐 ：不谢,不谢!

玉 ：朝佐哥!

　　(唱)手捧竹刀热泪滚,

　　　　深施一礼谢恩人。(施礼)

佐 ：玉妹,不必了!

　　[一官差从幕后敲锣上。]

差 ：(喊)各位州民听好了,皇上派来马堂马大人来我州,即刻就到,大家回避了⋯⋯(反复喊,随喊随安排秩序,顿时,鼓乐齐鸣,威风凛凛,声响由远及近,由近至远,群众在台上三五成群面面相觑,相互询问着:"不知这位大人又来做甚?""谁知道啊!""好威风啊!""反正对穷工没有好处!""不要多嘴!")

　　[官差上,众围上询问。]

众 ：官爷,这位老爷是来做甚的?

差 ：这是马堂马大人,是来增收工商之税的!

众 ：啊!还要征税!(个个目瞪口呆)

　　[幕落]

第二场　马堂坐衙

地点：署衙

[升堂。税卒等上。马堂上。]

马 ：（唱）奉了皇上命，

监税来临清。

（白）杂家马堂身藏万岁密旨，来临清州征敛工商之税，此乃一
受君宠，二肥私囊，真是一箭双雕啊……哈……（落座。内喊：
"知州、守备二位大人到！"）

地 ：公公，知州陈一经、守备王炀二位大人到！

马 ：请！

[马出迎。陈一经、王炀上。]

知 ：卑职拜见公公！

备 ：卑职拜见公公！

马 ：二位大人有请！

知 ：公公请！

备 ：公公请！

马 ：请坐！

知 ：请坐！

备 ：请坐！

备 ：公公此来定会给临清增光！

马 ：不敢！二位大人已经知道，杂家此来就是要加收工商之税。

知 ：啊？公公，临清的工商之税全力办齐已献京都，为何又要加
税呢？

马 ：近年来，国事不安，多有外患，加之建宫修院，破费甚多，故而
增税。现全国各地都已派出税监，何况临清是个富城！

知 ：啊？公公，临清虽富，也不过是碗口大的城池。原工商大税已征
得，那些商号作坊，闭门的闭门，辞工的辞工。工匠失业，街巷
凋零，这样下去……

马 ：陈大人不必说了，依你之言，这工商之税就不能再加征了吗？

知 ：卑职不敢！不过，公公！

（唱）临清工商如幼胚，

　　　能经寒风几次吹？

马：哼!

（唱）今日增征工商税，

　　　皇上旨意谁敢违？

备：（唱）皇上征税不敢违，

　　　方请公公量情为。

马：（唱）哪有恩赐对鼠辈，

　　　刁民抗税要治罪。

知：卑职不才，望公公息怒! 不过这样下去，唯恐局面不佳。

如用我处，尽管讲话，卑职告辞了。

备：卑职告辞了。

马：请!

备：看他那神气样儿!

知：哼! 狐假虎威!

　　［两人同下。］

马：哼，不识抬举。税官!

地：公公!

马：临清工商之税真的不能再征收了吗？

地：公公，说能征也能征，说不能也不能!

马：此话怎讲？

地：几年来，税赋把个临清州也真的征苦啦! 可话又说回来啦，就是

再富谁也不愿向外拿银子啊!

马：以你之见……

地：以小人之见，那要看公公如何用人!

马：讲!

地：税官不怕收税难，就怕没人撑腰杆。只说好话税不见，锁链一戴

净是钱。

马 ：好，正中吾意，所有税卒听你使唤！

地 ：公公，不可！想我地方税官虽心向公公，可身在州府，公公一
　　　走，州官一怒，我的脑袋也要搬家了哇！

马 ：那……

地 ：我给公公准备了两个鬼头，已在堂下听差，请公公使唤！

马 ：顺！

顺 ：有！

马 ：唤那两个鬼头上堂！

顺 ：喳，二位名士上堂！

　　　［三、四上。］

三 ：来了，来了……

四 ：来了，来了……

三 ：见了官像只羊。

四 ：见了百姓像只狼！

三 ：在下张三坏。

四 ：在下李四赖。

三 ：马大人收税要找税狗。

四 ：哎，要找税卒。

三 ：对对对，找税卒，把我们哥俩儿给看上了，这也是我们的福气，
　　　兄弟！

四 ：啊！

三 ：见了马堂看眼色行事。

四 ：对，别叫他把咱"丑"了。

三 ：进去！

四 ：进去！

三 ：给大人叩头！

四 ：给大人叩头！

　　　［两人跪。］

马 ： 免啦！

三 ： 谢大人！

四 ： 谢大人！

马 ： 你们叫什么名字？

三 ： 我叫张三坏！

四 ： 我叫李四赖！

马 ： 听说你们在临清州很有名气？

三 ： 大人过奖！

四 ： 大人过奖！

马 ： 知道叫你们来干什么吗？

三 ： 给大人收税！

四 ： 给大人收税！

马 ： 哎，要说给皇上收税！

三 ： 是大人，给皇上收税！

四 ： 是大人，给皇上收税！

马 ： 你们会收税吗？

三 ： 回大人，我们是收税的走狗！

马 ： 嗯？

四 ： 我们是收税的能手。

三 ： 对，我们是收税的能手。

马 ： 讲来我听！

三 ： 是！

四 ： 是！

三 ： 收税收税，不怕软，不怕硬，软的欺，硬的碰，谁不服气要他的命。

四 ： 收税收税，穷要逼，富要抢，缴不出银子抱衣裳。

马 ： 好，不愧是两位名士，事成之后定有你们的好处！

三 ： 谢大人！

四 ：谢大人！

马 ：堂下听差！

三 ：是！

四 ：是！

马 ：小的们！

税 ：喳！

马 ：水路要塞把关设卡，作坊商号、船只、工匠，挨家挨户征收税
　　银，不得有误！

税 ：喳！

马 ：征税的规矩要一一记下！

税 ：一一记下，一字不差。

马 ：我来问你，遇抵赖者？

税 ：打！

马 ：逃跑者？

税 ：抓！

马 ：不缴者？

税 ：搜！

马 ：反抗者？

税 ：杀！

马 ：好！去吧！

税 ：喳！

　　［众人紧锣密鼓下。］

　　［幕落］

第三场　残酷征收

地点：竹竿巷口、各作坊云集之地。

　　［乙贴告示，敲锣喊上。］

甲 ：各作坊商号工匠百姓听好了，马堂马大人已下告示：增收工商之
　　税，将银两备好，不得有误，如有违者，从重处罚……（各作坊
　　商号、工匠来看告示，发出各种怨言："哎呀，这还了得！""这
　　不是要命吗？""灾难啊！灾难！"）

佐 ：哎！

　　（唱）眼见得街头巷尾怨声载道，

　　　　　税卒们好似那狼嗥虎啸。

成 ：朝佐哥，我们以后怎么办哪？

男 ：他们是不想叫人活了！

佐 ：是啊，这哪里是在征税呀！

赵 ：哎呀呀……朝佐呀，你还愣在这里干什么？

　　（唱）马堂的收税官一会就到，

　　　　　快将那门招牌速速摘掉。

　　　　　假若是这场灾平安躲过，

　　　　　我定要将工酬与你抬高。

佐 ：哎！

　　（唱）老爷你把事情看得轻巧，

　　　　　摘招牌怎能把灾难免消？

　　　　　税卒们如同那豺狼虎豹，

　　　　　你纵然插双翅也无路可逃。

赵 ：那也不能不防啊！（对成、男）你们也躲一躲吧！

成 ：我们两手空空，饭都吃不上，还怕他们？

男 ：是啊，难道他们还要命不成。

　　［成、男下。］

赵 ：哎呀，这些不怕死的。朝佐，你拿我的工钱就得听我的话。快，
　　把牌子摘下来！

　　［佐摘牌。赵、佐下。李顺领税卒上。］

顺 ：刁顽不知敬，手下勿留情。小的们！

税　：有！

顺　：将那些刁顽带上来！

税　：喳！

[税卒牵颈戴铁链的作坊、工匠上，并进行残酷的摧残。]

顺　：商号作坊挨家挨户快快征收，一个不漏。

三　：各商号作坊出来！

[才、禄、赵从各方而来，站成"一"字形。]

才　：三爷，大人！

禄　：三爷，大人！

赵　：三爷，大人！

顺　：今日老爷来加敛工商之税，尔等定要乖乖缴纳！

才　：大人，几年皇税已经缴了不少，我们实在无多少积蓄了。

禄　：我的织机也仅剩几架了！

赵　：我的工匠只剩下三个了！

顺　：这么说，你们是不想缴税了？

才　：大人开恩！

禄　：大人开恩！

赵　：大人开恩！

顺　：三！

三　：大人！

顺　：让他们看看不缴税的下场！

三　：是，来呀！

税　：喳！

三　：大刑伺候！

[四卒向周边拉一受刑者，刑者发出怪号，才、禄、赵个个吓
破胆。]

才　：我缴我缴……大人开恩……我缴我缴……

禄　：我缴我缴……大人开恩……我缴我缴……

赵　：我缴我缴……大人开恩……我缴我缴……

顺　：三！

三　：大人！

顺　：念！

三　：是！绸缎商号张得才！

才　：三爷！

三　：有商铺两间，雇工两人，应缴税银……三百两！

才　：啊！三爷，我还有一百多两的积蓄。

三　：不要紧，拿绸缎补，来呀！

税　：在！

三　：搜！

税　：是！

　　　〔搜毕，才拿钱、税抱绸缎上。〕

才　：三爷！给你钱！

三　：去吧！

才　：这不是明抢吗！

税　：（对才）老爷，我们……

才　：哎，我连自己都顾不了啦，你们想法子去吧！

　　　〔才下。〕

税　：啊！老爷……

三　：纺织作坊陈富禄！

禄　：三爷！

三　：有作坊三间，工匠八人……

陈　：三爷，我家工匠辞退了六个，只剩两人啦！

三　：那也不成，应缴税银……

顺　：八百两！

陈　：啊！大人，这……这是真的吗？

顺　：大白天的，大人还给你讲瞎话不成！

陈 ：啊呀，这是什么章程啊？！

三 ：大人的嘴就是章程，快快缴来！

陈 ：我实在是缴不起这多！

三 ：那就别怪三爷不讲情面啦！

陈 ：三爷，打死我也缴不出这多呀！

顺 ：来呀！

税 ：啊！

顺 ：封他大门，把他绑了！

税 ：是！

　　　　［税率封门，绑陈。］

陈 ：苦煞我也！

三 ：竹器作坊赵得方！

赵 ：三爷，手下留情啊！（作揖）

三 ：有作坊两间，工匠三人，应缴税银……（瞅顺）大人……

赵 ：大人开恩……大人开恩……

顺 ：五百两！

赵 ：哎呀我的妈呀！（瘫在地上）

三 ：快快缴来！

顺 ：你也想上刑不是？

赵 ：三爷息怒，三爷息怒，我缴，我缴……不过再给我一天的期限，

　　我全力办齐，准缴不误。望三爷、大人开恩！

　　　　［佐、成手叉腰，愤愤地站在赵后。］

顺 ：不成！

三 ：（发现不妙，与顺递眼色）大人……

顺 ：好吧，如若误期叫你加倍缴纳。

赵 ：谢三爷，谢大人！

三 ：大人，下边是箍桶巷！

顺 ：走！

税　：啊！（对刑者）走！

　　　〔同下。〕

赵　：（望顺走远）呸！（对佐、成）多亏二位，多亏二位！

　　　〔同下。一卖燎花者上，一侧甲、乙敲锣上。〕

花　：（叫卖）燎花！燎花……

乙　：哎，你这燎花多少钱呢？

花　：大人，一个铜板三只，您要几只啊？

乙　：缴税！

花　：大人，这讨饭的生意……

甲　：胡说，拿十个铜板！

花　：大人，我总共才卖了三个铜板！

乙　：都拿来吧！

花　：大人，我家里还等它买米下锅呐！

乙　：少啰唆，拿来！（抢过铜板，大部放入钱袋，留一个，见甲没发

　　　现放入自己腰包。）

甲　：去吧！

花　：哎，家里孩子可怎么办哪！

　　　〔花下，甲见乙状瞪乙，乙顺手给甲一枚，同笑。一老太婆抱两

　　　只鸡上。〕

甲　：你这鸡是卖的吗？

婆　：大人，我想用它换点吃的。

乙　：缴税！

婆　：大人，卖只鸡也缴税？

乙　：干什么都要缴税！

婆　：我还没卖呢！

乙　：那好吧，一只缴税，一只拿卖去吧！

婆　：这怎么能行？

甲　：少废话！（夺一只，推婆）去吧！

婆　：这是什么世道啊！

　　　〔一盲人拎要饭具上。〕

乙　：哎……你是干什么的？

盲　：（出示桶）老爷！

乙　：缴税！

盲　：什么？

甲　：缴税！

盲　：哈……缴税！老爷你知道我是干什么的吗？

乙　：我不管你干什么，都得缴税！

盲　：我干的这一行就是不缴税！

乙　：你不缴，我就叫你尝尝老爷的拳头。

盲　：老爷，慢动手，我是要饭的，而且也是个瞎子。

乙　：啊，好你个要饭的瞎子！

盲　：老爷，我这瞎子也是被你们逼瞎的！

甲　：胡说！

盲　：我以前也是个工匠，上次缴皇税非要我缴五十两银子，我缴不出，你们就打我骂我，我的眼睛就这么哭瞎了。如今我要饭了，你们还逼我缴税，老爷，哈……啊呀！

甲　：我看这个家伙不是个好鸟！

乙　：（夺过要饭具摔在地上）你给我滚！

盲　：啊，你摔我的饭碗，你欺负一个要饭的瞎子，伤天害理，不得好死……

乙　：（抓住盲人）你骂我们，今儿叫你知道老爷的厉害！（一拳将盲打翻在地）

盲　：你凭什么打人?!

　　　〔四和一税卒上。〕

四　：怎么回事？

乙　：他骂我们哥们儿！

甲 ：他说我们不得好死！

四 ：啊，是个瞎子，打，给我狠狠地打！（四卒站四角打，盲人被打
　　　得东倒西歪，呼救。）

盲 ：救命啊，来人啊！救命啊！

　　　〔佐上，赵跟上。〕

佐 ：住手！

赵 ：朝佐，你给我回去！

佐 ：为什么打人？

四 ：哈哈，真是冤家路窄，又是你王朝佐，你不要狗拿耗子多管
　　　闲事！

佐 ：路见不平，我就要管。他犯了何罪这样折磨他？！

乙 ：他骂我们！

甲 ：他骂我们不得好死！

佐 ：一个盲人，房无一间，地无一垅，卖力无人要，讨饭无人给，你
　　　们这样折磨他，还想叫人活不？！

赵 ：啊呀呀，你给我回去！

四 ：王朝佐，你别不识抬举！

盲 ：朝佐……

佐 ：老哥，回家去吧，以后要小心。

盲 ：他们……

佐 ：不要紧，有我呢！

盲 ：哎，谢谢，谢谢……

　　　〔盲人下。〕

四 ：王朝佐，你把他放走了，你替他负罪。

佐 ：我欠着吧！

四 ：好哇！欺负到四爷头上来啦，来呀！

税 ：在啊！

四 ：把他绑了。

税 ：是！

四 ：好小子，嘿嘿，把他带走！

税 ：走！

　　〔圆场。河、玉捧刀迎上。〕

河 ：啊，朝佐！

玉 ：朝佐哥，这是怎么回事？

四 ：哎哎哎，闪开闪开！

河 ：朝佐，这……（求情地）老爷……

玉 ：老爷，把他放了吧！

佐 ：老伯、玉妹，你们不要管！

玉 ：老爷，我求求你们把他放了吧！

四 ：好哇，你用什么来讲情啊？

佐 ：玉妹！

玉 ：什么都行，老爷，赔礼道歉、磕头都行啊！

佐 ：玉妹，你不要这样。

四 ：哈……真是一片诚心哪！啊，哈……你若是朝我们哥们儿跪上三
　　跪，拜上三拜，口中说些甜滋滋的话，最后叫我们在你小脸蛋上
　　嘬上这么三嘬，我就把他放了。

河 ：你休得无理！

玉 ：你们这些强盗，把他放了！

四 ：好大的口气，你想找死不是？

玉 ：我给你们拼了！（厮打）

佐 ：玉妹！

河 ：玉儿！

玉 ：爹，快走！

河 ：哎！

四 ：（刺破手）哎哟，你持刀行凶！把她绑了。

税 ：好！

佐　：玉妹！

　　　〔玉妹被绑。〕

玉　：强盗！

四　：哼！叫你们看看是你们的本领大还是四爷的本领大。（手痛）哎
　　　哟！（从乙手中夺过刀欲砍佐）我叫你……

佐　：（挺胸）来吧！

四　：（把刀缩回，见刀上有"王记"字样）好哇王朝佐，又是这把
　　　刀，上次收税你用它砍死我家的狗，这回又让她拿来杀人行凶，
　　　我非叫你知道四爷的厉害不可。你还有什么话讲？

佐　：强盗！

　　　（唱）可怜尔等小爬虫，

　　　　　　充当鹰犬害百姓。

　　　　　　多少工匠遭毒打，

　　　　　　多少作坊被劫空。

玉　：（唱）有朝一日天有灵，

　　　　　　你们这些鱼鳖虾蟹，

　　　　　　吃人的野兽，

　　　　　　准遭天打五雷轰。

四　：先不要嘴硬，一会就叫你们知道啦！来呀！

税　：啊！

四　：把这两个刁民押进衙门狠狠处置。

税　：走！

　　　〔河领众上。〕

众　：强盗！哪里走？（众人厮打税、四，给佐、玉解绑绳。税、四跪
　　　下求饶。）

税　：我的妈呀，大爷饶命！

四　：饶命啊！饶命啊！

佐　：（王朝佐从四手中夺过刀，大吼一声）滚！

众 ：滚！

税 ：是，大爷！（个个抱头鼠窜）

众 ：哈……

　　〔幕落〕

第四场　为非作歹

地点：朝佐家。

〔惠英放下宝儿，缝着兜兜。〕

英 ：（唱）虽说是征皇税人心缭乱，

　　　　　生宝儿也算是苦中有甜。

　　　　　到明日小娇儿降生百天，

　　　　　做一件红兜兜戴儿胸前。

　　　　　兜兜上我绣个小鸭戏水，

　　　　　再绣上小喜鹊把枝高攀。

　　　　　小娇儿休怪娘办事克俭，

　　　　　只因为你生在穷家门寒。

〔将缝好的兜兜在宝儿身上比量。母上。〕

母 ：（唱）富家子过百日摆酒设宴，

　　　　　麒麟锁金银镯样样齐全。

　　　　　我只能铜钱一枚系红线，

　　　　　求神灵保孙儿长命百岁。

　　（白）惠英，我给宝儿系了一枚铜钱。

英 ：快给宝儿戴上吧！

母 ：好好……（戴）啊！你看这孩子虎头虎脑，大手大脚，多像朝
　　佐呀！

英 ：宝儿长大了也是个身强力壮的好工匠呢！

母 ：是啊，哈……等佐儿带得工钱回来，到街上买上几斤粗粮，全家

人吃上顿饱饭，也算给宝儿过百日了！

〔顺等上，敲门。〕

英：谁呀？

四：开门！

母：……是佐儿回来了……是佐儿回未了，（开门）啊！（母、英吓得目瞪口呆）

顺：这是王朝佐的家吗？

母：正是！

顺：你们听着，你家抗税不缴，已有人将你们告下，你们可知罪？

母：啊呀，这是何来？你们快快走开。

顺：还敢刁赖，小的们！

税：喳！

顺：给我搜！

税：是！

〔税率下。母、英上去阻拦，被推倒在地。〕

母：你们不能这样无理！你们不能……

英：强盗，该死的强盗！

顺：（见惠英顿起歹意）啊！小娘子！……哈……（百般调戏，惠英以死相拼，搏斗时一头撞在织机上，晕倒在地。税卒搜毕）走！

母：媳妇……媳妇醒来……

英：（强挣扎）贼子……

（唱）狗贼子为非歹丧尽天良，

逼得俺上天无路入地无门。（晕）

母：媳妇……媳妇看看咱的宝儿……

英：（强打精神）儿啦……

（唱）看见了小宝儿心如火焚，

只恐怕母子俩今日要分离。

（哭）儿啦！

母 ： 媳妇！

（唱）媳妇你且莫要把话说尽，

要保住这身体万事根本。

且等那朝佐儿转回家门，

去找那狗贼子再把理论。

英 ： 夫哇！

（唱）儿的父你现在哪里存身？

可知道狗贼子抄咱家门？

可知道苦煞了咱的娘亲，

可知道咱夫妻就要分离！

你现在为什么不回家门，

再若是来迟了难见亲人。

（哭）宝儿……母亲……朝佐……（死）

母 ： （哭）媳妇……媳妇醒来……啊！

（唱）一见儿媳丧了命，

不由老身放悲声。

哭一声我可怜的儿啦……

小小年纪遭残生。

（白）孩子……你死得冤哪……你死得惨哪……

（唱）我要与尔去拼命……（欲走）

啊，我怎么了，我这是怎么了……（精神失常地）

哈……

（唱）要那向昏昏沉沉心不定。

天哪……天哪……哈……

［佐拎东西悲痛上，进门惊呆。］

佐 ： 啊！娘，这是怎么回事？

母 ： （痛苦地摸着佐）佐儿，你回来了！

佐 ： 我回来了，娘，你怎么啦？

母 ：（先笑后哭）你回来晚了。

佐 ：这到底是怎么回事？

母 ：强盗！去杀那些强盗……惠英她……她……哈……

佐 ：啊！惠英……惠英……

（唱）一见惨景气冲天，

好似钢刀插心间。

（哭）惠英……我的妻呀！

（唱）可怜你在世受苦难，

食不果腹衣不遮寒，

只想夫妻长陪伴，

没想到你含怨赴九泉。

母 ：儿啦……

佐 ：娘……

（唱）养老育儿渡饥寒，

沧桑一生苦无言。

儿对娘亲无孝敬，

招来大祸染残年。

此仇不报何为人，

不杀狗官心不甘。

且慢，我只身一人孤单单，

要杀群狼难上难。

一人添柴火不旺，

众人添柴火冲天。

不怕你贼子不讲理，

我有穷工好儿男。

［西河、魏玉、成、盲、男等众人上。］

众 ：朝佐，朝佐哥，我们都听说了。伯母！（哭）惠英！

母 ：（哭）惠英叫他们逼死了！

众　：强盗！这是一伙吃人的强盗！

盲　：（哭）惠英啊！

　　　（唱）朝佐他为救我闯下大祸，

　　　　　　才使得惠英你撒手西寰。

　　　　　　我怎样才能报大恩大德，

　　　　　　用什么能赎回终生的罪过！

佐　：老哥，不要这样说了！

玉　：我们这些人早晚也是死！

佐　：他们借收税之名为非作歹，明日到署衙与马堂讲理，如若应了还
　　　刚罢了；如若不应，那就不能怪我们这些穷工匠无理了。

众　：大哥说得对！

　　　（合唱）穷工合成一心干，

　　　　　　　不怕马堂狗中官。

　　　　　　　先把惠英来成殓，

　　　　　　　明日到署衙把理辩。

众　：（哭）惠英！

　　　　　　嫂嫂！

　　　［幕落］

第五场　火烧税署

地点：署衙门外。

［马堂看着税卒们抬珍宝器物进衙。］

马　：哈……

　　　（唱）白花花的银子黄澄澄的金子，

　　　　　　十人看了九人动心。

　　　　　　若不是还有皇天子，

　　　　　　杂家我恨不得一口吞。

顺！

顺：大人！

马：这一批是多少银两？

顺：禀大人，白银十万两，黄金一千两，布匹八车，白米一万石，衣物不计数，还有母鸡三千三。

马：这些东西都件件过数了吗？

顺：禀大人，金银没敢私动，只是母鸡让小的们吃了一部分。

马：……没出息。

顺：是大人！大人，另有黄金五百两，白银三千两没有入账，已缴大人私库。

马：嗯，干得好。税官！

地：有！

马：我来问你，下边还有多少银两可征？

地：大人要多少有多少！

马：怎么讲？

地：那些工匠作坊实在刁顽，向他们征税，就像榨油一样。你砸一锤他滴一点，你不砸他也就不滴了。

马：如此说来，这些贱骨头还要多砸他几锤才好！

地：大人高见！

马：好，顺！

顺：大人！

马：带领小的们给我在那些刁顽的骨髓里再榨出几滴油出来！

顺：是！（发现众至）大人，有一伙穷工向这边走来！

马：快把卫士叫来，看他们想干什么？

顺：是！

　　　［顺下，卫士上，众上。］

马：你们结伙而来，为了何事？

众：（乱吵）我们来见马大人……来见马堂……

顺 ：呔，你们竟敢围攻税署，不尊皇臣，你们还要不要命？

成 ：马大人既是皇臣就应该替百姓着想，这样下去还叫人活不活？

马 ：哈……我是皇臣，我想到的是皇上。你们这些草芥刁民，怎值得
　　杂家一顾，哼！

　　（唱）我受皇宠报皇恩，
　　　　　怎能顾你草芥人。

成 ：哼！

　　（唱）没有这些草芥人，
　　　　　谁给你纳税缴金银？

男 ：（唱）没有这些草芥人，
　　　　　他做谁的皇上你做谁的臣？

玉 ：（唱）没有这些草芥人，
　　　　　吃饭穿衣靠何人？

佐 ：（唱）没有这些草芥人，
　　　　　三星坠落断乾坤。

　　（合）对！

　　（唱）没有这些草芥人，
　　　　　三星坠落断乾坤。

马 ：哈……小小草民，如此胆大包天，我只知皇帝天子是定国之君，
　　文武大臣才是安邦之人，只有皇上才有你们，你们就应该对皇上
　　感恩戴德，纳税缴银。

众 ：人都快饿死了哪里还有税银可缴？

马 ：大胆！

钱 ：诸位，诸位！（作揖）马大人开恩……马大人开恩……

马 ：你是何人？

钱 ：小的是纺织作坊钱英。

马 ：有什么话讲？

钱 ：马大人，小民缴税理应如此，可我作坊原有工匠八人，织机六

架，上次皇税一缴，辞工一半。这次征税后，只剩织机三架，工匠全辞。我全家糊口尚难，望大人将织机还我，我定感恩戴德。

马：哼！临清乃水路要塞，繁荣城池，尔等有的是金银财物，在此哭穷分明是想抗税不缴，滚出去！

钱：大人……

马：再敢刁赖，小心你的脑袋！

钱：（起转身）啊呀，可恨哪！可恨！

佐：临清乃水路要塞、繁荣城池万真不假，可现在何故弄得作坊闭门辞工、工匠无食入口、州内一派凋零？是皇家重视，是你们借收税之名行抢夺所致！

马：大胆刁民，竟敢辱骂朝臣，小的们！

税：有！

马：给我轰出去！

税：喳！

〔卒欲上前，见众人愤怒又退缩。〕

马：（见势不妙，起身）快快，闭煞署门。

税：是！

众：你们还讲不讲理？

马：哪有那么多理给尔等讲？

河：难道把我们都饿死吗？

众：是啊，难道把我们都饿死不成？

马：大胆刁民，你们想造反不是？

佐：你们不顾王法，横征暴敛，欺压弱小，抢人财物，逼死人命还不算完，怎么还想把穷工都置于死地吗？

马：大胆刁民，竟如此狂妄，给我乱箭射杀！

卫：啊，看箭！

〔箭冲朝佐而来，玉向前护，河又上前，箭中河胸，另一箭中豹，众有些乱。钱跑下：我的妈呀！〕

众 ：魏老伯，豹兄弟！

河 ：贼子！

　　〔河死去。〕

众 ：（哭）老伯！豹兄弟……

玉 ：（哭）爹爹……

　　（唱）一见爹爹丧了命，

　　　　　我不由咬牙怒气升。

　　　　　马堂，狗贼子……

　　　　　你逼死人命恨未消，

　　　　　又杀我爹爹赴阴曹。

　　　　　我，我……我跟这些强盗拼了。

众 ：玉儿！玉妹！

玉 ：爹爹啊……（哭）

成 ：朝佐哥，怎么办？

众 ：杀了吧，反了吧！

　　〔众想冲，佐拦。〕

佐 ：先将老伯和豹兄弟的尸体抬回去再做打算。

　　〔众抬尸下，哭声一片。佐思索，最后下。两税卒开门，马、顺出门。〕

甲 ：大人，刁民已散。

乙 ：抬着尸体跑光了。

马 ：刁民历来如此，不吃苦头不收心啊！哈哈……

　　〔知、备二人上。〕

知 ：一意孤行不听劝。

备 ：不顾王法惹事端。

知 ：啊，公公！

备 ：啊，公公！

马 ：二位大人！

知 ：啊，公公，下官再三告诫公公不听，今日之事如何收拾？

备 ：如若出了不测我也担待不起呀？

马 ：有何大事使二位如此惊慌，不过是几条草民的性命而已。

知 ：公公，这层层重税已使州内死气凋零，如今又出了人命，这个后
遗症叫我州府如何治理，公公！
（唱）不是对公公不尊重，

只怕州府不太平，

如若州民有反义，

皇上怪罪难担承。

马 ：哈……你不要多虑了，皇上赐我密旨，不管何人，如若抗缴，先
斩后奏，何况不足挂齿的小小刁民！

知 ：既然如此，下官告辞了！

备 ：下官告辞了。

马 ：请！

知 ：不听忠言！

备 ：定起祸端！

　　　［知、备二人下。］

马 ：皇旨一摇振山河，小小草民奈何我？哈哈……

　　　［进衙，甲见众人至。］

甲 ：啊呀我的妈呀，快快报于大人知！（闭门）

　　　［朝佐走前面，玉戴孝捧灵牌，另一人捧豹灵牌。众人跟上走至
台后区放牌，众人立灵前。］

成 ：（对佐）大哥，发令吧！

众 ：发令吧！

佐 ：各位穷工父老，马堂领人进得州来，抢夺财物，滥杀无辜，只闹
得船只停渡、作坊停工，工匠们无处投奔，多少人衣不遮体、食
不果腹。我们好心与他讲理，他不但不听，还放箭杀人。我们穷
工实无可忍，走投无路，不得不反，今日就要杀他个人仰马翻，

火烧税署。诸位听好了!

（唱）为民除害解苦难，

利民条律遵守严。

刀枪只能杀狗官，

保护百姓理当然。

民财不可动，

民产不可乱，

民女不可欺，

谨防火蔓延。

如有违者立当斩，

律条从严不容宽。

合 ：（唱）谨遵条律去迎战，

齐心合力杀狗官。

佐 ：戴好标记，焚香祭灵。

[各戴标记。一人捧香放灵前，众人跪倒，玉将竹刀捧给朝佐。]

玉 ：朝佐哥……（递刀）

佐 ：穷工造反，愿苍天保佑!

众 ：愿苍天保佑!

佐 ：攻署!

众 ：杀……

[众齐力扛门，门破。个个奋战，杀死卫士若干。盲人也提菜刀

参战，各种开打。朝佐捉住马堂。]

佐 ：马堂!

（唱）贼子作恶罪滔天，

黎民百姓遭涂炭，

今日杀死狗贼子，

誓与穷工报仇怨。

马 ：大爷饶命哪……（守备领人上，救马，马神气地站起来）哼，你

怎样来得这样迟慢？

备　：公公，他们又来了。

马　：啊！……快架我逃走……

　　　［下，激战毕。众人成功。］

众　：（欢喜）噢！……

佐　：父老乡亲，这些欺压百姓、抢夺民财的东西都是盗贼，将他们每
　　　个人身上都刺上偷字，叫他终生受人责骂。

众　：噢！……（拿刺印，个个刺字，每刺一人，大喊一声。）

佐　：打开仓库，将掠来的不义之财分给穷苦工匠。

众　：好！

　　　［众人行动。］

　　　［幕落］

第六场　金殿争辩

　　地点：金殿上

　　［宫女、太监、神宗、马堂、赵志皋、备等。空气严肃紧张。］

神　：宣马堂上殿！

太　：万岁有旨，宣马堂上殿！

马　：遵旨！参见吾皇万岁，万万岁！

神　：平身！

马　：谢万岁！

神　：马堂！

马　：万岁！

神　：朕命你到临清监税，税银非但没有进京，倒惹出一场乱子，你可
　　　知罪？

马　：奴才万死。启禀万岁，奴才领旨到临清，城池上下确实一片繁
　　　荣，商号、作坊主、船工、工匠、个个皆大欢喜，无不孝敬皇

上。我等上下执法严明，州民百姓踊跃缴纳，日进斗金，正将税银运京之际，谁知一帮穷工刁民冲进署衙，杀我卫士，抢走税银，将税署一火焚之。

神：有这等怪事！（恐惧地）来呀！

众：喳！

神：兵法临清，荡平城池，捉拿反贼，格杀勿论。

皋：万岁且慢。昨日山东抚臣有奏折来京，此次反乱以马堂纵属人在临清横征暴敛、搜刮民财、逼死人命、乱杀无辜所致，以臣之见，临清民乱只可安抚不可用兵。

神：这……

马：万岁，不要听信谗言，那知州定是赵忠皋之同党，上下串通有意谋反，就该将其奸党一同治罪才是。

皋：马堂，我与知州素不相识，怎来得某奸同党？他在大伙焚乱之中将你救下，你不但知恩不报，反而为敌，像你这种不义之人才真是覆国之隐患、误国之奸臣。万岁，那临清乃是运河之咽喉，水路之要塞，是贸易云集之地，如临清再乱，一呼百应，云集雾合，则京城太平不可保也。

神：（慌乱地）哦！依你之见？

皋：万岁，临清民乱，只可惩治马堂安抚民心，如若发兵，州民绝望，会以死相拼，必致大乱，后果不堪设想。

神：嗯……

马：此乃一派胡言！

刘：启禀万岁，臣有一拙见！

神：讲！

刘：万岁，马堂去临清征税乃是万岁的旨意，满庭朝臣、临清百姓人人皆知，这样亏待了马堂，宽恕了乱民，今后哪个臣子还敢受皇上钦差？另外，乱民必然气焰嚣张，误为皇上无能，无力平息。如今全国穷工日渐增多，如各地都来效仿，那后果怎堪设想？一则不能征税，二则有损皇威。安抚之路万万走不得，望万岁圣裁。

神　：言之有理！

皋　：万岁，万万不可发兵。临清乱民怒如水火，非往日农家之乱，这是一伙既无土地又无资产的穷苦工匠，他们反乱还是第一次，第一次啊万岁。如平息失利，蔓延全国，江山难保，望万岁三思。

神　：朕不信，一州草民能有这大本领？

刘　：万岁圣明。

皋　：万岁，出兵临清确是误国之道，只有安抚，众百姓才知作恶者、奸臣没有好下场，英明者乃圣上。

神　：啊呀呀，此乃如何是好……

马　：万岁！

刘　：万岁！

皋　：万岁！

神　：哎，常言道：兵来者将挡，水来者土屯。镇压临清民乱只有发兵才是！

刘　：万岁英明啊！

皋　：万岁！

神　：你还有什么话讲？

皋　：万岁，卑职进最后一言，如执意要发兵，可找一昌乱者斩首，万万不可用刑于众民，望万岁开恩！

神　：（思）嗯……刘将军！

刘　：在！

神　：赐你尚方宝剑，命你发兵临清，找一昌乱者斩首，以儆乱民。此行只许成功，不许失败。如若再出乱子，国法处置。

刘　：谢万岁！

神　：退朝。

　　　　〔神等下。〕

马 ： 刘将军要与我报仇哇！

刘 ： 那是自然。

皋 ： 奸臣！

马 ： 哈……

刘 ： 哼！

皋 ： 哼！

［幕落］

第七场　慷慨就义

地点：刑场

［台中设一桌案，台左设一断头台，刘及兵士等上。］

刘 ： 手持三尺剑，胆壮能戳天！左右！

兵 ： 在！

刘 ： 看颜色行事，先找一乱首，再杀众乱民！

兵 ： 是！

刘 ： 将乱民带上！

兵 ： 是，走！

众 ： （唱）卫运河水波浪翻，

　　　　　大兵压城蔽青天。

　　　　　鹰犬持刀寒光闪，

　　　　　穷工州民遭涂炭。

刘 ： 穷工乱民听着，你们抗税不缴，聚众谋反，杀我卫士，火烧税
署，罪该万死！本应格杀勿论，株连九族，但念其愚民穷工皆是
无知之辈，并家中各有老小，故皇上宽恕，才下旨找一昌乱者斩
首，以儆后犯。谁是领头的，快快讲来！

兵 ： 讲！

众 ： ……

兵 ：大人，他们拒不回答！

刘 ：如果不讲，我将尔等全部杀掉。

众 ：……

兵 ：大人，还是没人讲话！

刘 ：来呀！

兵 ：啊！

刘 ：一个一个地给我审问！

兵 ：是！（将成拉出）出来！

刘 ：说！谁是你们首领？

成 ：……我等没有首领！

刘 ：给我绑了！

兵 ：是！

刘 ：再拉出一个来！

兵 ：（将赵拉出）出来！

刘 ：说，谁是领头的？

赵 ：回大人，杀人放火皆是穷工所干，反乱之时我在家未敢出门，望
大人开恩！

刘 ：这样大事你就没有耳闻吗？如果不讲就要你的狗命！

赵 ：我讲，我讲……我……听说……

众 ：（逼视地）哼！

赵 ：我不知道哇！

刘 ：绑起来！

兵 ：是！

赵 ：苦死我也！

刘 ：（指男）把他拉出来！

兵 ：出来！

刘 ：你给我讲！

男 ：好，我讲！

（唱）无底税逼垮了商号与作坊，

苦煞了俺这些无产的穷工匠。

为糊口找马堂署门把理讲，

马堂他令爪牙放箭把人伤。

就这样激众怒把火放杀狗官分财粮，

既无头来又无首有罪众人当。

刘 ：好你个刁民，我看你就是乱民之首，来呀！

兵 ：在！

刘 ：把他推上断头台斩了。

兵 ：啊！

佐 ：住手！

刘 ：你是何人？

佐 ：穷工匠王朝佐！

刘 ：你有什么话讲？

佐 ：我有几事不明，想请教于你！

刘 ：讲！

佐 ：你听着！

（唱）马中官进州横征暴敛，

逼人命杀穷工才激起民反，

为什么不治罪马堂中官？

却为何对穷工执法酷严？

刘 ：（唱）马大人本是那朝廷命官，

征皇税来临清是受皇上意愿。

自古来刑于民谁敢改变？

自然是对反民执法更严。

佐 ：（唱）这等鱼肉百姓官无法无天，

怎怪得穷工匠奋起反乱？

刘 ：（唱）穷工匠就应该负重负难，

要造反就杀个鸡犬不留。

佐　：（唱）天下的穷工匠怎能杀个完？

刘　：（唱）听你言你就是乱民之首犯。

　　　（白）你到底是不是？

佐　：不是怎样？是又何妨？

刘　：不是你就讲出谁是乱首；如果是的话，那就要乖乖地赴刑场。

佐　：是与不是我自然要讲。

刘　：讲！

佐　：我来问你，你刚才所说是受昏君的旨意，还是你顺口乱讲？

刘　：大胆刁民，这当然是圣上旨意！

佐　：你再重讲一遍！

刘　：如一人赴刑，众民皆放！

佐　：此话当真？

刘　：自然当真！

佐　：将他们放了！

刘　：那谁是乱首？

佐　：我当然告诉与你。

刘　：将他们放了！

兵　：是！

刘　：说，谁是乱首？

佐　：（大呼）我王朝佐！

众　：朝佐……朝佐哥……

刘　：快快绑下，不要叫他跑了！

佐　：慢，好汉做事好汉当，要是跑的话我就不走出来啦！

刘　：（见状）严加看防！

兵　：是！

众　：朝佐……朝佐哥……

玉　：（哭喊）朝佐哥……

（唱）叫一声朝佐哥救命的恩人，

你不能赴法场自灭自身。

你曾经素仗义赠刀济贫，

又曾经抱不平降祸临门。

你为穷工遭苦难于心不忍，

要轻生我替你赴刑灭身。

反正我无牵挂只身一人，

你还有小宝儿和苦命的母亲。

佐 ：玉妹啊！

（唱）切莫多为我悲痛碎心，

这场景我早已料有如今。

（取刀）这竹刀你收起做工糊口，

遇歹人你用它杀贼护身。

今后家中事多劳玉妹，

勤看管小宝儿和我的娘亲。

兵 ：走！

玉 ：朝佐哥……

众 ：朝佐！

（唱）一见朝佐要赴刑，

一时急坏了众穷工，

拼上性命将朝佐救。

刘 ：大胆！

（唱）快给乱民们上绑绳。

都给我绑了起来！

佐 ：住手！把他们放了！

刘 ：这就由不得你了！

佐 ：（逼视）刘大人，刚才是怎样讲的？

刘 ：哼，刚才是刚才，现在是现在。

佐 ：你逆旨而行，不是犯欺君之罪吗？

刘 ：啊，这个……（无奈）把他们放了。

兵 ：是！

　　〔放众人。王母持杖抱婴儿哭上。〕

母 ：朝佐吾儿……朝佐吾儿……

玉 ：（扶母，接过宝）伯母……

佐 ：娘！……（跪倒，母失常地又笑又哭）

母 ：儿啦……

　　（唱）手摸着朝佐儿好似箭穿心，

　　　　　刹那间心血涌站立不稳。

　　　　　那贼子无人性逼死儿媳，

　　　　　而今来又将我娇儿杀身。

　　　　　抛下这孤儿老母无投无奔，

　　　　　倒不如与我儿一起殉身。

　　（精神失常）儿啦！你倒好了，你上了天了……你享福去了……

玉 ：（哭）伯母……

佐 ：娘啊！

　　（唱）老母亲只哭得天昏地暗，

　　　　　你为儿流干了眼泪心血操尽。

　　　　　灾荒年为糊口离开故村，

　　　　　一家人沦为乞丐才把城进，

　　　　　老爹爹身带病进了作坊门，

　　　　　被压死在竹捆下血染沙尘。

　　　　　从此后苦生活全靠老娘亲，

　　　　　哭一声叫一声讨饭走众门，

　　　　　白日里我和娘满街讨奔，

　　　　　到夜晚娘抱我街头来安身。

　　　　　冷一口热一口悲泪难忍，

我的娘用心血拉我成人，

孩儿我本应在世孝敬母亲，

可恨那狗贼子不容生存，

儿一死救众人无怨无恨，

只是哪这老小挂在我心。

母 ：（哭）儿啦……

玉 ：朝佐哥……伯母哇……

　　（唱）只见他一家人泪雨纷纷，

　　　　　这惨景石头人儿也碎心。

　　　　　朝佐哥………

　　　　　你躺在九泉下尽管放宽心，

　　　　　小宝儿老伯母都是我亲人。

　　　　　小宝儿我把他看成亲生子，

　　　　　老伯母我把她看成我娘亲。

佐 ：玉妹呀！

　　（唱）小玉妹一席话看见了一颗心，

　　　　　穷工匠都是那一棵树的根，

　　　　　从今后我家老小多劳小玉妹，

　　　　　我死在九泉下也谢你大恩！

　　　〔佐欲跪，玉扶起。〕

刘 ：时辰已到，推上断头台，斩了。

兵 ：走！

佐 ：娘，玉妹，宝儿……

母 ：（哭）佐儿……

玉 ：朝佐哥……

兵 ：走！

众 ：（哭）朝佐……

　　　〔成、男架着盲人捧酒走至佐前。〕

盲 ：朝佐啊，你是好人哪！谁可怜一个要饭的啊！谁可怜我这个被人瞧不起的苦瞎子啊！朝佐啊，是你拼着性命把我救出来的呀。今天又救了众人，负起这杀身之罪呀！我一辈子也不能忘啊！这是一杯苦黄酒，也是穷工兄弟父老的心！你把它喝下去！

众 ：朝佐，喝下去！

佐 ：好！（作喝状）各位穷工兄弟父老！

（唱）朝佐此生无遗憾，

　　　因有正气在心间。

　　　今日赴刑将首斩，

　　　二十年后，

　　　又是一条男子汉。

兵 ：走！

众 ：朝佐……朝佐哥……

母 ：佐儿！

玉 ：朝佐哥！

　　［佐悲壮地走向断头台，众人跪倒，佐转身亮相，天幕突然出现王朝佐烈士祠堂和纪念碑，同时歌起。］

幕后合唱：啊……

　　　　　卫水滔滔流不断，

　　　　　丹心似火照人间。

　　　　　仗义轻生好儿男，

　　　　　万古流芳美名传！

　　　　　［剧　终］

第七章

小戏剧

补　墙

时间：1977 年麦收时节

地点：鲁西部某农村

人物：大爷——护麦员爷

　　　大娘——大爷的老伴

布景：一个普通的农村家庭院落，台中是住房；台左有枝干劲虬的槐树，树下有鸡窝；台右一堵短墙，与住房相接。墙外麦田无际，丰收在望。

　　　〔幕启：在母鸡下蛋的叫声中，娘身扎围裙喜滋滋地从屋内出，拾鸡蛋。〕

娘　：（手托鸡蛋，欣喜地）哈……

　　　（唱）一阵南风一场暖，

　　　　　　麦子黄梢待开镰。

　　　　　　除了"四害"大变样，

　　　　　　今年丰收胜往年。

　　　　　　老婆子我越过越带劲儿，

　　　　　　幸福的生活节节甜。

　　　　　　俺还养了群"活宝贝"，

肥头头，水灵灵，个顶个的能下蛋，

别提我心里多喜欢。

要想日子好上好，

俺心里还得有个小算盘。

（白）我这群鸡呀，还真能做活哩。你看（托蛋），这鸡蛋喜人不？个又大，沉甸甸，到集上准能多卖钱。要是一天下上十个，一个月就是三百，一个蛋来卖八分，十个就是八毛钱，一百个就是八块钱，这三百个就是三八二十四块钱啊。哟，能换只大绵羊喽！（笑）你看这群傻乎乎的鸡，下完了蛋还在家里挠抓个啥，过去墙就是队里的麦地，管你们吃个饱！（撵鸡）咕……（鸡飞过墙）等会儿回来呀，一个个吃得那小嗉子都得歪歪着。（欲进屋，听到墙外撵鸡声，冲向墙边）谁家的孬小子打俺的鸡呀，你给我出来！

爷 ：（从墙外露出头来，指娘）你呀，你呀！

娘 ：（嗔怪而又心虚地）原来是死老头子！

［娘进屋，爷上。］

爷 ：（唱）太阳出来金灿灿，

斗争迎来艳阳天。

中央粉碎"四人帮"，

全国农业大发展。

风吹麦田翻金浪，

一片丰收在眼前。

思想解放干劲大，

我老汉，我老汉自告奋勇当上了护麦员。

（白）这护麦员可不简单哪，站得要高，看得要远，提高警惕，护守要严，防火防盗，还要防鸡刨狗啃哩！自己家的鸡要是管不住，再去说别人，这气就不粗！

（进院）我说他娘！

娘　：咋？

爷　：你说说，咱是喂鸡呀，还是放鸡呀？

娘　：看你说的，咱是喂鸡呀。

爷　：噢，是喂鸡呀？

娘　：啊！

爷　：喂鸡你不给它粮食，叫它飞过墙去，吃队里的麦子。

娘　：那鸡是活的，我能成天抱着它呀？

爷　：我给你说过多少回了，过了墙就是队里的麦地，到了嘴头上的粮
　　　食，可千万别让鸡给糟蹋了，可你就是不听啊！

娘　：噢，那带腿的我还管不住哩，这带翅膀的我就能管得了了？

爷　：我看不是管不了，是思想有问题！

娘　：思想有问题？

爷　：（肯定地）对！

娘　：有啥问题？

爷　：要是有一心为公的思想，别说是只鸡，再大的困难也能克服；要
　　　是揣着一肚子私心，只想沾光投机，那连他自己也管不住哇！

娘　：那好，我有私心，我管不了，就叫你这一心为公的管吧！

爷　：这就是你的态度呀？

娘　：什么态度不态度的，我没办法管！

爷　：你没办法管？

娘　：嗯。

爷　：咳！咳！你没办法我还倒有个办法哩！

娘　：什么办法？

爷　：宰了它！

娘　：（一惊）啊？什么，什么？我看你敢动我的一根鸡毛！

爷　：好！你看看吧！（拿铁锨做打鸡状）

娘　：（挡）死老头子，你想干啥？

爷　：你不是管不了吗？

娘 ：（夺过锨去）那也不能给打死啊！

爷 ：嘿……你寻思我真会打死它们吗？

娘 ：那……你拿着锨舞扎个啥？

爷 ：我是想把墙垒高点，这鸡不就过不去了嘛！

娘 ：（长出一口气）啊……

爷 ：他娘！

　　（唱）我是队里的护麦员，

　　　　　以身作则理当然。

　　　　　自己的鸡犬管不住，

　　　　　咱批评别人舌头短。

　　（白）走，垒墙去！

娘 ：我说老头子，你怎么这么死心眼啊！这鸡下了蛋你就不吃了？卖
　　　了钱你就不花了？攒巴攒巴买台缝纫机你就不用了？

爷 ：噢！攒鸡蛋还能买缝纫机？

娘 ：我早算过啦，照这样下去，攒个一年，买缝纫机是不成问题呀！

爷 ：你还真有本事哩！人家要问，你这是用啥钱买的缝纫机呀？

娘 ：卖鸡蛋的钱呀？

爷 ：你都喂它啥呀，这么能下蛋？

娘 ：这……咳！要不说你是个死心眼哩，咱自己的事还能给人家外人
　　　说吗？！

爷 ：嗯……对，对，对。

娘 ：哎，老头子，我寻思着，咱要是买台缝纫机，揽些零活，再扎个
　　　车搭、坐套什么的，一年也能赚它个三百两百的。

爷 ：你在这家里铺排了这么一大摊子，外加着赶集上店又买又卖，队
　　　里的活你还干不干呀？

娘 ：只要有了钱，咱不会买工啊！（自乐）队里呀，我就脱产喽！

爷 ：（挑逗地）你还真有些门道哩！

娘 ：看你说的，这是我的小——计——划——

爷　：呸！投机取巧，自私自利！

娘　：你这个死老头，就你好！

爷　：哼！

　　（唱）你这是沾光取巧坏思想，

　　　　　要马到悬崖紧勒缰。

　　　　　社员人人要都像你，

　　　　　指望着什么多打粮！

　　（白）咱还是把墙垒高，把鸡管起来！

娘　：要弄你自己弄去，我还得种我的南瓜哩！

爷　：好，我自己来！

　　［爷培土垒墙，墙渐高，娘用小镢刨南瓜坑，不时看墙。片刻，
　　墙垒完，娘、爷：（同时）哼！爷下，娘扔掉小镢。］

娘　：（唱）老头子真是个死心眼，

　　　　　诚心给俺找麻烦。

　　　　　这点便宜也不让沾，

　　　　　我的计划可怎么办？

　　（白）哼，他会垒我就不会扒了？对！给他扒了！（欲扒又回）
不行啊，老头子回来不给俺干仗呀！这可怎么办呢？（观墙，垫
砖看墙外）哎，他把墙加高，我就不会把地加高吗？对呀，窍门
真不少，就着你找不找啦！嘻……（叫鸡）咕……

　　（唱）我这些活宝贝真是喜煞人，

　　　　　一个个伸头竖脑多精神儿！

　　　　　没尾巴，大长腿，下蛋大，

　　　　　咕咕头，花翅子，下蛋勤，

　　　　　我看见它们心里就乐呀，

　　　　　它们是我的小心肝。

　　（白）老头子对你们不好哇，我可疼你们哪！这房高梯子长，还
愁过不去墙啊！我保证让你们吃上香喷喷的新麦子，只要你们多

给我下蛋就行啊！（搬东西放墙脚回头唤鸡）咕……咕……（笑）……还真过去了哩！（对外）老头子他寻思他有关门计呀，他没想到我还有跳墙法哩！（笑，搬走东西，进屋拿一小破布口袋上）哎呀！这些该死的老鼠把瓜种都给我偷吃了………

　　　（墙外撵鸡声，鸡飞过墙）看来这个死老头子是诚心找别扭啊！

［娘把口袋摔在石桌上。爷上，看墙。］

娘　：你看啥？这鸡不是在院里嘛！

爷　：刚才怎么墙外又有鸡呀？

娘　：那你就认准是咱家的啊？

爷　：不是就在咱家墙头上出去吗？

娘　：噢，你这当护麦员的就光守在墙外头等着撵咱家的鸡呀！

爷　：不守在墙外头就看不见了？这护麦员的眼是干啥使的？我老远就看见你撵得鸡往外飞！

娘　：谁撵的？！

爷　：还不承认！

娘　：俺可没撵！

爷　：没撵，那鸡就会排着队往外飞吗？

娘　：我看你是诚心找别扭！

爷　：我看你是诚心找麻烦！

娘　：你有能耐，你把它们管住！

爷　：我当然得管了，不光管住鸡，还得管住人哪！

娘　：人怎么了？你把话说清楚点！

爷　：这不很清楚吗！哼！

　　（唱）喂鸡舍不得给谷米，

　　　　　撵过墙去吃队里的。

　　　　　下了鸡蛋自己要，

　　　　　你说这是啥问题？

娘 ：啥问题？鸡是活的，哪里有食哪里去，谁管得着！

爷 ：好！人更是活的，护麦员是哪里有鸡往哪里打，打死活该！

娘 ：（背）哎哟，我那娘哎！要想拉过老头子来，看来还真得费点劲

　　哩……不要紧，我有办法。

　　［娘进屋。］

爷 ：要想把她的私心斗跑，看来还真得下点功夫哩！

娘 ：（一手提酒壶，一手端咸鸡蛋）老头子，你护麦有功，这么大年

　　纪了，一天到晚在地里跑，我犒劳犒劳你，来！喝两盅，解

　　解乏。

爷 ：怎么，想行贿呀？哼！你少给我来这套！

娘 ：啊！你当俺这东西是扔不出去了咋的？不吃拉倒！（欲拿走）

爷 ：（夺过酒壶，倒一盅，一饮而尽）嗯！不错！

娘 ：（有希望地）来，吃个咸鸡蛋。

爷 ：不吃。

娘 ：咋啦？

爷 ：不好吃！

娘 ：我说，你是憨了还是傻了，这一兜油的咸鸡蛋还有不好吃的？

爷 ：这吃队里的麦子生下来的蛋，我吃着没滋味，心里打扑腾啊！

娘 ：我说老头子，你怎么这么死心眼！在咱自己家里就没点私情话

　　了，咱有这个方便，家就住在村头上，过去墙就是麦地，再说，

　　你又是护麦员，你不嚷嚷谁知道哇！

爷 ：别说了！你有这种思想，我都替你丢人。

娘 ：丢人？咱一不偷，二不摸，三不搞投机倒把，丢啥人？

爷 ：丢啥人？哼！

　　（唱）别看办法不一样，

　　　　　实质可是一样脏。

　　　　　都是破坏集体肥自己，

　　　　　资本主义的坏思想！

娘 ：（唱）老头子你先别上纲，

　　　　两件事情不一样。

　　　　一个是投机倒把犯国法，

　　　　咱这是合情合理地沾点光。

爷 ：沾光还有合情合理的？你这是在哪里造出来的理啊！亏你说得
　　出口！

娘 ：噢，这日子是我自己过的？起五更睡半夜，东跑西颠地张罗，我
　　是为了个啥？还不是为了咱家吃得好点，穿得好点吗？谁家的老
　　头子像你这样胳膊肘子往外拐呀？你就往外拐！（擦泪）

爷 ：嘿，你寻思着哭一哭我就心软了？甭想！

娘 ：咱不过日子那还不好说吗！赶明儿把鸡都宰了，把房子都扒了，
　　把东西都卖了，拿着钱下饭店去！（拿酒具、鸡蛋欲进屋）

爷 ：你吓唬谁呀？别说是扒房拆屋，就是分家我也不怕你！

娘 ：分就分，分开没你管，俺过得更好！

爷 ：噢！你寻思着分开后，你那鸡出去吃队里的麦子就没人管了是
　　不？我告诉你，没门！

娘 ：哼！

　　　［娘进屋，爷拿着疙针插在墙上。］

爷 ：（边插边自语地）我叫你自私！我叫你沾光！我叫你投机取巧！
　　我叫你……我告诉你，你要是再把鸡放出去，咱就不客气了！
　　　［爷下。］

娘 ：（慢慢开门，见墙）啊！

　　（唱）一见疙针插上墙，

　　　　好似扎在我心上。

　　　　老头子做事心真狠，

　　　　把门路堵得个精光光。

　　（白）这一下子可真完了……要寻思起来，这也是件不光彩的事。
　　唉，不行就算了，自己养鸡自己喂！（进屋拿米，喂鸡）咕……

（撒米）哎哟，我的娘哎，这群死东西还真能吃哩，一捧粮食几下子就吃完啦，这得多少粮食喂它们呀！不行，还得想法撵出去！（看墙）唉，这可怎么呢？（见鸡上了桌子）哎呀，你看这群死东西，简直是闹翻了天！咕……（用破口袋撵鸡，受启发），哎……（指袋）这老鼠偷吃瓜种把口袋咬了个窟窿，这鸡出去吃麦子，我就不会在墙上挖个洞吗？对呀！

（唱）这个办法实在好，

神不知来鬼不觉。

放鸡出去再把洞堵，

老头子他想不到来看也看不着！

（白）怪不得俗话说"车到山前必有路"，还真是这么回事哩！对！我得赶紧动手。（挖洞）好了！咕……（堵洞）还真行哩，有了这一招啊，我那小算盘又该拨拉拨拉喽！嘻……

（唱）吃不穷，穿不穷，

盘算不到要受穷。

小算盘就得紧拨拉，

日子越过越火红。

嘻……

〔爷上，娘慌乱。〕

爷 ：你这是干啥？

娘 ：（见镢把倒了）咳，都把我闹糊涂了！（爷看墙，娘慌忙地）你还看个啥？这鸡还能飞过去吗？

爷 ：鸡呢？

娘 ：……我把它们关起来啦！

爷 ：我看看！

娘 ：（拦）老头子，你不相信咋的？我这么大年纪了还编瞎话啊！

爷 ：哼！

（唱）要看鸡来她不让，

　　　　　　　装腔作势把人诬。

　　　　　　　小鸡明明在墙外，

　　　　　　　不知她又搞啥名堂？

娘 ：（唱）老头子对我光打量，

　　　　　　　闹得我心里直发慌。

爷 ：（唱）我还得把办法想，

　　　　　　　定叫她砸了罐子漏了汤。

　　（白）这鸡我是抓到了，可要想弄清楚鸡是怎么出去的，我还得
　　想个办法叫她说出来哩。（坐下叹气）唉！

娘 ：你这是咋啦，唉声叹气的？

爷 ：（更大声地）唉！

娘 ：我说，你到底是咋啦？

爷 ：难啊！

娘 ：有啥难事啊，愁成这个样子？

爷 ：你不知道哇！

娘 ：有啥事，你说说，不行咱好想个办法！

爷 ：好！我给你说说吧！刚才我护麦来到村东头，见一群鸡正在地里
　　吃麦子，我一看啊……是"老净"家的。

娘 ：老净家的？

爷 ：啊！

娘 ：我怎么不认识这个人啊？

爷 ：咳！就是那小嘴巴巴的，能说会道的外号"净沾"家呢！

娘 ：俺不认识！

爷 ：你平时不开会、不出门，这么大个村子，不认识一个人还稀
　　罕啊？

娘 ：怎么啦？你说吧！

爷 ：我一看是她家的鸡，我找她去了，她死不承认。她说，你看俺这
　　墙这么高，这鸡还能飞出去吗？

娘 ：（有触动地）她家那墙和咱家这墙一样高吗？

爷 ：嗯，差不多。

娘 ：（警惕地）那是飞不出去了！

爷 ：她也是这么说。她说你检查吧，就俺家这墙，鸡要是能飞出去，我输给你点什么。我说，好了，今天我要检查不出来呀，我输给你点什么。

娘 ：检查出来了吗？

爷 ：唉，没有呢！

娘 ：没有就算了？

爷 ：不行啊，还输着东西哩！

娘 ：输的啥？

爷 ：鸡。

娘 ：什么？

爷 ：五只老母鸡！

娘 ：啊，五只老母鸡？我说死老头子，你输什么也不能输鸡呀！那不行！

爷 ：不行？你有办法？

娘 ：我……没有……

爷 ：唉，那就只好输给人家了！

娘 ：你就没有仔细看看她家那墙啊！

爷 ：我仔细看了，啥也没看出来呢！

娘 ：她家那墙上……有没有……

爷 ：有啥？

娘 ：（警惕地）……不知道……

爷 ：唉！这五只老母鸡算输定了，真心疼啊！

娘 ：咱输点别的不行啊？

爷 ：不行啊，咱给人家讲的是鸡！

娘 ：这……老头子，你看看她那墙上有没有个……

爷 ：啥？

娘 ：……

爷 ：你快说啊！

娘 ：……洞……

爷 ：噢……（拍腿）对呀！这可真得谢谢你啦！

娘 ：瞧你！咱俩还客气！

爷 ：哈……

　　（唱）她的把戏被说破，

　　　　　她的算盘落了空。

娘 ：（唱）他真真假假难分辨，

　　　　　闹得我心里直扑腾。

爷 ：哈……（有意支走娘）哎，你给我倒碗水来。

娘 ：唉！（欲走又回）老头子，还是你自己到屋里喝去吧，桌子上有
　　　茶，橱子里有糖，喝啥水随你的意。

爷 ：（有意地）……好，好！

　　［爷进屋，娘把门关上。］

娘 ：（捶胸）这个死老头子，刚才说的好歹不是我吧，我得赶紧把洞
　　　拾掇拾掇，别叫他看出来！

　　［娘拾掇洞，爷慢慢开门，见状，咳嗽两声，关门。娘惊得蹲墙
　　　脚挡洞，见无人，站起，拿袋子掸身上的土，警觉地又看，忙装
　　　缝口袋掩护，两人对视。娘苦笑，爷冷笑。］

爷 ：我说他娘，咱家也有个洞吗？

娘 ：（惊）没有！（针扎手）

爷 ：啊？

娘 ：没有，真没有！（甩手）

爷 ：（笑着指口袋的洞）你看，这是什么？

娘 ：啊……（出一口气）咳……我把它给忘了。这该死的老鼠把瓜种
　　　都给偷吃了！

爷　：这么多瓜种都偷吃了？我不信。

娘　：一天偷一点，时候长了还偷不净啊？

爷　：噢！对，对！是这个理。你说这偷吃瓜种的老鼠可恨不可恨啊？

娘　：这还用说？我都恨死它们了！

爷　：要打个比方的话，可有些人就有点像这老鼠呀！

娘　：啊？

爷　：这种人啊，不管集体只顾个人，见了集体的东西就眼红，恨不得
　　　一下子吞到自己肚子里才痛快哩。你说是吧？

娘　：你别敲鸡震狗的，你这是说的谁呀？

爷　：哈……怎么？你心惊了？我是说"老净"家的这样的人。

娘　：老净家，老净家，你不去给她说，给俺叨叨个啥？

爷　：咳！咳！你看，你看，你这是想到哪里去了。（有意地）在咱自
　　　己家里就没点私情话了，我是想叫你给我出个主意，看看咱怎么
　　　对付她。

娘　：要是这么说啊……

爷　：啊？

娘　：我就放心了。

爷　：啥？

娘　：老头子，有啥事你就尽管说吧！

爷　：你还真痛快。唉！我要是查出她那个洞来，她不认错怎么办呢？

娘　：那……你就不会给她讲理啊？

爷　：讲理？她那小嘴巴巴的，讲不过她啊！

娘　：讲不过她，她会说啥？你学学我听听！

爷　：好！你听着！

　　　（唱）护麦员同志你别着急，
　　　　　　全村谁家不喂鸡？

娘　：（唱）喂鸡应当在家里喂，
　　　　　　不应该撺过墙去吃队里的。

爷 ：（唱）队里的麦田这么多，

　　　　　吃上一点又怕啥？

娘 ：（唱）队里再多也是集体的，

　　　　　自己不能占便宜。

爷 ：（唱）一只小鸡能吃多少？

　　　　　这根本算不上大问题。

娘 ：（唱）莫看小鸡吃得少，

　　　　　天长日久量也不小。

爷 ：（唱）管它集体不集体，

　　　　　自己沾光就可以。

娘 ：（唱）你损公利己私心大，

　　　　　这种思想该狠狠批。

　　　（白）你只要这么一说啊，不怕她不认账！

爷 ：哈……你还真行，这些道理你懂的还真不少咧！

娘 ：看你说的，小喇叭上成天广播，难道这点道理还不懂吗？

爷 ：噢……对！我把她的鸡给抓住了！

娘 ：（一惊）抓住了……你看准了吗？是她家的不？

爷 ：咳！没错！

娘 ：啊……那就放了吧！

爷 ：不行啊！她还说我呢。

娘 ：说咱啥？

爷 ：她说，咱家的鸡也往外放了，怎么不抓咱家的鸡？

娘 ：这个死老婆子！

爷 ：是啊，我说俺那是过去的事了，现在俺家那鸡都管好了，可你这鸡还放着哩，咱公事公办，我把它送到队里去。

娘 ：对！这个死老婆子，家里的鸡吃队里的麦子还有理啊！送到队里！

爷 ：这么说，你是支持我了？

娘　：你办得对，我支持你！

爷　：好！我把它送到队里去……（欲走又回）我说，你……可别后悔呀！

娘　：看你说的，你抓她家的鸡，我……哎，老头子你抓的都是啥鸡？

爷　：有没尾巴、大长腿、咕咕头、花翅子什么的，还真不少哩。

娘　：这些鸡在哪里？

爷　：在咱房后的篓子里。

娘　：我去看看。

　　　［娘急下。］

爷　：哼！（唱）

　　　　　盖子眼看要揭开，

　　　　　她弄巧成拙难下台。

　　　　　我要打好主动仗，

　　　　　把她的错误思想扭过来。

　　　［娘上。］

娘　：我说老头子，这鸡不能往队里送。

爷　：怎么？

娘　：就饶她这一回，让她以后改了不成吗？

爷　：那不行，不治她一下她不会改的！

娘　：她会改的！

爷　：她不会改的！

娘　：她会改的！

爷　：我说，你怎么光替"老净"家的说话呀？

娘　：老头子……我……

爷　：你怎么啦？你刚才不是挺支持我吗？

娘　：这鸡……

爷　：这鸡怎么啦？

娘　：（无奈地）这是咱家的鸡。

爷：哼！我早知道这是咱家的鸡。你看看你这思想发展到什么地步了！说别人也能讲一套大道理，为什么轮到自己身上就变了呢？两只眼睛瞪得这么大，就是看不见社会主义！看不见集体！你看看大伙，自从打倒了"四人帮"，谁不是把心放到集体上，把劲用到大干上？咱怎么光抱着自己那个小算盘拨拉呢！

娘：唉！我原先只想咱一不偷二不摸，就几只小鸡能吃队里多少粮食啊！

爷：这一只小鸡吃上一次两次是吃不了多少，可这么多鸡，日子久了就吃出数来了。（指袋子）就像这瓜种一样，一只老鼠偷吃一次两次，这么多瓜种怎么也吃不净啊。也不光咱家有鸡，这全村的鸡要是都放出来，全国的鸡都放出来，国家一年就损失多少亿斤粮食啊！他娘，你想过没有，要都像你这样，咱那农业机械化啥时候能实现啊！四个现代化啥时候能实现啊！

娘：唉！

（唱）这些话老头子说过多少遍，

　　　今天我才觉得可口甜。

　　　老头子站得高来看得远，

　　　我只见小天小地小家园。

　　　越思越想越痛心，

　　　我不该私字迷心路走偏。

爷：（唱）咱擦亮眼睛朝前看，

　　　莫让私字把身缠。

　　　要维护社会主义的大家业，

　　　跟着党中央革命到底永向前。

娘：是啊！老头子，我还真办了件不体面的事哩！

爷：啥事啊？

娘：你来看！（抽坏亮洞）

爷：哈哈……刚才我都看见了。

娘 ：（羞愧地）嘿！咱把它堵死吧！

爷 ：对！不光要堵死墙上的洞，更重要的是要堵死思想上的洞啊！

娘 ：对呀，老头子你说得对呀！

爷 ：哈……以后这鸡？

娘 ：我好好管起来，保证不再让它们吃队里的粮食。

爷 ：鸡下了蛋呢？

娘 ：卖给国家。

爷 ：攒下钱？

娘 ：存到银行里，支援社会主义建设。

爷 ：哈……这就对了嘛！

娘 ：老头子，以后我也要下地参加劳动。

爷 ：好！知道错了，改了就好！饶了你这次，把鸡还给你。

娘 ：先别！

爷 ：咋？

娘 ：等开群众会的时候，我先把它提到队里做检讨，也好教育教育
大家。

爷 ：哈！你还真行哩！

娘 ：哈……

爷 ：（会心地同笑）哈……

　　〔幕落〕

（临清市文化馆创作组创作，王子华执笔，1978 年赴省会济南演
出，此处略有改动。）

石柱招亲

（根据同名小说改编）

时间：全国实行家庭联产承包责任制前夕的一个春天

地点：鲁西部某农村

　　［幕启：社员石柱的屋内有旧式的桌凳。有一间里屋。姨拎包袱上。］

人物：石柱——社员，26 岁（柱）

　　　二姨——45 岁（姨）

　　　石柱爷爷——70 岁（爷）

　　　杏花——石柱对象（花）

　　　杏花娘——43 岁（娘）

姨　：（唱）常言道一拃没有四指近，

　　　　　　再亲亲不过亲姐妹。

　　　　　　外甥如今没对象，

　　　　　　还得我这当姨的来操心。

　　　（白）要不是看在俺早死的姐姐的面上，外甥这个媳妇我是不管了。　（对观众）你是不知道俺外甥那嘴巴，一遇事净碾子砸磨——实打实（石打石），连个瞎话也不会说。这要能娶上媳妇来呀——哼！没门呀！（进屋）大叔！

　　[爷从屋里拄拐杖上。]

爷　：他二姨来啦！

姨　：来啦！大叔你的病好些了吧！

爷　：咳！陈病！好好歹歹。今儿怎么来得这么早哇？（爷坐）

姨　：还不是为了咱那傻柱子？我又给他说了一个。

爷　：那好哇！哪里的？

姨　：北边杨庄的。

爷　：咳！柱子没爹没娘，这也是你的一块心病。

姨　：说成了也了了俺一条心事。

爷　：是呀！给人家那头说好了吗？

姨　：已经说好了，今儿就来见面！

爷　：今儿就来？

姨　：可不！人家她娘喜得不得了。

爷　：呀！咱也没准备。赶紧把柱子从地里叫回来。

姨　：大叔，等柱子回来你可得好好说说他，再也不能见面就说实
　　　话啦！

爷　：可不是嘛！我这嘴不行，你说说他，他听你的。

姨　：因为他那张嘴散了几个啦。卖瓜的还不喊瓜苦哩，再说，这是说
　　　媳妇啊！光说实在的，谁肯上咱家来？

爷　：咱柱子就是那个老实样。他姨，等柱子回来你好好开导开导他。
　　　[姨整包袱，柱扛锨上。]

柱　：（唱）我从小就是不爱扒瞎话，

　　　　　　可不扒瞎话连个媳妇也娶不到家。

　　　　　　这到底是好还是坏呢？

　　　　　　反正是说了几个搞散了几个。

　　　（白）咳！散就散吧！（进屋）姨！你早来了。

姨　：来啦，来啦，柱子啊，快准备准备！

柱 ： 干什么？

姨 ：（唱）我跑断了腿走肿了脚，

外甥的亲事姨挂着。

好不容易又找了个俊姑娘，

我一早赶来把信报。

（白）我又给你找了一个。

爷 ： 你姨又给你说了个媳妇，你这回可得好好听话。

姨 ： 这回，要是再因为你那张嘴砸了锅，我一辈子也不管你的事了。

爷 ： 听见了吗，柱儿？

柱 ： 嘿……姨！她是哪里的？

爷 ： 北边杨庄的！

姨 ： 今年二十三了，我仔细看了五遍，嗨！细高挑，白净面，弯眉大眼，直鼻子小嘴，不笑不说话，一笑两酒窝，就和画上的俊女差不多哟。

爷 ： 可好啦！哈……

柱 ： 姨！咱这个样的，人家能愿意？

姨 ： 愿意！不瞒你说，这闺女好得拔尖，提亲的挤破了门。不知为啥，她娘愿意的姑娘摇头，闺女点头的她娘又不愿意。我当面和她娘说了咱的条件，她娘喜得合不上嘴，非要当面相亲。说好了今儿就相亲，一会儿就来！

柱 ：（心慌）一会儿就来？

姨 ： 一会儿就来怕什么？还没见面又怵头了？

爷 ： 别害怕，好好听你姨的。

姨 ： 你要是把杨杏花娶回家来，准把你村上的小伙子都给馋死。

爷 ： 这么好的姑娘，柱儿可得搞定她啊！

柱 ： 姨！怕不行。

姨 ： 啥不行？

柱 ：（唱）人家的条件这么好，

咱的条件这么糟。

谁家不把高枝攀，

哪有凤凰住鸟巢？

姨 ：（唱）说你憨来你就是憨，

新式的窗户缺道道。

要像你这么死心眼，

一辈子甭想把媳妇找。

（白）今儿一切都听我的，快快换衣裳。

柱 ：（推托）姨！这……这……

姨 ：这什么？这回要是再吹了，我非扇你不可！这是你表哥的衣裳，穿上（逼柱穿）；这手表和钢笔是你姨夫的，戴上（给柱戴上）；这块手绢是你表妹的（给柱装兜里），等姑娘出汗的时候递过去，我自有话说。

柱 ：（想争辩）姨……

姨 ：（逼视）啥？

柱 ：……

爷 ：柱儿，听你姨的，她这是为了你好！

姨 ：（看柱）嘿！真是人配衣裳马配鞍哩。你看多好的小伙。这回相亲咱得立个规矩，只许你看，不准你说话。

柱 ：（抓抓后脑勺）姨！我又不是哑巴。

姨 ：不是哑巴也不行，一切由我当姨的顶着。不管人家问你什么，不准你张口回答，只准你笑着点头。听见了吗？

爷 ：柱儿听见了吗？听你姨的啊！

柱 ：姨，上哪儿去相亲？

姨 ：就在这里！

爷 ：在咱家？

姨 ：在咱家也不能说是咱的家。你看这个脏哟这个乱哟，到时候我自有话说。大叔，等一会儿你藏到里屋去。

爷 ：哦！

柱 ：你可别说假话骗人家。

姨 ：又来了！不说点假话能娶上媳妇吗？你倒说实话，吹了几个啦？
要不就得打一辈子光棍！

爷 ：柱儿，听你姨的。

姨 ：赶紧洗洗脸、梳梳头、擦点雪花膏，等人家来了，别忘了沏茶倒
水。千万记住，别说话，我到村头迎迎人家去。

柱 ：姨！人家愿意吗？

姨 ：别瞎想了，保证没事。我走了啊！

　　〔姨下。〕

爷 ：柱儿，还不快拾掇拾掇，一会儿人家就来。沉住气，别慌张，精
神点，沏好茶等着。这回可好歹要糊弄成它！

柱 ：又是糊弄。

爷 ：没听你姨说吗，不糊弄能成吗？别犟了，叫爷爷过过好日子吧！
（外边有人声）快！来啦！

　　〔爷进屋，姨引娘、花上。〕

姨 ：老姐姐，就是这里，就是这里。慢点，姑娘慢点。

娘 ：大妹妹先走。

姨 ：（介绍）柱子，这是你大娘，这是杏花姑娘，（见娘看屋）这是
柱子他二叔的几间房子，孩子多，不好过。请坐，请坐。

柱 ：（不知所措地）……

姨 ：这就是俺外甥石柱子……

娘 ：噢！

　　〔娘端详，花偷看。姨暗示柱倒水。柱递水，姨递烟，娘、花都
表示不会。〕

姨 ：哈……老姐姐，叫你亲自跑了十多里路，俺这心里可真过意
不去。

娘 ：大妹妹，别见外，谁叫咱欠了儿女的债哩！

姨 ：是啊！是啊！老姐姐，还有杏花姑娘，既然不见外咱就把话说明吧！俗话说，百闻不如一见。这不，俺外甥就坐在跟前，我这当姨的不是王婆卖瓜，俺石柱要是不好，我也不敢往桌上摆。看吧，看不中我兜着。

娘 ：（笑）……大妹妹说的是啊！

姨 ：嗨！就说石柱这个名吧！听起来有点别扭，可是个好名哟——实心实意的意思。不信你在村里打听打听，谁不说咱外甥好脾气，知老知少，知痛知热。

娘 ：是啊！是啊！还是实在人长久。

姨 ：按理说，新社会婚姻自由，年轻人看对眼就行，不该讲什么条件。可现在都在讲，咱也别例外。俺外甥条件也不差，是公社小工厂的技术员……

柱 ：（心头一炸刚想更正，瞧见姨威严的眼光没敢动）……

娘 ：噢，是个工人好啊！石柱啊，你厂里……啊……都挺好吧？

柱 ：（刚想张嘴，被姨悄悄踢了一脚，只是笑着点点头）……

姨 ：哈……俺外甥可是个……是个谦虚的人哪！小工厂记满分不说，每月还领七八十块奖金哩！

柱 ：（如坐针毡）……

娘 ：是啊！是个工人就比社员强，家里生活挺富裕吧！

姨 ：那还用问，俺石柱是吃不愁穿不愁，家里是鸡鸭成群、粮满缸衣满柜，银行里还存着千把块钱哩，哈……

娘 ：（喜出望外）噢！哈……

［柱子刷地站起来，吓了杏花娘俩一跳。二姨用力抓住石柱。］

姨 ：俺外甥就是这个实在劲儿，夸夸富怕啥，就是富嘛！别谦虚了。

娘 ：哈…是啊！富了不算丑……大妹妹，我听说家里还有个爷爷……

姨 ：对，对，对，是有个爷爷。提起他爷爷来，那腰板可真叫壮哩，到现在起早睡晚，打里打外，喂鸡喂鸭，一会儿也不闲着，啥活也会干，啥饭也会做。那个脾气啦，是出了名的绵羊，东邻西舍没红过脸，亲戚朋友没说过硬话，嗨！这几年是越活越年轻了，就等着孙媳妇进门，当孙女待承，张着两手要抱重孙了！哈……（娘笑弯了眉，杏花低头羞红了脸，柱子急得直出汗，慌乱中掏出表妹手绢想擦汗，被姨借机夺过去递给杏花。）

　　这不，咱外甥还给你带来件小礼物——嫦娥奔月。别看人老实，他也知情知爱的哩。我说老姐姐！

（唱）俺这外甥真实在，

　　　　肚子里啥都有就是道不出来。

　　　　一块手绢看透了心，

　　　　老实人更知疼和爱。

娘　：（唱）是啊！是啊！

　　　　老实人话少我不怪，

　　　　只要知里又知外。

　　　　过了门两人别打架，

　　　　也省得当娘的挂心怀。

姨　：老姐姐，你放心吧！保证错不了！（背台）得赶紧收场，要不夜长梦多！老姐姐天也不早了，话说得也不少了，俺和外甥到外边去一趟，一会儿就回来。老姐姐你娘儿俩也合计合计，给我个信。

娘　：那好！那好！

　　　〔姨、柱子出屋。〕

柱　：姨！你怎么说假话骗人……

姨　：（捂住柱的嘴，朝石柱背上打了一巴掌）别嚷嚷！你要说实话，谁跟你？去，到代销点打瓶好酒，晌午成个席，一喝一吃，一切都没事了。

柱　：穿这身衣裳我不去！

姨　：好！你不去我去，你到那边待一会儿，等我回来一块进去听信。听见了吗？你要露了底我非扇你不可！

［姨下。］

柱 ： 嘿！

（唱）名叫石柱心不实，

我怎能做这种人？

假话骗了这姑娘，

误人家青春丧良心。

嗨！

［柱子下。］

娘 ： 妮儿，你看怎么样啊？（花低头不语）你倒是说话呀？

花 ： 我对他还不了解……

娘 ： 这不说得挺清楚吗？人也看了，条件也摆了，还有啥不了解的？

花 ： 怎么啥事都是他姨代他说，他自己怎么不说话呀！

娘 ： 嗨！我当是怎么回事哩！妮儿来你别多心了，人家是贵人不多
言，这说明人家有出息。

花 ： 什么贵人不多言，说不定是个哑巴！

娘 ： 哑巴？哈……我的妮儿来！

（唱）你不要吹着浮土找裂纹，

不多言更显得有厚道劲儿。

这条件打着灯笼也难找，

乖孩子千万别错这个人。

（白）妮儿来，你说对吧！

［姨拎酒上。］

姨 ： 柱儿！柱儿！（不见人）噢！

（唱）找不到柱儿我心里喜，

看样子一定在屋里。

别看俺外甥人老实，

老实人办事更心急。

（白）我赶紧看看去，（进屋）老姐姐，杏花姑娘，叫你们久等

了……

娘 ： 没啥！没啥！（见酒）俺来了还给你添麻烦！

姨 ： 老姐姐，别客气。这还不是应该的吗？今儿中午咱老姐儿俩得喝两盅……（见没柱子，背台：这孩子上哪儿去了呢？转身）老姐姐、杏花姑娘刚才你们……

娘 ： 商量好了，只要石柱愿意我们就……没意见了。

姨 ： 哈……老姐姐……

（唱）老姐姐真是个爽快人，

　　　又有眼力又有心。

　　　等到俺杏花过门后，

　　　准把你接来尽孝心。

娘 ： 嘿！……大妹妹真会说话，你一张嘴就戳到人家心窝子里去了。

姨 ： 老姐姐，这不是我的嘴巧，而是实在理儿。哈……老姐姐、杏花姑娘你们先坐会儿，我把俺外甥叫来，咱一块喜欢喜欢……（随说出屋）柱子……

［姨下。柱子望着姨走去的背影，上。身穿原来的衣裳，拿着表哥的服装，心里极不平静地蹲在屋外。屋内传出杏花和娘的争论声。］

娘 ： 妮儿来！你倒是哪里还不称心啊？！

花 ： 娘！柱子一句话还没说你就答应了……你不该答应得这么快呀！

娘 ： 嗨！妮儿来！

（唱）当娘的经事比你多，

　　　你一个孩子家知道什么？

　　　像这样的好条件，

　　　他就是哑巴咱也认着。

花 ： 娘！

（唱）我不管他的工资多和少，

　　　是工人是社员我不嫌乎。

只要是人品正知疼知热，

今后的日子才能红火。

就这样没见吐出半个字，

我心里老装着没底的锅。

（白）还没看见点啥，咱就把话扔出去了，这是闹着玩的吗？

271

娘 ：怎么？像这样条件，咱不快定下来，说不定人家还有变哩。一个大工人娶个小社员还不挑着拣着的呀！

花 ：就这样匆匆忙忙地订下来，我不同意。

娘 ：同意不同意不能光由着你的性子来，我还能把你往火坑里推？

花 ：甭管怎么说，就这样，反正我不答应。

娘 ：妮儿！你真想叫娘生气啊！

（唱）我从小把你拉扯大，

没想到不听娘的话。

这门亲事算订死啦，

今儿我就要当当家！

花 ：娘……

［花抽泣。柱子大步走进来。］

娘、花：（吃惊地）你……

柱 ：大娘、杏花，我是柱子啊！

娘 ：你这是……

柱 ：大娘！

（唱）俺姨说的净假话，

骗了你们母女俩。

我觉着心里不得劲，

咱一定解开这疙瘩。

娘、花：啊……

花 ：那你说说怎么回事。

［姨上。站在屋外听，惊。］

柱 ：刚才，那衣裳是俺表哥的，手表是俺姨夫的，手绢是俺表妹的。我是社员不是工人，弟弟上学，爷爷有病。事事花钱，哪里有什么存款。这房子也是俺的，我认定了，凡事都要说实话，说了假话丧良心。我说完了，你们……

〔杏花听了，安详地审视着。〕

姨 ：这个该死的！

娘 ：（痛苦地）啊！不愿意，不愿意，不愿意……

（唱）这才是晴天大霹雳，

　　　我心里好像炸了锅。

　　　你姨不该糊弄俺，

　　　这事做得太缺德。

（白）我找你姨算账去！

〔姨急忙上。〕

姨 ：老姐姐，我来啦！（恶狠狠瞪了柱子一眼，而后大笑）哈……哈……

（唱）叫一声老姐姐你听我说，

　　　现在的年轻人实难捉摸。

　　　俺外甥背着我化了化妆，

　　　想考考杏花她……她……她……

　　　坚决不坚决！

（娘、花摸不着头脑）老姐姐，没想到俺外甥这么老实，心眼子还不少哩，还化了妆，要来考验杏花姑娘！哈……老姐姐你也想不到吧，现在这年轻人啊，真是哈……（把花、娘又说傻了）柱子！（上去暗暗捏了柱子一把）算了，别耍心眼子啦，你大娘和杏花姑娘都不是那没眼力的人。（杏花娘又笑了，杏花又皱起眉。）

娘 ：考验不考验的，俺孩子可不是那嫌贫爱富的人。

姨 ：是啊！是啊！

柱：姨，咱不能再说假话了，这样骗了人家大娘，坑了人家杏花，咱这不是丧良心吗？以后我就是娶不上媳妇，也不能做这见不得人的事！（向娘、花）我说的都是实话，您要不信，俺爷爷就在屋里，您去问问他……（姨气急地坐在凳子上不语）

娘：（哭喊地）我的天哪！（像疯了一样）您这不是拿着俺拨弄着玩吗?! 丧良心的，俺孩子能跟您这条件的?! 也不照照镜子——走！叫您一辈子娶不上媳妇。

［娘拉着花风风火火地下。］

姨：（从凳上忽地站起来对着柱子）过来！（紧走柱子跟前举手，扇了柱子一巴掌）我叫你个该死的东西！

（唱）你倒是憨来你倒是傻，

你还是真缺心眼不懂啥。

俺不知骗人不应该吗，

可是你想想，俺丢人撒气的为了啥？

（白）我一辈子也不管你的事了，（哭）我那早死的姐姐……

［姨提包袱哭下。］

柱：姨，你别走姨……姨……（发现表）……表……唉！

爷：柱儿你个不孝顺的。（晕倒在地）

柱：爷爷……

［柱子把爷架到桌前坐下，倒水。］

爷：柱儿，你个憨孩子！

（唱）你五岁没父母，我把你拉扯大，

实指望你成人成家立业。

没想到你认死理认得叫人怕，

弄得说了几家你吹几家。

你二姨为了你费尽了心，

爷爷我为了你磨碎了牙。

老人的衷肠话你听不进，

你性子不改怎么能够成个家？

柱　：爷爷！

（唱）不是孩儿我不听话，

也不是好坏不辨是个傻瓜。

我觉着做人要做老实人，

说话要说实在话。

我多愿找个姑娘了心事，

我多愿把家过得像个家。

可人家不愿咱怎能强求？

更不能昧着良心骗人家。

若真是说了瞎话把婚订，

落了骂名叫我把脸往哪儿搁？

我的爷爷呀！

您一生叫我要学好，

可现在怎忍心叫我睁着眼去扒瞎话。

害了人家为自家，

到头来落得人人骂。

你说说咱这算个啥人家！

（白）爷爷，你说是吧！

爷　：说的倒也是，可这样，你怎么也得成个家呀，总不能孤苦伶仃地过一辈子吧?!

柱　：爷爷！您听我说，家里没个女人是不像个样，日子是不好过，可我觉着总比说假话骗人家心里好过啊！

爷　：咳！在理噢！老天爷，我就不信，世上这么多好姑娘，就没有一个能看透俺柱子的心！

　　　〔杏花手提两封点心突然闯进来。〕

花　：（看看这情形，激动地急步走到爷前，放下点心，挽起爷爷的手亲切地喊）爷爷！

爷 ：你？

柱 ：杏花！

爷 ：谁？

柱 ：爷爷，这就是杏花。

爷 ：（老泪俱下，颤声地）孩子，你怎么回来了？

花 ：爷爷！

（唱）听柱子说了老实话，

我的心慢慢地才放下。

一路上我和娘争论不休，

才勉强同意我把婚订下。

我回来一是要把爷爷探望，

二来是我担心您老说他。

爷 ：不说他，不说他。多好的孩子啊！

柱 ：杏花！你就不怕跟着我受苦啊？

花 ：日子是人过的，你我都有两只手，怕什么？再说，党对农村的政
策也变了，今后的日子会越过越好。

爷 ：看看……看看……多好的孩子！柱子！你还站着干什么？赶快搬凳
子倒水呀！

柱 ：（痛快地）哎！

［姨上。］

姨 ：我都气糊涂了，表都忘了。（进屋发现杏花）杏花姑娘，你？

柱 ：姨，杏花她……嘿嘿

花 ：姨！

姨 ：孩子，你同意了？

爷 ：同意了！

姨 ：（急切地）孩子，你是怎么同意的？

爷 ：孩子说了，听柱子说了实话后就同意了。

姨 ：噢……看看……看看……我说杏花这姑娘好吧！哈哈哈…看来还

是说老实话好哇!（对花）孩子,我错了!（低头）

花　：姨,这也不能全怪你。如果都不说瞎话,那说瞎话的人不就没有了?

姨　：看看……看看……多好的姑娘,说出话来多叫人喜欢哪!

爷　：是啊,是啊!哈哈哈……他姨、柱子,包饺子!

柱、姨：哎!

　　　　［杏花、柱子同扶爷下。］

　　　　［幕落］

环保卫士

人物：兰天惠——女，环保局执法员。40 岁（惠）

兰天雨——男，某工厂厂长。36 岁（雨）

小　刘——男，某工厂办公人员。20 岁（刘）

小　王——女，环保局执法员。20 岁（王）

地点：厂办公室

[幕启：台上办公室、椅、水杯、电话等设备。电话响，天雨接电话。]

雨　：喂！什么？环保局的人要来！……来了没有？……在厂区检测着呢！……哎哟喂！……小刘，你快到我办公室来……这麻烦大了！……

（唱）麻烦麻烦真麻烦，

环保又来查污染。

管天管地也就行了，

还管我的烟囱冒黑烟。

（白）这烟囱不冒烟还冒油啊？这不是没事找事吗……

[小刘上。]

刘　：厂长！

雨 ： 小刘，你看见他们了吗？

刘 ： 看见了，他们正拿着监测器监测咱们的烟囱冒黑烟呢！

雨 ： 坏了，又让他们逮着了。

刘 ： 这怎么办呀？得想想法子！

雨 ： 你给我想想法子不行吗？

刘 ： 哎哟，我有什么想法啊！……这……哎！这么着吧！……你翻墙
出去躲躲吧！他们见不着你就得走！

雨 ： 胡说！跑了初一还跑得了十五呀！再说了，叫我翻墙！狗急了才
跳墙哩！我能从墙上跳过吗？

刘 ： 你走大门不怕被他们看见吗？

雨 ： 不管看见看不见，也不能走！遇见困难就躲着那是孬种！

刘 ： 是！可那次要账的来了，你怎么跑了？

雨 ： 废话！该跑的就要跑，不该跑的就不能跑！我跑了，他们把罚单
一开，我不还得交钱去！

刘 ： 也是！

雨 ： 还有别的招吗？

刘 ： 没了！

雨 ： 我看你也就这么大本事了！

刘 ： 我本事不大。我当不了厂长了！

雨 ： 贫嘴！

刘 ： 是！

雨 ： ……哎！这样吧！你通知烧锅炉的师傅，在他们走之前，别再往
炉里添煤了，这样黑烟浓度不就降下来了吗？

刘 ： 对呀！不愧是厂长，聪明！有办法！

雨 ： 这是拍马屁的时候吗？快！给我执行去！

刘 ： 好来！

　　　　　〔刘跑下。〕

雨 ： 啊呀！我得赶紧准备准备，好应酬他们！

［雨进里屋。］

惠 ：（唱）我是环保执法员，

心系净土情系蓝天。

执行任务进厂来，

脚部突然又放缓。

姐来执法亲弟弟，

工作起来肯定难。

任务既然放在肩，

再苦再难也要担。

就是伤了姐弟情，

也不能做一个，

不称职的执法员！

（向内喊）小王！

［小王拿检测设备上。］

王 ：科长！

惠 ：检测结果怎么样？

王 ：刚才黑烟浓度还超标呢，怎么一会儿突然降下来了！

惠 ：噢？这样吧！我去见厂长，你继续注意烟囱的黑烟浓度！

王 ：是！

［小王下。］

惠 ：办公室有人吗？

［雨拿资料上。］

雨 ：来了来了！（开门）姐姐！

惠 ：怎么？没想到我会来吧！

雨 ：没想到！没想到！姐姐来执法弟弟，有意思！有意思！

惠 ：有意思吧！

雨 ：太有意思了！姐，谁派你来的？

惠 ：我自己主动要求来的。

雨：好！太好了！姐，我给你沏茶去！

惠：不用了！

雨：要不你喝杯可乐吧？（随手打开一瓶可乐）来！

惠：小雨，别忙活了！今天恐怕咱俩都乐不起来了！

雨：怎么着！你想大义灭亲啊？

惠：看你说的，我疼你还疼不过来呢，怎么会大义灭亲呢！

　　〔小刘上。〕

雨：这才是好姐姐！

刘：（背）厂长，烧锅炉的师傅问，还添不添煤了！

雨：添！没事了，你知道谁来查咱们了吗？

刘：谁呀？

雨：我姐！我亲姐——兰天惠！

刘：要知道你姐来，刚才也不应该停煤呀！

雨：那是呀！

刘：好！我去告诉师傅去，加煤！

雨：好！去吧！

　　〔小刘下。〕

惠：小雨，你忙完了吗？

雨：完了！完了！

惠：那咱们就谈谈你厂的黑烟浓度问题吧！

雨：对！姐！你说说通过什么手段能应酬过去吧！

惠：罚款！停产！

雨：什么？

惠：没听清楚啊！我再说一遍——罚款！停产！

雨：你这是官腔，应该对着别人说！

惠：我今天就对你说，因为厂子是你的！

雨：正因为是我的，你就忍心这么做呀？

惠：没办法！谁叫我干这个工作来呀！

雨 ：……好！咱们就公事公办，拿出证据来！

惠 ：证据我带来了，这是几次检测黑烟超标的记录！这是周围群众反

映调查！……

雨 ：行了行了！你们检测时我都不在场，我不承认！

惠 ：我们今天刚进厂的时候，你厂子烟囱的黑烟浓度就超标了！

雨 ：后来呢？

惠 ：后来……后来……你……

　　［小王上。］

王 ：科长，这会儿的黑烟浓度又超标了！

惠 ：怎么样！

雨 ：这不可能！

惠 ：小雨，你别不认账了！

雨 ：我没有亲眼见，我没法认账！

惠 ：你……好……好，小王，做好准备，咱们一块去测验！

王 ：是！

　　［小王下。］

雨 ：（打电话）小刘，马上停止加煤！

惠 ：小雨呀！

　　（唱）检测摆在你的面前，

　　　　　你无理还强狡辩。

　　　　　我劝你接受处罚早停产，

　　　　　免得你错误路上越走越远。

雨 ：（唱）既然不看手足情，

　　　　　咱就当面来说明。

　　　　　检测结果我不认，

　　　　　看你怎样来执行！

惠 ：好！小王！

　　［小王上。］

王　：到！

惠　：检测的怎么样？

王　：现在的黑烟浓度又正常了！

惠　：啊？

雨　：怎么样？我说过吗？我的烟囱没问题！

惠　：走！我去看看！

　　　〔惠、小王下。〕

雨　：（打电话）小刘！接不着我的电话，一定不要加煤，听见没有！……什么？……你说我姐呀？不行了！……"叛判"了！

　　　〔惠上。〕

惠　：小雨，你又搞什么鬼呀？

雨　：我怎么了？你们鸡蛋里挑骨头，挑不出来了，怪我呀？我说姐呀，我说过，我这个厂子在环保方面没问题，你们不信，怎么样？证实了吧！

惠　：小雨呀！

　　　（唱）咱们是亲姐弟，我心里明白，

　　　　　　忘不了一奶同胞一条血脉。

　　　　　　你躲过初一难躲十五，

　　　　　　我不来查别人也要来。

　　　　　　你办厂一定要守规矩，

　　　　　　决不能为钱把政策破坏！

雨　：（唱）既然你我一个血脉，

　　　　　　为什么揪住我不松开？

　　　　　　竖好了梯子你不下来，

　　　　　　非要置我于死地而后快？

惠　：小雨，你能骗过我，还能骗过别人吗？你能骗过周围受害的群众吗？

　　　〔小刘上。〕

刘 ：厂长，再不加煤机器就要停转了！

雨 ：那也不能加煤，正在这节骨眼上，一加煤，她们逮住证据非让我
　　停产不行！

刘 ：那怎么办？

雨 ：坚持！

刘 ：是！

惠 ：小雨，你考虑一下，在处理单上签字吧！

雨 ：还没有检测超标结果，为什么让我签字？！

惠 ：就是这会儿检测不超标，那之前检测的结果和周围群众的反映，
　　还不是铁的证据吗？别再坚持了！再坚持没什么好处！

雨 ：我说姐呀！别人来了，也一点面子不给！

惠 ：我没给你面子吗？我不是一直给你做工作吗？

雨 ：（看表）这样吧！天也不早了，咱们到饭店吃点饭去，有什么事
　　等吃完了饭再说！

惠 ：我们有规定，不吃当事人的饭！

雨 ：什么？不吃当事人的饭？你吃过我多少饭了，今天不敢吃了？

惠 ：过去吃的是我弟弟的饭，今天吃饭就是吃当事人的饭！我能
　　吃吗？

雨 ：好好！不吃也好！那咱们到这儿行不？你还有事你忙去！什么时
　　候抓住了现行，什么时候再对我进行处理行吗？

惠 ：小雨，你怎么了？

雨 ：兰天惠！你怎么了？你非得把我整死不行啊？

惠 ：你说的这是什么话呀？

雨 ：你自己知道！

　　［小王上。］

王 ：科长，你们这是？

惠 ：没事！小王，情况怎么样？

王 ：黑烟浓度不超标！

雨 ：我就说过嘛！你们过去检测的结果能有说服力吗？就这样处理
　　我，我不服！

惠 ：小雨，这一会儿不超标不等于过去不超标，也不等于以后不
　　超标。

雨 ：我现在已经整改好了，这不是不冒黑烟了吗？

惠 ：刚才不是还冒了吗？

　　〔小刘急上。〕

刘 ：厂长……你不让加煤，机器停转了，停产了！

雨 ：啊！去……去……去吧！……

刘 ：冲我撒气！

　　〔小刘欲下。〕

雨 ：回来！

刘 ：干吗？

雨 ：加煤！

刘 ：什么？

雨 ：加煤！

刘 ：是！

　　〔小刘下。〕

惠 ：小雨！你还有什么可说的？我给你说过多少次了，你就是不听，
　　你糊弄过一时，还能糊弄过以后吗？

王 ：（递处理单）厂长，签字吧！

雨 ：不签！

王 ：科长！

惠 ：你为什么不签？

雨 ：就是不签！小王同志！你回避一下好吗？

王 ：科长！

惠 ：好！你先出去走走吧！

王 ：哎！

［小王下。］

惠　：你说吧！

雨　：说什么？我们不是一奶同胞？我们不是亲姐弟？

惠　：你说什么呀？

雨　：这个厂子跟你一点关系都没有吗？

惠　：当然有，我们是亲姐弟，是你的就是我的！

雨　：那你还逼着我不放？我问你，老人的赡养、看病，让你们拿过钱吗？你对象做生意，在我这儿拿走了十几万，我说过不字吗？我厂子受了损失，难道你一点就不心疼？……

惠　：我心疼！我比你都还心疼！

雨　：那你还这样做！为什么？

惠　：因为这是我的工作，我能饶过你，法律能饶过你吗？受害群众能饶过你吗？小雨呀！

　　　（唱）搞企业一定要把路走正，

　　　　　　决不能只求利益违规经营。

　　　　　　谋发展创效益无可厚非，

　　　　　　不能只顾生产而破坏环境。

　　　　　　现在的时代在前进，

　　　　　　企业生产讲文明。

　　　　　　市里领导发号召，

　　　　　　我市要创环保城。

　　　　　　小雨！

　　　　　　你如果执迷不悟走下去，

　　　　　　严重的后果你要担承。

雨　：（唱）要我担承我担承，

　　　　　　咱要把话说明白。

　　　　　　从今日起我们不是亲姐弟，

　　　　　　你也别看同胞情。

惠 ：（唱）你我本是一血脉，

怎能不顾血脉情？

不是我成心来作对，

只是环保法难容。

雨 ：（唱）你马上回去做汇报，

另派别人来执行。

哪怕工厂被关停，

我也心甘情愿来欢迎。

惠 ：（唱）你若再三不听劝，

我要按法规强制执行！

雨 ：（打电话）妈！兰天惠来到我们厂，非要我停产整顿不行，这可

是一耽误几十万块钱啊！妈！你打个电话说说她！

惠 ：小雨，你想干什么？

雨 ：（电话铃响）你接电话！

惠 ：妈！是我！……妈！……不是的！……你不知道！……妈！……

妈！……

（唱）接到了老娘亲自打来的电话，

一时间想往事酸甜苦辣。

想当年老父亲早早过世，

抛下咱娘儿仨苦渡生涯。

为生计咱娘在鞋厂打工，

没黑天没白日还把班加。

眼见得身体虚难以支撑，

到后来身染病彻底垮下。

雨 ：（唱）你既然已知道娘的不易，

为什么娘的话不答不依？

惠 ：（唱）正因为我疼娘才恨污染，

正因为我疼娘才亲自来查。

雨 ： 你这是为什么？

惠 ： 你知道咱娘的病是怎么得的吗？

雨 ： 怎么得的？

惠 ： 过去我也不知道，到现在才弄明白，是人们长期使用劣质胶水，污染了空气造成的！小雨，你知道吗？空气污染已经成为城市居民生活中的一个无法逃避的现实，大气中的有害气体和污染物达到一定的程度时，就会对人类和环境带来巨大的灾难！

雨 ： 啊？

惠 ： 小雨呀！

（唱）搞企业重效益此理不差，

但决不能以损人健康作为代价。

现如今人们的环保意识都在增强，

哪样对哪样错心中都有法。

小雨呀！

我劝你急刹车停产改造，

决不能犯了法受处罚还落个众人骂！

雨 ： 姐呀！

（唱）姐姐的一席话心如刀扎，

都怪我环保意识实在太差。

我只想烟囱冒烟小事不大，

想不到空气污染害国害家。

我立即下命令停止生产，

改设备做检查接受处罚。

（白）小刘！

（小刘上。）

刘 ： 到！

雨 ： 马上停产，改造烟囱，接受处罚！

刘 ： 是！

惠 ：好！这才是我的好弟弟！

　　（唱）环保工作狠狠抓，

　　　　　利己利民利国家。

雨惠：（合唱）人人共同来努力，

　　　　　　为后人创造个秀美的家！

附录：散论山东快书与临清方言

　　山东快书是北方曲艺形式中明确标明地域的曲种，一般人都会认为这是用山东方言写成的，所以叫山东快书。其实这是一种误解。山东省总共有100多个县，方言又分别划归三个不同区域——冀鲁官话、胶辽官话、中原官话。同一句话，不同县的人说出来，语音、词汇就有些微区别，外省异地人听不出来，本地人一听就能分辨出来，所以，笼统称之为山东方言，显然是一种错误。那么，山东快书的语言究竟属于哪片方言区划呢？经分析、比较，我们认为，山东快书的语言属北方官话系统中的冀鲁官话，个别性强的方言属临清及毗邻几个县的方言。当然，方言研究包括语言、语音、词汇、语法等诸多方面，是一门科学性极强的学问。我们不敢奢谈研究，只能说做些初步浅薄的探讨，就教于方家、学者。

　　毋庸讳言，这里面存在一个说唱脚本的问题。我们都知道，在旧社会，曲艺脚本都是靠师徒之间口头传授而继承的，随着时间的推移以及艺人风格及流派不同的再创作，其结构剪裁、语言风格、唱词格律等都有了相当大的灵活性和变异性，经几百年的口传言递辗转至今，曲艺脚本和当年活跃在艺人口头的方言俗语已相去甚远，这不仅给比较增加了难度，也使方言覆盖的地域范围的划分变得模糊，有的甚至成了跨越区片的约定俗成俗语和方言，这一点应当首先说明。基于此，我们选择刘同武口述、张军校订的《全本武松传》作为蓝本，以资比较。

如前所讲，临清方言俗语，在山东快书中，由于时代的递进和流派演擅，和当年初成脚本相比，变化较多，但所剩寥寥，但这些方言，临清人今天却仍然使用着，听起来是那样的熟识和亲切，下面选些词汇举例：

不兴人家光兴你/搁不住上来没抵防/他兄弟烦恶大个的/不兴许男女混架胡逛荡/着天吆喝卖鲜姜/为什么平白无故把人抢/不是都在我身上/一个人打仗更利亮（《东岳庙》）

不胜投奔梁山寨/能吃三天两后响/一打盘桓回里来/这一刹里天不早/忽又起来暗叨量/半吊子武松骑拉上。（《景阳冈》）

谁敢捣鼓这一桩/白拉把兄弟我一场/一阵胆悚心发慌/别心思景阳冈打虎你厉害/解开她绑腿绑巴上/我觉得后响倒比白天强。（《狮子楼》）

别在后边乱啰啰/成了个花不愣登的小老婆/二哥打我为的么/多咱也不听他的话/直到赙死没有活/翻身打了个磨悠转/心中不住犯掂夺/熏得二爷直干哕。（《十字坡》）

把它支开你望望/拿着木梳瞎照量/入量入量二十张/武松长得那户个儿/值不当的寻无常/黄酒缸里发酸梛/我说这是怎么一节/你这个老头说话不沾弦/四遭起了殃/你家说个没价有/爬擦起来也得走/恁背地后里发张狂。（《石家庄》）

以上所列词汇中，有的本属于特殊构词，但在这里已经改变了原来语言的属性，而当作另解，如："不是"已当"错误、缺点"讲；"一节"已作"怎么一回事"讲；"后响"这里却是"晚上"的意思；"心思"已变成"思考问题"等等。有的属于特殊动词、形容词，如："入量入量"指"大口吞咽食物"；"那户个儿"指"那么高的个儿"；"干哕"指"恶心欲吐之状"等。这些词汇在山东快书及临清人的日常生活中，使用频率都是不低的，尤其口语对话中的"馍馍""蒸干粮""朝天价""后响"等，更是如此。

从语法上看，也有很多的变异性，例如：在动词后缀词汇上，山东快书和临清方言统读轻声，表示着抽象的意义，如"巴""打""擦""拉"等都是常用的动词后缀。请看下面举例：犁巴犁巴就种上（《东岳庙》）/白拉巴兄弟我一场（《狮子楼》）/半吊子武松骑拉上（《景阳冈》）/呼打呼打扇巴着（《十字坡》）/爬擦起来也得走（《石家庄》）/两个解差跟巴着（《十字坡》）。

这些动词后缀有的增加了"轻率，用力不大"的附加意义，有的表示抽象的没有节奏的动作，但这类动词不能单独充当谓语。

在形容词的感情色彩上，有些单音节形容词，重选并儿化充当词缀，如：别在后边乱啰啰（儿）（《十字坡》）/沾唇喝乾溜溜（儿）光（《狮子楼》）。

这些口语化了的后缀词尾，有的增强了语言的节奏感，有的丰富了感情色彩，这些方言特点在山东快书中，不仅使表演者易于设计表演动作，也使节目更趋于生活化。

在临清方言词汇中，还有一个最大的特点，那就是不管老少文野，都喜爱用歇后语，这一点在山东快书中就多有显现，这不仅使内容贴近生活，也增加了此曲种的诙谐、活泼色彩，如《狮子楼》中有："别拿麦糠来擦腚——你个人净找不利亮。"

在语音研究上，张鸿魁先生对临清方言进行了深入的调查研究，历经寒暑，撰写出《临清方言志》一书，据他考证：

1. 韵母。（1）－m尾并入n尾；（2）入声韵脱落辅音韵尾；（3）－n尾字和－ng尾字有混淆；（4）ao韵和－ou韵有混淆；（5）uo和u韵有混淆；（6）儿化音的enr和ir，yr同间；（7）ang和ar同音。

2. 声母。（1）浊音声母肖化；（2）舌面音j，q，x产生；（3）c，g和－ir.yr同音；（4）ang和ar贡音。

上述第1条的（7）和第2条的（3）范图缩小了，现代北方方言中只有个别地方有。据了解，山东东平、济南以及河北昌黎就符合第1条（7），但不符合第2条（3）。山东菏泽符合第2条（3），但不符合第1条（7），而临清却是两条兼备。

从张鸿魁先生所取得的这一研究成果看，很多人都能看出其中蹊跷了。我们时常挂在口头上的土话、俗语，有音而无字，但在临清方言中几乎都可以找得到。这足可以看出，从语言上讲，山东快书与临清方言是何等密切，渊源是何等深远。

（王子华　马鲁奎）

写在后面

　　这是一本特殊的集子。是一位闻名全国的艺术家王子华老师创作的除小品之外的各种文艺作品的选集，是他从事群众文化工作60年来的心血和结晶。出版这样一部书，是老人家生前的一个心愿，也是所有亲朋好友的期盼。

　　王老师去世前，曾以耄耋之躯，在他家那座二层小楼上，夜以继日地搜集整理资料。他戴着老花镜，手持放大镜，一个字一个字、一页一页地选择、甄别、修改。几十年的文化活动，他留下了形式多样、内容丰富的文艺作品。一摞摞的稿件，带着时代和岁月的印记，堆满了他的书橱和案头。手写的、复印的、油印的、铅印的、散见于各种报刊书籍中的……琳琅满目，蔚为大观。

　　作品凝聚着作者几十年来对生活、对时代变迁的思考，也记录着他的成长轨迹。他年轻时离开故乡茌平那个民风淳朴的村子，来到卫运河畔素有"小天津"之称的临清，在群众文化战线上一干就是大半辈子。60年的风风雨雨，60年的摸爬滚打，每每他回想起来都热泪盈眶。生活的激流涤荡着他的心胸，时代的进步牵引着他的脚步，普通老百姓的关爱温暖着他的神经。他力求用文艺的形式，记录历史的脚步，歌颂时代的变迁，反映老百姓火热的生活。

这个集子里所收录的只是作者的一部分作品，还有一些作品，因各种原因没有收录在内。他的作品上演的地方各有不同，以其中的舞台作品为例，有的登上过省和国家金碧辉煌的大舞台，有的现身于老百姓的田间地头；有的在二十世纪五六十年代进京演出过并被周恩来总理观看和点评过，有的作为省演出院团的保留节目在广播电台上反复播放；还有的只是在农村乡镇临时搭起的土台子上演出过；有的发表于省级、国家级的报刊上，有的只是刊于当时当地的油印小报上。

记得在带领大家整理这些过去的作品时，王子华先生不时露出微笑。老人家有满意，也有遗憾。是的，以现在的眼光来看，书中有的作品的确并不十分成熟，和他近些年来高超的艺术水准不可同日而语。但老人家一贯真诚、低调，除个别地方稍加修改外，他还是坚持保留了作品的原貌。他说："时代在发展，人也在进步。每个人都在经历着由青涩到成熟的过程，索性就保留着年轻时的稚嫩吧。"然而，在整理这些作品时，我们深深地感受到，每一篇，每一件，都饱含了作者当年精益求精的原则和忠于生活的热忱，渗透着他的心血和汗水。因此，作者本人珍爱它们，我们更珍爱它们。但老人家极为谦虚，他说过，这本书出版后，读者朋友们如果能从中获得一些有益的启发和有用的资料，他也就心满意足了。

2017 年冬季，王子华把他的几个学生和亲人组织在一起，开始打印、修订资料。可是，世事无常，还没等稿子完全整理好，2018 年 6 月 25 日，老人家就因心脏病突然离开了，逝世前，他还正在为带领学生们参加一个全国性的演出而呕心沥血。这让我们从事编辑工作的这些人哀痛不已。我们多么怀念和老人家在一起的快乐时光啊，是那样真实、充实、踏实。直到现在，一想起老人家的音容笑貌，我们还是忍不住泪流满面。

怀着无比崇敬的心情，我们擦干了眼泪，接着老人家未完成的工作，投入严肃认真的书稿电子版的打印和校对中。我们的心情是复杂的。好在大部分稿子王老师生前业已审阅过，这是太多遗憾中让我们感到欣慰的一点。老师的恩惠，无以为报，我们仅以此书献给心中永远敬爱的王子华先生。

本书的编辑和出版，得到了聊城市政协、临清市委老领导的高度重视，得到了临清市文化广电新闻出版局的大力支持，也得到了众多好友的鼎力相助。王子华先生的生前好友、原聊城市政协主席阎廷琛为本书确定并书写书名，著名曲艺作家赵连甲为本书作序，山东省新华书店有限公司临清分公司经理王洪玺为本书联系出版事宜，山东文艺出版社的领导和编辑也为本书的出版倾注了大量精力。在此，对关注本书编辑出版的领导、朋友、业内人士，对鼓励、帮助和关心的朋友，表示真诚的谢意！

由于书中作品内容年代久远，资料保存不太完备，整理工作繁难，时间紧迫，加之编者们水平有限，书中难免存在这样那样的缺点和不足，敬请各位有识之士批评指正，在此一并深致谢忱。

李士兴等

2019 年 4 月

图书在版编目（CIP）数据

卫运河畔的回音：王子华文艺作品选/王子华著.
—济南：山东文艺出版社，2020.1
ISBN 978 - 7 - 5329 - 5874 - 0

Ⅰ.①卫… Ⅱ.①王… Ⅲ.①文艺 - 作品综合集 - 中
国 - 当代 Ⅳ.①I217.2

中国版本图书馆 CIP 数据核字(2019)第 116885 号

卫运河畔的回音：王子华文艺作品选

王子华　著

主管单位	山东出版传媒股份有限公司	
出版发行	山东文艺出版社	
社　　址	山东省济南市英雄山路 189 号	
邮　　编	250002	
网　　址	www.sdwypress.com	

读者服务	0531 - 82098776(总编室)
	0531 - 82098775(市场营销部)
电子邮箱	sdwy@ sd press. com. cn

印　　刷	北京虎彩文化传播有限公司
开　　本	710 毫米×1000 毫米　1/16
印　　张	19
字　　数	160 千
版　　次	2020 年 1 月第 1 版
印　　次	2020 年 1 月第 1 次印刷
书　　号	ISBN 978 - 7 - 5329 - 5874 - 0
定　　价	69.00 元